召稼楼丛书

施绍莘散曲注解

主编：施文荣、夏建生、叶　平
注释：陈公益

上海教育出版社
SHANGHAI EDUCATIONAL
PUBLISHING HOUSE

编辑委员会

谨以此书献给：

唤醒召稼楼第一人潘金平先生

为唤醒召稼楼奉献独特智慧才能的陈公标先生

秋水庵花影集　全明散曲版

明施紹莘著

目录

写在前面的话

时代前进,社会发展,浦江镇也在上海的发展大潮中,史无前例地进行集中城市化建设。在大发展的同时,如何有效地同步挖掘、保护、重建即将湮没的地区人文历史和古村镇文化,是我们这一代人责无旁贷的义务,是历史赋予我们最好的也是最后的时间和机遇。为应对挑战,2007 年浦江镇党委潘金平书记、党政领导班子及老领导陈公标等同志,就此进行了深入的探讨,并作出了科学的、有前瞻性的谋划和行动:组织文史方面和建筑方面的专家学者,对浦江镇地区的人文历史和村落建筑文化进行系统的、深度的挖掘整合。

人文历史的挖掘告诉我们,浦江镇的人文历史极为深厚。这里有:上海城隍秦裕伯,淞浦合流第一人叶宗行,为官清正的明代工部右侍郎谈伦,散曲家施绍莘,几社翘楚周立勋,戏曲家周稚廉,不畏强权的清代监察御史施维翰,教育家、文学家秦荣光,最早开办农业商业职校的教育家秦锡田,教育泰斗孔祥伯,却贿曹锟的秦锡圭,为巴金催生了《家》的火雪明,编著上海第一本《沪谚》的胡祖德,谱牒收藏研究专家秦翰才,古文字研究学者孔令谷,社会学研究开拓者金武周,著名李白研究专家郁贤皓,著名数学、图书馆学教授秦增复,著名军旅摄影家杜心,著名中医大家秦伯未、孙叔伦,发明家孔令甲,抗日先锋顾振,第一个报道"四行仓库八百壮士"孤军抗日的文化人蔡钧徒,为中美关系解冻开凿通道的徐芝秀,著名战地大记者陆诒,智勇双全的地下工作者孙明、周顺泉、张厚生、吴南屏、康祖根，农业专家顾德法，现代建筑大师邢同和，中医出版家李融之，漫画家鲁少飞，爱国实业家陈炳勋，慈善家雷汲韩，等等。

浦江镇单古集镇、古村落就有八处之多，古建筑文化极为丰富。其中召稼楼总体保存较好，有着原汁原味的最佳遗存。召稼楼古镇曾属南汇县，历史上很有影响，乡脚宽泛，工商繁荣。划回上海县后，虽位居边沿，但依然保持着原始乡村的完整风貌。老街古风犹在，许多古老的代表性建筑及遗址没有被损毁。尤其是整条南街和沿市河的街道基本上保留着历史原貌。礼耕堂、广智学堂故址、梅园、宁俭堂等宅第，楼宇雕龙画凤，古典庭院韵味醇厚。因而，保护性修复开发召稼楼，相对于其他古集镇来说，更具现实性、典型性和地域视野。

选择保护性修复开发召稼楼，不只着眼于召稼楼的一人一事一物，而是以它为平台，展示浦江镇厚重的文化历史和地域风貌。它既是真实的召稼楼，又是真实的浦江镇。

保护性修复开发召稼楼，可以重展失却已久的地区民俗场景和风情，从而唤起乡民的思古情怀，形成地区向心效应；可以给上海史的研究保留一块海派文化、江南文化的活化石；可以为生活在现代都市中的人们保留一个慢生活的世外桃源。总之，重光召稼楼是礼敬先人、利在当代、造福后世的功德大业，有着现实意义和历史意义。

2008 年 8 月，浦江镇党委、政府不失时机地撞响了重光召稼楼的历史钟声。2010 年 5 月 28 日召稼楼正式开街迎客。这时，展现在人们面前的正是大众心目中古风扑面、新韵迷人的传统古镇。近年来，在浦江镇党委、政府领导下，在召稼楼开发管理部门的不断完善和悉心养护下，召稼楼益发靓丽诱人了。

富有历史主动精神和担当勇气的浦江镇人，从发掘研究包括召稼楼在内的浦江镇的人文历史、经典建筑和风物民俗开始，到实施保护性修复开发召稼楼，再到详细记录研究古镇重光的历程，一步一个脚印，为构建历史的集体记忆，艰苦努力，并取得了很好的成绩，得到了社会的认可。

今天与广大读者一起分享的《施绍莘散曲注解》就是发掘整理浦江镇历史文化的硕果之一。

明末散曲的一道绮丽晚霞

（一）

施绍莘，生于明朝万历十六年（1588），逝于崇贞十三年（1640），字子野，号峰泖浪仙。明代南直隶中书省华亭人，即今召稼楼南面的闵行区浦江镇北徐村施家老宅人。

施绍莘像

施氏先辈世居汴梁（今河南开封），靖康二年，南渡居江南。施绍莘为南宋华亭令施退翁（绍兴人）十二世孙。其父施大谏为明万历举人，著有《老庄注》。施绍莘为大谏第三子。

出生于翰墨富家的施绍莘，五六岁时，“便喜种植，竟日莳弄。七岁就塾师，或迁延避学而游戏于花草之间。及长，自负才俊，好治经术，工古今之文，通星纬、舆地、道释、音律、九流之书。十六七岁时，尤好吟咏诗余乐府”。诚有抟鹏万里，一举成名的雄心猛志，却屡试不第，遂放弃仕途。因家资富有，乃建园自娱，致力曲词。万历四十四年（1616），施氏28岁时，筑舍西佘山之北（今松江佘山）。三年后，又建别墅于南泖之西。在两处，筑有众香亭、秋水庵、西清茗寮、春雨堂（书室名）、泖上新居等各具风格的众多建筑。从此，子野“春秋居山，冬夏居水”。在那花木扶疏，山水成趣的别墅里，每天优游于花丛水滨之间，以填词谱曲为乐，以诗酒风流自赏。常日出酣眠，读书夜半，过着隐士避世的生活。富于才情的子野，生性浪漫，个性孤傲，不喜交游，然每逢佳节良辰，则盛邀陈继儒等知心名士文人，游赏山水风月，唱和散曲新词，征歌选色绘画，痴顽不问天地。大约四十岁时，因多病而冀望于释道，放下尘世一切，唯吟曲作词不辍。

施绍莘作曲，不为博名以谋生计，不以声律为学问专业，而以作曲为“傲世之举，娱情之方”。他的曲作题材甚广，内容甚丰，有怀古、有赠别、有宴游，有写田园生活田园风光的、有写风流情怀的、有写风花雪月的，还有吟咏琐事小件的。不论是哪种题材的曲作，渗透的都是一个“情”字：有的表现文人疏放磊落的忧乐胸臆，有的抒发真实的生活趣味情思，有的表露自己高洁品格的自我欣赏……

子野主张曲作应“随境写声，随声命曲”，不拘泥于旧格俗套，而字句须炉炼工锤，抛却一切酸腐饾饤之语。所以他的曲作，可歌可诵，富有曲趣，富有情趣，艺术表现力极高。他的曲作兼有南曲的柔媚雅丽和北曲的劲健苍莽，在明代南派曲家中，高格远韵，卓然独立，自成一家。子野的曲作，清秀俊逸、缠绵哀艳，有时又爽利老辣，为明末散曲抹上了一道绮丽的晚霞。

施绍莘有《秋水庵花影集》五卷遗世。内中散曲四卷，其中小令72首，套数86套，是明人专集中最多的一家。内中词一卷，亦多风物风情之作，仅有少量怀古哀思之音，用语造句通俗流畅。子野的散曲，前人指其词化，而他的词，我辈称其近乎散曲，可见其写作风格、内容的一致性。

书约成于1626年。“花影”之名，取自南宋著名词人张先(字子野)词中的“云破月来花弄影”句，而施绍莘的字，即直接取自于张先之字，他常自诩为张先的后身。也有学者认为“花影”还体现了作者镜花水月的色空思想和对美学的追求。

对施绍莘及其作品，历来有争议且壁垒分明。

吴梅称他为明代散曲“一代之殿”；任中敏评他为“明人散曲中之

大成者”;梁乙真评他是“晚明散曲坛最有光辉的作家”;李昌集说“施氏散曲的艺术成就,可推为有明一代散曲之冠”。北京大学袁行霈主编的《中国文学史》中说他是“晚明时期重要的散曲作家”。郑振铎、刘大杰、章培恒等名家撰编的文学史中对施绍莘也有简述。可惜的是,散曲史和文学史专家都没有具体地对其进行论述。

施绍莘不愿过分受音律的拘牵而使辞藻受损的创作理念,使他的曲作呈现出“词化”“韵杂”的特点。这一主张和特点跟当时曲坛上的音律派权威沈璟的主张相悖,因此,明代诸家散曲选本竟无一涉及《花影集》。又,施氏散曲中较多地写风花雪月、写男女爱情,被不少人讥为“迹近颓唐,志鲜进取”,或谓“无甚可取”(北大游国恩主编《中国文学史》);也由于史向来以官为本,而施绍莘是位没有功名的文人,因此,直至二十一世纪初,施绍莘及其作品,大多数文学史著作和文学作品选都没有提及与选用。也许由于这些原因,施绍莘的作品刊印少,流播不广,直至今天,人们对施绍莘和他的作品,知道的极其有限。即使是大学中文系的师生,也很少了解其人其作品,研究者更是凤毛麟角。毋庸讳言,《秋水庵花影集》中确有一些不太健康的作品,但综观施绍莘的散曲有着独到的风格、艺术技巧和鲜明的审美个性。即使写艳情,给人的感觉也不庸俗,不轻薄,不秽亵;写风花雪月,没有陈词滥调,却给人以一种风雅柔美的新鲜感;写感伤,却看不到俚俗矫情之作,虽流了许多泪水,然柔心韵骨里有着丝丝甜意。

(二)

科场的屡屡失意,逼使施绍莘转而将情怀寄托于风花雪月,将才华涵化为艳曲丽句。子野的“风花雪月雨”里,没有堆砌的词藻,没有轻浮的秽语。他只写真情、深情。曲句自然清新,高雅柔美。

在历代诗、词、曲中,有关风的名篇佳句不胜枚举,而像子野这样写风的则寥若晨星。套曲题为“歌风”,实是借风而咏情讽世,寄托了落拓文人的身世感遇。请看[南商调]《歌风》中的：

[解三酲] 吹不了愁香怨粉，吹不了瘦铁穷砧，吹不了玉门关上秋鸿影，吹不了晓月津亭。吹不了夜深裾带双鸳冷，吹不了春暖弓鞋百草熏。凄凉景，吹不了柳绵如雾，古渡荒城。

[前腔] 吹不了纸钱灰冷，吹不了野烧痕青。吹不了酒旗叶叶春江影，吹不了古戍烟横。吹不了人悲客路斜阳艇，吹不了鬼哭沙场夜雨燐。添凄哽，吹不了子规啼月，血递微腥。

这套散曲妙在不见一个"风"字，却把古诗词中描写的男愁女怨几乎全部囊括其中，将缠绵的情史和盛衰的国史融汇成一支震撼人心的交响乐。可见，此"情"展现的已经不是某个人的旷怨孤思，而是人世间的一切"情景"。全套豪宕之气与柔远之情巧妙结合，一气呵成，却又起伏有致，直是千古奇文。"吹不了"三字尤为耐人寻味。

在施绍莘痴迷的物景中，花是他一生的热恋、一生的追求，惜花、佞花、梦花、咏花、恋花，是他一生的吟唱。他歌咏过脱俗的荷花，吟咏过伤心的杨花，赞美过傲霜的黄菊、斗雪的红梅和艳丽的桃花。在他八十多首套数中，最能表现其花痴情感的，要数[南仙吕入双调]《佞花》。现摘三则套数于下：

[香柳娘] 折将来近他，折将来近他，胆瓶安在，枕边灯下屏山外。扫将来坐他，扫将来坐他，香锦簇新苔，鞋袜分余彩。嚼将来咽他，嚼将来咽他，沁入肺肠来，毛骨冷然改。

[前腔] 乞名诗咏他，乞名诗咏他，锦囊携带，一时声价千斤买。乞名工画他，乞名工画他，纸墨晕香腮，活现春常在。乞名姬绣他，乞名姬绣他，孕出美人胎，分外生光彩。

[解三酲] 我把你珍珠般待，我把你姬妾般挨。我把你花王顶礼常朝拜，我把你品命分明次第排，我把你开时命酒欢呼快，我把你落

处填词吊唁哀。浑填债，多只为花星照命，搂得痴骇。

这套曲子，作者用奇思妙想的笔触，生动地叙述了种花、护花、赏花、爱花的种种情态，极为"肉麻"，而人们也正是从"肉麻"中看到了子野的真诚、痴顽。诚如他在曲后"跋"里描绘的自画像那样："一生与花为缘，无日不供养花儿，无日不作奇文丽句向花儿献媚。然而还是常感花恩深重，未能报颂万一而羞愧。今人说谄媚最甚者谓'肉麻'，我对花儿真是肉麻透了。我这个男子汉的志向，就是'痴花'。"自古至今，痴迷于物的人，实为痴迷于物所寄寓的精神希望。子野此话，折射出的是他对人间美好生活的热爱、追求，对污浊社会和一切世俗的藐视。痴花是他对人格品节的一种追求。子野痴花的深层蕴意，即在这里。

我们再来看雅洁精致的代表作小令[南双调·清江引]《荷花》：

仙妃化身生小苑，未了尘凡愿。探头欲语谁，障叶还羞面，横塘夜凉郎信远。

这是一首咏物小曲。子野把人的仪态、情思、韵致移入对荷花的刻画中，使人和物、花和词融成一片，活了荷花。"探头"两句，"憨柔顽绝"尤为诱人。小曲突破了"出淤泥而不染"的传统主题，其才智巧思无与伦比。

施绍莘的散曲《梅花》由形而韵，由韵而情，由情而意，一气贯注。正如夏咸淳评价的那样："既取一角之梅枝，又收全园之幽景；既绘园庭之美，又延郊野之梅；既悦梅之荣发，又伤梅之哀残；既目击当前，又悬揣以后。"梅鹤相映，香残跟人悴并提，可见作者审美素养之高，制曲才艺之精。应当细细玩味[南南吕]《梅花》：

[懒画眉] 一枝花发粉墙西，向雪洞风帘深见伊。琼枝玉蒂一时

肥，针窦窗香细，只见疏影中间独鹤栖。

［不是路］秀骨冰肌，占断江南第一枝。丹青意，天然标格瘦离披。伴人儿，和烟冷淡空园里，伴月微茫浅水时。魂容与。春寒小阁迷香雨，茗炉诗句，茗炉诗句。

［皂角儿］冷春心寂寂和泥，蝶来迟要寻无计。闭朱门空老残香，与楼头那人憔悴。况更是压溪桥，横古路，点宫妆，粘驿信也总无情思，霜欺雪妒，风筛露啼。还有个清明细雨，酸子黄时。

［尾声］樽前一瓣风吹至，重向灯前瞧认你，原来是幻出林逋无字诗。

全曲用词显浅流畅，音节回环复叠，抒情淋漓酣畅，其端庄雅丽的文人风致和词化色彩相当突出，似有开《红楼梦·黛玉葬花词》先声之感。

雪也是文人笔下的常见物景，然而像子野那样“极自然高迈”的笔致实为罕见。请看［南南吕］《吟雪》中的：

［梁州序］尖风一夜，彤云千里，池里琉璃轻脆。六花腾舞，先春已夺花魁。只见穿帘似燕，入幕如宾，洒脱无拘泥。钗头扶上也有情痴，就飞到炉烟心未灰，销金帐，笙歌沸。纤纤玉手羊羔美，正开宴，艳罗绮。

［节节高］风灯动夜帏，更飞飞，窗敲碎玉声偏细。寒酸味，煨芋魁，烘绵被。天明一觉呵呵睡。人间尚有鹑衣碎，几处绳床赤脚眠，于中不要丰年瑞。

［前腔］空庖恰早炊，爨烟迟，琼霙乱洒晨光碎。敲冰箸，瀹茗旗，园蔬脆。一杯麦饭粗欢喜，人间尚有瓶无米。几处诗人得句时，贫家何限凄凉泪。

名为吟雪，却不见一个雪字，但雪的精神已呼之欲出。更动人的是，他将富贵人家赏雪的良辰美景、雅意高情与贫寒士子、穷苦人家的落寞处境、凄凉况味，作鲜明对比，借雪景写人情心态，从而跳出物象，进行主题深化。由此可见，子野的散曲与那些专为消遣闲适而吟风弄雪的笔墨，不可相提并论。

[南商调]《赋月》终不见一个月字，但月之风华、人之深情却又无处不在。它与《歌风》一起被人誉为子野散曲的双绝。请看：

[梧桐树] 松间渐渐明，柳外微微映。探出花梢，忽与东楼近。低低与几平，淡淡分窗进。云去云来，磨洗千年镜。照秋千院落人初静。

[前腔] 更多少空窗制锦，更多少小阁挑灯。更多少枫江面掩琵琶冷，更多少茅店霜清。更多少悲笳曲罢关山静，更多少玉笛吹残参斗横。情何尽，多应是冰轮有意，照见销魂。

[尾文] 一些儿清光莹，幻出人间万古情。我别把冷眼闲心，向百花楼上饮。

作者思绪时在月宫中飞翔，时在情感中徘徊；一会儿是花前月下欢无尽的赏心乐事，一会儿是圆月寄相思，怀远人、感别离的凄境。而这一切皆如水中之盐，看不见味却浓。尾曲为全套的精神所在。子野是位豁达自适的文人，他对红尘之事，惯用“冷眼闲心”待之，从不执着，从不在乎。有事只当杯中之物，一饮了之。子野的妙思奇句独特无双，其中“云去云来，磨洗千年镜”等千古佳句，即使是关汉卿、马致远再生，也难道一字。

（三）

施绍莘的写情写景之作风格“清丽飘逸”，而他的怀古、赠别等抒怀之作，则多豪壮沉雄之气。最为突出的是[南北仙吕入双调]《送张

冲如游靖州》,这里选四则套数以飨读者:

[新水令] 江天风淡酒旗斜,惨骊歌恁将去也。好男儿应出众,袖空手走天涯。辛苦担些,磨难经些,料天公成就你英雄者。

[雁儿落] 君此去望长江一线斜,君此去梦巫岭云千叠,君此去听壶笙夜忆家,君此去弄愁笛秋悲月,君此去扪青萝怯暮鸦,君此去经白社凄孤客,君此去换征衫裁蛮葛,君此去认离魂寻梦花。呀,小可是经年别,留不住征车,只愿你好支持强饭些,好支持强饭些。

[沽美酒] 好风吹,雨后花,随马足,衬堤沙,更自有胜水名山随侍他。晃斜阳,隐暮霞,摇青旆,酒胡家。系马绿杨之下,擘名纸把囊中句写。你啊尽潇洒何须闷耶,尽快活何须叹耶。呀,我于此且高歌送君行也。

[清江引] 并州客舍随缘者,且了青毡债。明年折桂花,共对西湖月,那时节换皮毛洗将穷气色。

此曲由南北合套的套曲组成。没有尾声,因在南北合套中往往用[清江引]代尾声。这是送好友冲如南游靖州时写在扇上的赠别之作。曲中,勉励苍劲如铁,劝慰妍秀如花,牵挂悲而不哀,读后壮人胆气,给人力量。全篇感情深挚,意气豪迈,文词壮雄清劲,非大手笔不能为之。[新水令]、[雁儿落]、[沽美酒]三曲尤为气势飞扬,豪风猎猎,不可多得。

怀古的曲作中,[南仙吕入双调]《金陵怀古》,作于"无意仕进"之后不久。曲中映现着子野"儒风"未灭时的文士之情。请看:

[夜行船] 虎踞龙蟠,看江山妍秀,古今都会。人间事,日夜潮来潮去,兴废。楚楚衣冠,扰扰干戈,纷纷宅第,如沸。今做了草头烟,寻得个断碑无字。

[前腔] 痴儿凿破方山,笑区区人力,怎回天意?无多日,楚汉龙

蛇并起。从兹，三世开基，五马龙飞，六朝更替。惭愧，空费祖龙心，依旧有人称帝。

［浆水令］竟谁知北平兵至，破金川天心暗移。腐儒当国等儿嬉，纷更是非，不合时宜。周官制，成何济，成王已挂袈裟去。孤臣泪，孤臣泪，滔滔江水。年年化，年年化，杜鹃啼。

［尾文］渔樵话里成兴废。叹今古暮三朝四，向糊涂帐里大家痴睡。

散曲将深情幽愤隐现于绢秀文字之中，将历代兴亡之案集于一调之内，令断碣残碑凛然生气，催人堕泪。套数彰显了子野胸藏万古、目空四海的博大气魄和雄浑笔力。最后三曲，凸显了子野对明朝“过去”和“眼前”的洞彻，对腐儒治国能力的怀疑和失望。［尾文］“超脱”的沉痛感慨，让人看到了一颗脉动在子野胸中的忧患之心。这是子野怀古作品的代表，也是历代怀古作品的代表之一。

［南大石调］《月下感怀》，亦具金石之声：

［念奴娇序］阴晴，万古这冰轮不改，凭人覆雨翻云。欲向吴刚求利斧，劈开懵懂乾坤。休诨，一点山河，三千世界，人间万事总虚影。（合）多管是清光夜夜，照不分明。

［前腔］忒狠，将相功名，君王社稷，争教一代一灰尘。早发掘垒垒，前朝荒坟。冰冷，笛暮牛羊，蛩秋烟雨，当年气势吓谁人。（合前）

［前腔］重省，酷慕神仙，浪煎药物，心长命短与谁争。碑额上标题，隐士先生。伤情，狐戴头颅，鸦翻皮肉，大丹毕竟甚时成。（合前）

［尾文］一轮月，万古情，笑如此人间痴甚，但闲气教伊莫要争。

子野自认此曲乃“唤世之法”，就是唤醒世人看破功名利禄、荣华富贵、生老贫病、寿长命短、得失成败、悲欢离合等百态人生，千万不要去争什么闲气。然而，人们透过藐视乾坤、揶揄古今的诙谑文字，看到的是子野隐含于其中的不平。这与只是为文而写情的感怀之作不可相提并论。

(四)

施绍莘散曲中写风情、闺情、哀情的一类，最能表现他"本色"的一格。请看[南南吕]《春思》：

[楚江情] 飞花打绣窗，零星满床。枕边槛外垂绿杨，偏生莺语骂流光也，把心期自数，心香自装。叫一声知心着意俊俏娘，你下得风流，害俺春思荡。害得俺闲时也是忙，闲时也是忙，慵时也是慌，热沸在心肝上。

[皂罗袍] 没事几回痴想，待把他仪容画了，顶礼烧香。衾窝独自也叫娘，行就虚空也把魂灵傍。更把生辰八字，装于绣囊，余香剩粉，沾在绣床。娘，你可在我枕边衾畔衣裙上。

子野才情横溢，风情逸兴，不被理学所困，因而摹描生动，刻画深微，风格遒逸，故用寻常口语，也能使刻骨之思、妄想之态跃然纸上。

现在，我们再来读一读两首极为出色的小令，前曲《闺恨》的"恨"是否真"恨"？后曲《丢开》是否真的"丢开"？——

[南中吕·驻云飞]《闺恨》：短命冤家，道是思他又恨他。甜话将人挂，谎到天来大。嗏，倒是不归来，索须干罢。若是归来，休道寻常骂。须扯定冤家下实打。

[南中吕·驻云飞]《丢开》：索性丢开，再不将他记上怀。怕有神明在，嗔我心肠歹。呆，那里有神来，丢开何害？只看他们，抛我如尘芥。毕竟神明欠明白。

小令所蕴含的情爱之真、之深，相思之痛，求之不得的“恨”，刻骨镂心。小令题材新颖，语言有民歌小曲的爽健活泼、朴茂尖新、俊俏谐趣。在明代，这样细腻地、真切地描绘男女恋情的有谁能敌之？

子野擅写风情、闺情，也善写哀情。悼其亡父的[南南吕]《先君百日感怀》声随泪下，极为感人：

[懒画眉] 尖风微透漾铭旌，薄纸窗儿漏月明。中宵起坐泣孤灯，直恁穷酸命，做无弟无兄又无父人。

[皂角儿] 空留下乡邦令名，却受用一生贫病。我依然膝下孩儿，问我啊那些曾尽。我也曾纸钱焚、朝夕奠、忏慈王、资冥福总无凭信，些些没用，些些断魂。做儿的只赢得三年二载，戴顶头巾。

[尾文] 明朝百日俄临近，请僧来更诵经文，问如此虚文还做甚。

散曲的一字一句皆自肺腑，一字一句皆是心泪。人们从那心泪读出了子野的哀痛自责，读出了父爱的无私伟大。套数质直简淡，情深意长，应了“至敬无文”的俗话。

勇于突破的创新精神，使子野的作品，不管是写人、写物还是写景，尽皆情态毕具，新意生发，别有一番意味，而且多为随心、随境、随事之作，所以情感自然纯朴，不受文辞声律约束，很少矫饰造作，具有很高的艺术魅力。这在“柔靡”风气盛行的明后期曲坛上，实属难能可贵。子野不愧为明代散曲大家。

秋水庵花影集

卷一·套数

春游述怀有序跋

秋去春来，愁萦病恼，自是伤心南浦，其如扑面东风。携短筇于锦阵，命付花魂；漉破葛于玉缸，梦回酒国。盖窃叹浮生之如寄，乃深悲去日之苦多。若舍现前之乐事，何与身心；倘图没世之令名，空劳梦想。因兹挹秀于烟霞，聊且娱情于花月。封拜青州从事，不辞歌院乞儿。俯仰天地之宽，安适性情之便。爰趁春游，遂成新什，行人生之乐耳，捐卿法之彼哉！令解人闻之会心，而下士闻之大笑云尔。

[北正宫]

[端正好] 锦烘天，香铺地，东风里，绿柳桥西。乱芳遥衬前山翠，似董北苑[1]先生笔。

[滚绣球] 不多时才看得梅，霎时间又开到李。柳窥青渐苏娇睡，小夭桃打扮衣绯。菜花田猎猎低[2]，红花田翦翦齐[3]。一阵价香风肥腻，慢腾腾[4]淡日西飞。猛踏破落花堆里，滑了鞋底，抓住了繁花刺儿，碎了绣衣，又过前溪。

[叨叨令] 且寻一个顽的耍的会知音[5]风风流流的队，拉了他们俊的俏的做一个清清雅雅的会，拣一片平的软的衬花茵香香馥馥的地，摆列着奇的美的趁时景新新鲜鲜的味。兀的便醉杀了人也么哥[6]，兀的便醉杀了人也么哥，任地上干的湿的诨账[7]啊便昏昏沉沉的睡。

[脱布衫] 忒[8]撩人卖酒红旗，映秋千在红杏楼西。楼儿上那栏杆斜靠的血红衣，见人回避。

[小梁州] 又见些只只弓鞋一捻的[9]，时样罗衣。知他是烧香的，还是上坟的？乔装髻，掩扇漏蛾眉。

[幺篇] 聪明人不合多伶俐，被他们酒泥花迷。杏花天，杨花地，

和二三知己，睁醉眼看名姬。

［上小楼］垂杨院里，朱门斜启。且待俺陪个殷勤，借看园林。才过花堤，怎知俺命儿里冤家作对，蓦撞的斗草的十来个妓。

［幺篇］骑马的叶叶衣，坐轿的呵呵睡。还有个酒壶儿斜矗，食罍[10]儿分携，妙人儿相偎。引得俺半日里跟到黑，凄凉惭愧，怎当他半回头，风递过口脂香气。

［满庭芳］乱香堆里，一湾流水，茆[11]屋竹篱。恰正是寒食天，浊酒儿刚笃[12]起。试新茶才放枪旗，偏凑的笋鲜菜美，又撞的蚬肥芹腻。小饮藤花底，盘餐进枸杞，人醉了日头直。

［快活三］是谁家笙歌沸？偷空里笑微微，隔墙惟见柳巍巍。这便是洞天里，神仙会。

［朝天子］只可怜冢垒垒土堆，白条条挂纸，费多少儿孙泪。眼前的酒饭儿不能够吃，哭拜罢人归矣。蝴蝶青钱[13]，杜鹃红泪，才懊悔当初不醉死。生前事在这壁，死后事在那壁，短多少万古英雄气。

［四边静］是谁知唐宗晋室，但当年墓碑，而今废基。草树狐狸，松柏寒山背。今宵却在雨里，昏惨惨悲燐[14]湿。

［耍孩儿］我如今决计疏狂矣，且随喜花边酒里。一年春去又春回，好提防白发相欺。须搜寻直入烟花髓，更顽耍争为曲蘖[15]魁。日日花间醉，惹得的桃花笑我，柳也开眉。

［五煞］看青山恰打围，曲弯弯水接篱，群花姊妹随行队。天偏生我为男子，况春放闲人撒酒资。须直是风流死，切莫把花盟酒谱，半点差池。

［四煞］渐东君[16]逐旋归，好花枝怕一夜飞，晓来满地胭脂碎。分明万古英雄泪，应蹙尽人间闺秀眉。须快把杯儿吃，若放过了良辰美景，痴也真痴。

［三煞］好良朋近可携，小花篮便可提，家家酒气和花气。闲来酒店逋[17]新债，更密选花枝寄所私，狂甚如天使。愿如此生涯老我，不省前非。

［二煞］不风流俗怎医？会风流债怎推？好花好酒天生配。我酒中要强为监史⑱，花里从教做伐媒。佥⑲上了风流籍，休赶向红尘队里，断送头皮。

［一煞］妖姬且自携，新词且自题，围棋赌酒贤乎已。探花妒杀蜂磨腿，趁酒闲看蝶晒衣。顽童且莫催归急，却不道小臣卜夜，秉烛传杯。

［煞尾］置身峰泖间，避世诗酒里。买一个载花船来往烟霞际，向这些美酒名花道声生受⑳你。

【注解】

① 董北苑：五代时著名山水画家，字叔达，钟陵人（今江西南昌人），曾任南唐北苑副使，世称董北苑。

② 猎猎低：猎猎，象声词，指风声或旗帜在风中飘动的声音。句意谓春风掠过菜地将菜花吹得弯腰俯首并发出阵阵声响。

③ 翦翦齐：翦，同“剪”，意谓红花田的红花像剪刀剪过那样刷刷齐。

④ 慢腾腾：浦东俗语，慢慢地。腾腾也写作吞吞。

⑤ 会知音：会弹奏拉唱。

⑥ 兀的：指点辞，这里有惊异及郑重的口气。醉杀：十分陶醉。也么哥：元明戏曲常用衬词，也作也波哥，也末哥，无义。

⑦ 诨账：稀里糊涂。

⑧ 忒（tēi）：太。

⑨ 一捻的：全是漂亮的。

⑩ 食罍（léi）：食器。罍，指古代一种装酒的器具。

⑪ 茆：同“茅”，茅草。

⑫ 篘（chōu）：过滤。

⑬ 蝴蝶青钱：指撒飘的纸钱。

⑭ 燐（lín）：指燐火。俗称鬼火。

⑮ 蘖（niè）：酿酒的曲。

⑯ 东君：太阳，也指太阳神。《楚辞》有《九歌·东君》，即写太阳神。也作风神、东风、春风用。

⑰ 逋：拖欠。

⑱ 监史：酒宴上监督行令、饮酒的人。

⑲ 佥(qiān):同“签”。

⑳ 生受:原意麻烦,此引申为感谢。

予雅好声乐,每闻琵琶筝阮声,便为魂销神舞。故迩来多作北宫,时教慧童,度以弦索,更以箫管叶予诸南词,院本诸曲,一切休却。间有名曲,略谱其一二条。每遇佳时艳节、锦阵花营、美人韵事,则配以靡词;若奇山异水、高衲羽流、感怀吊古,则副以激调。随境写声,随事命曲,管弦竹肉,称宜间作,更以烟霞花月、酒茗诗棋衬贴其间。如此逍遥三十年,归骨于先人之侧,乃以片石立墓道曰“有明峰泖浪仙之墓”,则吾愿足矣。头上乌纱,腰间白璧,青史上官衔政绩,件件让与他人可也。自跋

南音多柔曼,北音多激壮,盖亦五方风气使然。子野此词,有大江东去之雄风,复饶晓风残月之佳致。故以铜将军铁绰板歌之,而不失之凌劲,即以十七八娇女儿,挟锦瑟,按红牙,唱于步丝帐下,而不失之纤弱。顾彦容

体制之弘,如垂天之云;风情之逸,如穿花之蝶。兼之曲折排荡,有堤草芊绵、春池潋滟之意,真当行名篇也。沈德生

泖上新居有跋

[南仙吕入双调]

[步步娇] 水际幽居疑浮岛,结构多精巧。垂杨隐画桥,转过湾儿,竹屋风花扫。门僻是谁敲,卖鱼人带雨提鱼到。

[醉扶归] 淡茫茫水镜推窗晓,点疏疏渔灯夜候潮。暗昏昏鸠雨过平皋①,白微微鹭雪销残照。蓼汀②秋水乍添篙,只觉的地浮天涨乾坤小。

[皂罗袍] 闲则扳罾把钩③,将鱼篮一个,背月而挑。巨螯紫蟹带生糟,晚潮压酒宾堪召。围棋赌胜,猜拳赛高。共联白社④,约会青苗。更有闲中交际山阴棹⑤。

[好姐姐] 种花儿不低不高,恰教他水流花照。芙蓉五色,夹过水西桥,更荷花绕。每逢秋夏香难了,透着衣裾不可销。

[香柳娘] 更春风岸桃,更春风岸桃,水肥花少,痴肥恰是村妆貌。种篱边野菜,种篱边野菜,夜雨带泥挑,滋味新鲜好。向池边联句,向池边联句,不用甚推敲,别是山林调。

[尾文] 常常浊酒沉酣倒,高卧时闻拍枕潮,自起推窗正月上了。

【注解】

① 鸠雨:春雨。皋(gāo):水边高地。

② 蓼(liǎo)汀:蓼,一年生草本植物。常见的有水蓼、蓼蓝等。此指有水草的河浜。

③ 扳:拉起。罾(zēng):一种用竹竿作支架的方形渔网。

④ 白社:白居易晚年在洛阳叠石疏池,会友结社,饮酒赋诗,这里借用其事,称隐士所居及居住之地。

⑤ 山阴棹:晋王徽之雪夜泛舟剡(shàn)溪访戴逵,不入门而返。人问其

故，徽之说："乘兴而来，兴尽而去，何必见。"剡溪，河名，在今绍兴。

予烟霞痼疾，出于性成。犹记五六岁时，便喜种植，以盆为苑，以盎为池，竟日徘徊，欣然如有所得。七岁就塾师，或迁延避学，无他嬉也，止游戏于花草间耳。既壮，诱慕日增，时寄情于诗酒声色，要以铺衬林泉，未尝忘本也。丙辰冬，始营西佘别业，遂为先人卜宅，盖便为予归骨地矣。己未秋，复移家园泖滨，故予词有"置身峰泖间，避世诗酒里"之句。幽怀逸事，多散现于诸词句字间，可考而得也。每春秋则居山，享桃梅桂菊之奉，览烟云月露之奇；冬夏则居水，长禾黍鸡豚之社，乐池潭风雪之观。吾事不亦既济矣乎！夫清福上帝所忌，自分福薄，何以堪此？但性有所近，天实赋之，违天不祥，拂性斯戾，惟愿折功名富贵之缘，并于一途，庶几当忏悔云尔。自跋

子野有宅一区，在城东偏，然性宜泉石，不乐廛市，因营先公菟裘于西佘，遂葺就麓新居。斋曰"三影"，亭曰"众香"，庵曰"秋水"，楼曰"罨黛"，曰"妍隐"，轩曰"语花"，曰"聊复"。更有竹间水上、西清茗寮、一灯十笏诸胜，瑶草琪花，芊绵芬馥，板桥石磴，蜒蜿碐嶒。方其玉鳞寂寂，翠羽啁啁，浅水冰魂，黄昏微月，恍游琼圃，疑人罗浮。及夫桃舒小红，杏破新粉，莲抽并蒂，柳扑香绵，奚翅凤巢仙姬，更进迭换；至若蓉塘初腻，桂丛乍发，岭枫失青，篱菊始黄，最堪把酒拍浮，凭高长啸。由此南折而上，为霞外亭，桧柏蒙茸，松篁岑郁；又折而上，则萝蹊藤径，盘旋委蛇，渐抵山之峻绝处。肯堂三楹，扁曰"春雨"，曰"诗境"，曰"太古斋"。九峰若拱，万壑如萦，一鹤孤骞，片云低宿，杳非复人间世矣。子野值春秋之季，必携姬侍居焉。故比邻陈眉公赠之诗云"人拥如花香国近，酒逢敌手醉乡宽"，盖实录也。迨冬夏乃憩泖上之精庐，中有醉吟堂、竹妙斋、且闲亭、今我堂、飞絮亭，皆枕平高，俯巨浸。凡莼芡菱芰、鲈鳜鲨鲂之属，靡不毕凑。规制大约如山庄，而宏敞过之。茶寮汤沸，竹屋火荧，可弦可歌，或钓或弋。复造一画舫，命曰"随庵"，每风月清美之辰，放浪于鸥沙鹭渚之际，携六七童

子，吹洞箫，拍象板，鼓檀丝，唱自制词，直令湘灵和歌，冯夷起舞，望者讶为神仙云。况其文心簇绮，墨海翻澜，少出残膏，便足拾紫，抑岂疾痼烟霞，作江湖长已耶？夫人欲乐者，未必能乐；能乐者，未必知乐。子野饶其具，仍解其趣，可谓有全福矣。甲子小春，偶读泖上新居曲，聊纪夫胜情如此，且以见金谷奢、平泉痴，反不若子野小小结构，致足乐也。彦容跋

山园自述 有跋

［南仙吕］

［甘州歌］天容我懒，只勾[1]管人间，一片青山。考盘[2]在涧，葺个茆屋三间。忙他没用且了闲，把秀竹幽花随意搬。花铺地，竹碍冠，绕花依竹放栏杆。花畦润，竹径干，趁花寻竹问平安。

［前腔］开轩近水湾，把云根[3]洗出，瘦骨苍颜。梅花一片，正映着雪后前山。夭桃文杏两更番，渐开遍梨花接牡丹。荷珠戏，桂露溥[4]，芙蓉一夜报初寒。黄花瘦，桔柚圆，蜡梅和雪纸窗关。

［解醒歌］怕天公不饶闲汉，敢辞他种花烦难。况凡花易活非稀罕，任搬掘与扳扦。柴门客到，应门自有花侍鬟，待客去花仍送出山。亭台小，位置偏，偏教放在百花间。遮花日，映柳烟，护花斜矗小红幡[5]。

［前腔］笑人间恩千仇万，怎如我硕人[6]之宽。花畦竹圃吾恒产，前头事，任天瞒。今年多事，门前又开一块山，更种竹搬花不得闲。花光护，竹翠攒[7]，一家骨肉共团圆。花生子，竹放鞭，花天竹地尽盘桓。

［皂罗歌］不少布衣粗饭，劝功名两字，饶我牵扳[8]。假饶霖雨遍人寰[9]，怕眼前三径先荒旱[10]。休贪他好，把自己拼，花愁竹怨你何安。且吞花片，更数笋斑，寻常随分好消闲。

［前腔］把几字题于门板，但休教折损，尽许人看。不迎不送恕痴顽，黑甜[11]每日抽身晚。君无讶，我意安，大家平善两无干。从君怪，只等闲，我方高枕把门关。

［尾文］醒来带睡揩双眼，上竹外高楼自看山，浑[12]忘却今朝未启关。

【注解】

① 勾(gòu)：通“够”，能够。

② 考盘：亦作“考槃”，代指隐居。《诗经·考槃》：“考槃在涧，硕人之宽。”

③ 云根：深山云起之处。此代指山石。

④ 溥(pǔ)：通“普”，遍。

⑤ 幡(fān)：一种窄长的旗子，垂直悬挂。

⑥ 硕人：胸襟开阔，气量大度的人。

⑦ 攒(cuán)：聚拢。

⑧ 牵扳：牵连拉扯。

⑨ 假饶霖雨遍人寰：假如入世为官，一定惠泽人间。

⑩ 怕眼前三经先荒旱：陶渊明《归去来兮辞》有“三径就荒”句，借汉代隐士蒋诩在院中竹下辟三径与少数好友来往之典。此处则借陶渊明句意。

⑪ 黑甜：酣睡。苏轼《发广州》诗：“三杯软饱后，一枕黑甜余。”自注：“俗谓睡为黑甜。”后因称睡梦中的境界为“黑甜乡”。

⑫ 浑：犹全也。陆游《山行诗》：“水浅游鱼浑可数，山深药草半无名。”

予别业在西佘之阴，荒陋深僻，聊以逃名避人，灌园毕世耳。迩来生聚渐繁，园林日侈，眉公先生为开山初祖，诸名家亦渐次开辟。于是改新路而丧其本真，凿顽山而破其浑沌，耳目顿易，使人神魂欲飞。春之花、秋之月，倩女如云，绣弓窄窄，冶游儿乌帽黄衫，担花负酒。每至达旦酣歌，并日而醉，剥啄惊梦，不问可知矣。夫吾辈草木同腐，入山惟恐不深，何堪喧杂逼人如此。且予两年多病，深居杜门，客来题凤，至鞭及愚阍，而罪及病主；甚且戕花折柳，翠殒红残，毁瓦踰垣，狂呼怒骂，能不视游人若豺虎哉！倘能问竹平安，惜花薄命，则花之知己，即予之良朋，予且招致之不暇，忍使作门外汉乎！则要当以爱花为自爱耳。乙丑首春，适辟治南山，种桃莳竹，阅工石上，偶口占数语，自述人外之乐，而因为后幅一条，以告游者。自跋

子野丘壑幽姿，青霞傲骨，其徜徉尘外，睥睨寰中，要是天授耳。右词自写闲情，萧疏高远，如景星庆云，可望不可致，夫岂樊笼中人也哉？沈竹田

佞　花①有跋

[南仙吕入双调]

[锁南枝] 金铃护②,锦帐搓,封家大姨③谁敢猜。妙选出尘埃,向名园如意买。高低种,曲折排,泛红涛,翻绣海。

[朝元歌] 莺猜燕猜,忒作践嗔他歹。蜂来蝶来,紧帮衬愁他采。待贴上金钗,系将襟带,忍教粉香尘土埋。就飘坠苍苔,顾盈盈踹将红绣鞋。更修口忏④花斋,愿花缘常是谐。判个补填花债,受持花戒,那敢负恩分爱,负恩分爱。

[香柳娘] 折将来近他,折将来近他,胆瓶安在,枕边灯下屏山外。扫将来坐他,扫将来坐他,香锦簇新苔,鞋袜分余彩。嚼将来咽他,嚼将来咽他,沁入肺肠来,毛骨冷然改。

[前腔] 乞名诗咏他,乞名诗咏他,锦囊携带,一时声价千金买。乞名工画他,乞名工画他,纸墨晕香腮,活现春常在。乞名姬绣他,乞名姬绣他,孕出美人胎,分外生光彩。

[前腔] 愿轻轻雨洒,愿轻轻雨洒,洗妆抹黛,萧然标韵风尘外。愿微微风摆,愿微微风摆,韵脸笑微开,波俏⑤世无赛。愿疏疏月煞⑥,愿疏疏月煞,清影逗香阶,永伴佳人拜。

[玉交枝] 傍人休怪,这花缘前生带来。命中干犯真无奈,撒风情本分应该。因此上锦囊拾得尽诗材,红裙赠与添情债。但花开是我时来运来,若花衰是我时乖运乖。

[解三醒] 我把你珍珠般待,我把你姬妾般挨。我把你花王顶礼常朝拜,我把你品命分明次第排。我把你开时命酒欢呼快,我把你落处填词吊唁哀。浑填债,多只为花星照命,搂得痴骇⑦。

[尾文] 为花常是耽禁害⑧,就受用名花也合该,再做首艳句新词

答谢来。

【注解】

① 佞花：意谓对花痴爱到“肉麻”，沉迷到无以复加的地步。

② 金铃护：五代后周王仁裕《开元天宝遗事》：“宁王春时纽红丝为绳，缀金铃系花梢上，以惊鸟雀，号护花铃。”

③ 封家大姨：亦作封家姨、封姨、封家十八姨，神话传说中的风神。封，“风”的谐音。传说倘若大风折木摧花，可立朱幡祈求封家姨庇护。范成大《嘲风》诗：“纷红骇绿骤飘零，痴騃封姨没性灵。”

④ 口忏：佛家语，谓悔过自白。

⑤ 波俏：眉眼俏丽动人。形容人物极有风致。

⑥ 煞(shaì)：同“晒”。白居易《游悟真寺》：“其西煞药台。”

⑦ 騃(ái)：傻，痴。

⑧ 耽(dān)：延误，入迷。禁害：苦恼，折磨。

一生与花作缘，无日不享供养，使无奇文丽句，纳交献媚，亦甚愧为花神薄幸人矣。甲寅春有祝花小词，甲子春稍稍更定，自谓差效微情，然犹觉花恩深重，未能报颂万一。清明花下，复填右词，谱调生新，语意柔逸，深情委思，颇极其致。今人语谄媚之甚者谓之“肉麻”，是真可谓肉麻矣。第求免为花神薄幸，须眉之气，于此毫无所用也。本题初为“歌花”，复改为“佞花”，正道其实，且志我痴耳。甲子清暑斋日，纳凉且闲亭偶记。自跋

佞花至此，万种情痴，烟花主盟，岂容多让？郑君泰

花遇赏心，如佳人遇才子，自然供养奇擎。古人有为之取凉，为之画眉者，要自是文波荡漾耳。倘落村汉手，无论揉香剜玉，即狎昵留连，然而以蒿莽之气，施之柳宠花娇，此篇文字，殊觉疏庸草率。乃知“佞花”两言，初非易事，岂容不识字人，妄称花党耶！右词如此才情，自应判断与花作配。夫花撰文章，依稀成字，笔拈芳艳，错落生花。我不知其是一是二，宜乎其不媒而合也。陈眉公

丙寅初夏，集朱萼堂，获听子野此词，兼得读其副本。一时坐客，同声叹美。予时病酒，灯下不能辨细书，不觉谓之眼明，快饮十蕉叶。张佘峰

赋　　月 有跋

[南商调]

[梧桐树] 松间渐渐明,柳外微微映。探出花梢,忽与东楼近。低低与几平,淡淡分窗进。云去云来,磨洗千年镜。照秋千院落人初静。

[东瓯令] 山烟醒,柳烟晴,放出姮娥羞涩影。装成人世风流境,摇几树西厢杏。浩然风露夜冥冥,细语没人闻。

[大圣乐] 透疏帘照破黄昏,进鸳帏窥凤枕。玉人何处琼箫冷,心上事,夜香亭。多应是半轮惨淡相思镜,还可是一段幽深吊古魂。梨花梦醒,早鹃啼恨血,草荒烟暝。

[解三酲] 有多少栏杆露冷,有多少高烛花明。有多少南楼好句裁三影①,有多少彩袖笼灯。有多少晓风杨柳红牙板②,有多少歌馆楼台义甲筝③。欢无尽,多应是冰魂荡漾,逼出风情。

[前腔] 更多少空窗制锦④,更多少小阁挑灯。更多少枫江面掩琶琶冷⑤,更多少茅店霜清⑥。更多少悲笳⑦曲罢关山静,更多少玉笛吹残参斗横⑧。情何尽,多应是冰轮⑨有意,照见销魂。

[尾文] 一些儿清光莹,幻出人间万古情。我别把冷眼闲心,向百花楼上饮。

【注解】

① 三影:意谓写出美词佳句。张先词中多有写影名句,后人遂称其为"张三影"。

② 晓风杨柳红牙板:意谓有妙龄女子执红牙拍板弹唱动人心弦的歌曲。宋柳永词《雨霖铃》:"今宵酒醒何处?杨柳岸,晓风残月。"

③ 义甲筝：古代筝名。

④ 空窗制锦：意谓妇女思念远行的丈夫。北朝前秦时，窦滔为秦州刺史，后徙流沙。其妻苏蕙，思念丈夫用锦丝织成璇玑图回文诗寄之。窦滔见诗后，深受感动，夫妻恩爱愈重。

⑤ 枫江面掩琵琶冷：用白居易《琵琶行》借指自悲身世，红颜薄命。

⑥ 茅店霜清：语出温庭筠《商山早行》诗："鸡声茅店月，人迹板桥霜。"意谓旅人在外奔波辛苦。

⑦ 悲笳（jiā）：哀伤的笳声。全句意谓边关战士怅望思归。笳，古管乐器名，汉时流行于塞北、西域一带。

⑧ 参（shēn）斗（dǒu）横：指深夜。参，古代二十八宿之一。斗，二十八宿之一，即南斗。

⑨ 冰轮：指月亮。

曲谱"玉盘金饼"，词之表表者也，但剿拾太繁，未免腻气。甲子仲春之望，看月于就麓新居之罨黛楼。时宿雨初晴，碧空净洗，四山如眉，一轮安镜。欲征新句，颇厌芜词，因抒短毫，为填商调，将以纸痕墨气，晕出冰魂。情耶，景耶，不觉其略尽于此矣。以方前词，或者骈赡不足，然而风雅过之。花月之下，使以香喉俊舌，撩袂长歌；更以玉箫金管，寻腔暗度，当使耳根心瓣，生气一新。"玉盘金饼"竟成谢事老翁，不得复向少年场争座头矣。自跋

古今咏月诗词，已极文人之变。罗洪先诗云："欲凭此影向天问，汝蟾何物能纵横。头尾藏缩止余腹，中孕大地山河精。"此问月险语也。何大复云："侯家台榭光先满，戚里笙歌影乍低。与君相思在二八，与君相期在三五。"此吟月致语也。范元卿词云："银葩星晕，点破琉璃碧"，又云："银汉无声腔，冰轮直上，桂湿扶疏影"。李汉老云："满天霜晓，叫云吹断横玉。"此题月丽语也。曾觌云："玉手瑶笙，一时同色"，又云"何劳玉斧，金瓯千古无缺"。周美成云："眠。月影穿窗白玉钱。无人弄，移过枕函边。"此歌月倩语也。然一粘色相，便落臼窠，少侈博综，遂嫌饾饤。总未若子野是词，如水中盐味，非有非无，纸上花光，不离不即。试共南楼老子、北里佼人一倾耳焉，恍乎排

紫清，人广寒，听霓裳三叠矣。顾彦容

中如“低低于几平，淡淡分窗进。云去云来，磨洗千年镜”，又如“装成人世风流境”等句，独创新声，虽关、马再生，能道只字否？彦容又评

句句是月，而使事用实，轻虚脱化，纸上几无墨痕矣。殆化工笔也。吕鸣玉

吟　雪 有跋

[南南吕]

[梁州序] 尖风一夜，彤云千里，池面琉璃轻脆。六花[1]腾舞，先春已夺花魁。只见穿帘似燕，入幕如宾，洒脱无拘泥。钗头扶上也有情痴，就飞到炉烟心未灰，销金[2]帐，笙歌沸。纤纤玉手羊羔[3]美，正开宴，艳罗绮。

[前腔] 开帘疑月，开门无地，一幅米颠山水[4]。江天钓艇，濛濛几个蓑衣。只见危桥驴瘦，老树鸦寒，小犬柴门吠。梅边竹上也故依依，更逗入松梢伴鹤栖，茅屋下，明窗里。初煨榾柮[5]青烟细，商茗事，尽幽致。

[前腔] 乍飞来草榻无毡，更飘洒牛衣[6]无被。问村荒店远，酒沽来未。只见微晴漏日，忽暗藏天，恍惚寒山翠。谁家妆阁也火初围，想脉脉心情上客衣[7]，庭霰[8]积，琼瑶碎。狻猊[9]装捏儿童戏，成忽败，小兴废。

[前腔] 太轻盈似柳絮颠狂，争缟素[10]要梅花回避。见穷途古栈，一人一骑。可有高朋夜棹，上客梁园[11]，拾句苍茫里。诗成笑傲也兴尤痴，待捶破前山白玉堆，填溪壑，满阶砌。红尘打灭浑无际，炎忽冷，笑人世。

[节节高] 风灯动夜帏，更飞飞，窗敲碎玉声偏细。寒酸味，煨芋魁[12]，烘绵被。天明一觉呵呵睡，人间尚有鹑衣[13]碎。几处绳床赤脚眠，于中不要丰年瑞[14]。

[前腔] 空庖恰早炊，爨[15]烟迟，琼霙[16]乱洒晨光碎。敲冰箸[17]，瀹茗旗[18]，园蔬脆。一杯麦饭粗欢喜，人间尚有瓶无米。几处诗人得句时，贫家何限凄凉泪。

［尾文］愿凭一瓣风吹起，递入绮罗筵里，好带却阳和一线回。

【注解】

① 六花：即“雪”。因雪花多呈六瓣，亦名六出。

② 销金：犹洒金。

③ 羊羔：美酒。

④ 米颠山水：意谓像米颠的山水画。米颠，即米芾，善书画，个性豪放旷达，人称米颠。

⑤ 榾柮（gǔ duò）：木块，树根。

⑥ 牛衣：用麻编成的如蓑衣之类的物件，用于披护牛体。《汉书·王章传》：“章疾病，无被，卧牛衣中。”

⑦ 客衣：远行人的衣服。借代远行人。

⑧ 霰（xiàn）：俗称雪珠。

⑨ 狻猊（suān ní）：传说中的一种猛兽。也传说是龙的九子之一，形似狮子，好烟火。

⑩ 缟素（gǎo sù）：此谓雪像白衣服。

⑪ 上客梁园：梁孝王刘武，在宋州修建梁园（梁苑），常在园中接待文士。一日，天降大雪，梁孝王兴致大发，与众人赏雪吟诗。后常以此为咏雪之典。

⑫ 芋魁：老芋头。

⑬ 鹑（chún）衣：破衣百结，如鹑鸟的尾羽。

⑭ 丰年瑞：歇后语，意为雪。

⑮ 爨（cuàn）：烧火煮饭。

⑯ 霙（yīng）：雪花。

⑰ 冰箸（zhù）：雪后檐头滴水凝成的筷状冰条。

⑱ 瀹（yuè）茗旗：意谓煮旗枪名茶。瀹，煮。

风花雪月，总属化工，然使乾坤别开生面，莫过于雪，尤天地间一奇境也。一切酸腐饾饤语，对此都有惭色。予昨岁有［画眉序］一阕，已曾谱之竹肉，第恨调属黄钟，近于板实，且文情亦似枯寂。乃复制右词，庶几穷雪之变，而调亦俊快。每当微霰初零，残霙未死，纸窗竹屋，茗战香焦，胜友名姬，花温酒烈，更以尖喉脆笛，高调穿云，此时神魂飞舞，当在孤山梅影中，灞桥驴背上矣。自跋

歌　风 有跋

［南商调］

［梧桐树］青蘋叶势平，春水波纹净。动地撩天，把日脚高吹醒。飞花打翠屏，飘叶敲金井。移海吹山，直恁①颠狂性。卷涛痕啮②破嫦娥影。

［东瓯令］更低低扬，款款生，撩帐搴③衣不至诚。温柔偏解偷帮衬④，刚出浴冰肌莹。就微微针窦也留情，一线引香魂。

［大圣乐］做春寒递入疏楞⑤，漾钗幡头上冷。鬓花吹落香腮影，带几线泪痕冰。多应是飘零恰似郎心性，可更是荡漾还如妾梦魂。灯昏晕死，正和花送雨，恼人春病。

［解三酲］吹不了愁香怨粉，吹不了瘦铁穷砧⑥。吹不了玉门关上秋鸿影⑦，吹不了晓月津亭⑧。吹不了夜深裾带双鸳冷，吹不了春暖弓鞋⑨百草薰。凄凉景，吹不了柳绵如雾，古渡荒城。

［前腔］吹不了纸钱灰冷，吹不了野烧⑩痕青。吹不了酒旗叶叶春江影，吹不了古戍烟横。吹不了人悲客路斜阳艇，吹不了鬼哭沙场夜雨燐。添凄哽，吹不了子规⑪啼月，血递微腥。

［尾文］任撕掀⑫，从凄紧，翻覆犹如人世情。怎地把世上痴人吹他春梦醒。

【注解】

① 直恁(nèn)：一个劲的那样。

② 啮(niè)：用牙啃或咬。

③ 搴(qīan)：撩起；揭起。

④ 偷帮衬：逢迎凑趣。

⑤ 疏楞：窗户。或谓房屋上出现漏缝的瓦楞。

⑥ 瘦铁：削尖的铁器，此指武器。穷砧：不值钱的捣衣石。古时每到秋季，妇女都要清洗戍边人寄回的衣服，还要染捣衣料，做新衣寄给戍边的亲人，故古代常以“寒砧”“砧声”“捣衣声”寄秋思。这里借指战争。捣衣：把由染料与面粉浆糊搅拌成的东西均匀地抹在旧衣或新料上，然后放到石板(砧)上用木棒反复捣打，以给衣料和旧衣染上鲜丽的颜色。经过捣打的面料做成衣服和旧变新的衣裳，柔软熨帖，穿着舒适。这是一个常见的文学意象，用以表现别夫、离妇、思妇、离乡、怀乡的惆怅情绪。

⑦ 玉门关上秋鸿影：此有年复一年，戍边丈夫音信杳然，守家少妇思念无尽之意。玉门关，故址在今甘肃敦煌西北小方盘城，是古代通往西域的边关要塞。王之涣《凉州词》诗有“羌笛无须怨杨柳，春风不度玉门关”句。鸿，即雁，候鸟，一入秋天就由北方飞回南方，寓有依恋之情、思念之情。韦庄《章台夜思》诗有“乡书不可寄，秋雁又南回”句。

⑧ 津亭：泛指渡口。

⑨ 弓鞋：旧时妇女缠足，形曲如弓，称“弓足”，鞋称“弓鞋”。

⑩ 野烧：烧野草的火。

⑪ 子规：杜鹃鸟。传说古蜀王杜宇因伤亡国之痛而死，其魂化为杜鹃鸟，日夜悲啼，泪尽继之以血。后以杜鹃啼血喻惨痛万分。白居易《琵琶行》诗有“其间旦暮闻何物？杜鹃啼血猿哀鸣”句。

⑫ 攧(diān)掀：掀翻。

予既赋月，因念风月平分，而古人不多见歌风之作。宋玉《风赋》，分别雄雌，未免困于庄语，恐于封家姨攧花弄月之致，隔去万重。乃爰寻旧谱，更度新声，摹出一段无情之情、境外之境，遂觉吼天作业，竟成柔怨风流。谁谓一寸霜毫，无功于风月哉？自跋

《赋月》《歌风》，两词可称双绝，而《歌风》尤难，非当行名手，不能办只字矣。沈文藆

词家咏物，如作八股小题，决非学究头巾所能办。此词妍雅风流，有翩翩裘马少年之致。彼作老婆语者，舌重如石，即令读此篇，恐亦期期艾艾，不能成诵耳。张圣清

花生日祝花 有跋

[南商调]

[黄莺儿] 把酒祝花神，愿年年是好春，无风无雨清明信①。狂生卧君②，佳人戴君，主人好事怜君甚。制新声，移春③小槛，筝阮配箫笙④。

[前腔] 把酒祝花神，愿开时对韵人，香炉茗碗常相近。高僧许寻，名诗许评，阿翁济胜身无病。更园丁，时时挨衬⑤，绒索护金铃⑥。

[前腔] 把酒祝花神，愿先生粗不贫⑦，酒钱犹可支花信⑧。新茶正新，醇醪正醇，藤花竹笋刚肥嫩。绮筵成，飞笺召客，珠履破花痕。

[前腔] 把酒祝花神，愿吾曹⑨尽后生，花前个个堪痴兴。或折来上瓶，或扫来做茵，或酒筹探得簪于鬓。总多情，就春酲未醒，梦里也忏芳魂。

[猫儿坠] 祝花才了更低语问花神，谁似吾曹莽后生，花前生惯撒风情。惺惺⑩，尽把我诗句褒弹，觞政⑪经纶。

[前腔] 祝花才了更私语媚花神，你出落丰标越后生⑫，生辰今日遇晴明。须庆，多应是天付风流，勅⑬嫁东君。

[前腔] 祝花才了更笑语戏花神，不信伊家独后生，我判⑭百万买娉婷。欺君，只怕你输却风流，减却风情。

[前腔] 祝花才了更语慰花神，毕竟输君占后生，妙年标致恰初庚⑮。韶亭，好一似绝世无双，出阁佳人。

[尾文] 酬风酹雨⑯愁花损，似我于君独有恩，我与你岁岁年年永定情。

【注解】

① 信：消息。

② 君：此指花，后两句的"君"也指花。

③ 春：此指花。

④ 筝阮：筝，古代的一种弦乐器。相传西晋阮咸善弹这种乐器。箫笙：笙，古代的一种管乐器。相传春秋时箫史善吹这种乐器。

⑤ 挨衬：亲近爱抚。

⑥ 绒索护金铃：用绒线在花树上系小铃铛，以免鸟儿啄弄花朵。

⑦ 粗不食：不甚贫。

⑧ 酒钱犹可支花信：句意是花开时还有钱来买酒祝贺花的生日。

⑨ 吾曹：吾辈。

⑩ 惺惺：可能指花儿，也可能指歌女。

⑪ 觞(shāng)政：即酒令，饮酒时助兴取乐的游戏。推一人为令官，余人听令轮流说诗词，或做其他游戏，违令或负者罚饮。

⑫ 后生：美貌年轻。

⑬ 敕(chì)：皇帝下达命令。

⑭ 判：评定，引申为决定。

⑮ 初庚：刚出生。庚，年岁。

⑯ 酬风酹(lèi)雨：祭祀风雨，希望风雨不要损坏花儿。酹：把酒浇在地上，表示祭奠。

仲春十二日，俗传为百花生日，考之古，亦谓之百花朝。甲寅春，予读书泖上，是日拉村中少年，为祝花之集，因祭风雨，乞为护持。其文曰："惟神为两间劳臣，百昌施主。位隶巽隅，布离和而扬震德；神栖壁野，司毕宿而友箕星。春首一犁，颂恩泽者在农夫口中；太平十日，献治征者在天子殿上。若乃略洒芳林，园图似锦；轻嘘腻圃，花气如烟。妙致骚人，趁手拈成诗料；幽情韵女，临妆拾得春心。此又风流主盟，吾辈屡蒙奇贶；且是吟坛供奉，诗缄每借尊衔。但至仁无穷，施则不匮；而大德犹憾，受或非宜。于是持公道者，谓神之泽奢；眷花颜者，谓神之心妒。此固不足信之人言，然亦不训之物议也。兹者仲春十有二日，俗人之谭，传为花之生日，吟士之口，强名天之花朝。故某等典衣沽酒，窃泛霞觞，锡号征名，荐申华祝。因是杀鸡为黍，于神酬功，共口卸辞，代花乞命。伏念花禀妍姿，未闻以柔媚取罪；神有大

力，岂待以摧折为威？苟留一点之芳艳，庶大块之文章不刊；无伤百卉之幽妍，即名士之风流未死。殆大有造于天人，岂直加恩草木而已也。神其鉴歆，绎听斯语。尚享。”祭毕，各饮福酒，歌吹右词，且缀以彩缯，各赠名号：梅号素心居士，其有老韵者，特号和靖先生；竹号高节先生；芍药号郑校书；牡丹为金屋琼姬；白海棠一株为梦梨居士；池上夭桃号绯衣少年；门旁古槐号绿衣阉；柚为秋香亭执事；桔为赤心学士；紫微为玉京贵客；菊曰东篱长者；有楝出屋隅，谓屋角守望；桂为广寒花祖；山茶为阳羡酡翁；傍篱木香为雪衣荀令；蔷薇号司香院使；石榴为安大夫；水仙曰梦甄侍女；其号西方美人者，则蜀葵也。赠已，乃纵系鼓，纸钱纷飞，乱红低度。亭午举酌，进五菜羹、梅花酒，洞开四窗，花气来往，东风徐来，客衣微动。一时人气踊跃，快活不可言。日下舂，移席就花，月刚上，复出就月。夜深花雾冥蒙，座客醉影，倾欹而散。予复浮十数杯，嚼梅花数百朵而寝，时斜月在枕矣。此胜会不可不记也。自跋

乙丑百花生日记　自撰

予自甲寅，始为祝花之集，以后岁岁为常仪，而乙丑尤盛。盖葺治就麓新居，于此已八年。亭台花木，渐渐成章，百卉竟秀，干霄蔽日，名花胜事，始两相映发。先是五日，遍召吾友，招汉水、决如、容卿、湛生、伯英、友夔于泖西；致巨卿、公选、存人于浦口；天马凡六人，则竹里、鸣玉、瑞龄、鸣谐、伯明、茂林；城中凡七人，则眉公、伯瑞、彦容、东郊、子还、稚先、石公；方外两人，则慧解、性白；山邻止两人，则陈寿卿、郑君泰。是日先后继至，有阻风不至者。初谓十二日，拟得十二人，已而止得十人。稍焉楚人李剑墟来访，东郊携一歌姬至，适如数焉。乃命酒洗爵，告奠风雨。金革间作，有声无辞。凡以鼓吹天和，宣达阳气。祭毕撤馔，始迎花神而致祝焉。予时有歌童六人，善三弦者曰停云，善琵琶者曰响泉，善头管及挡筝者曰秋声，善篆及箫笛者曰永新，善阮咸吹凤笙者曰松涛、霓裳。于是各奏其技，称觞而前，每进一杯，歌小词一解，而丝竹之音，从而和之。已而饮福，左右

互劝，小童登场，快歌迭唱。于时纸钱纷飞，红雨如雾，东风洋洋，群鸟和鸣，万树悬缯，叶叶浮动，花神有知，当亦含哺而破颜矣。继命庖丁，区处福物，山蔬野蔌，未免富贵风致。盖茆檐之下，红裙捧觞，青童典乐，山翁于此，亦似作繁华梦云。是年花信独早，梅花未残，桃萼已放，幽草闲花，望暖俱发。予乃满贮古瓶，中堂置之，高及屋梁，光艳四出。而纷纷酒人，环坐其侧，首则李剑墟，时年五十二，以楚人也，独上坐焉。次陈眉公，时年六十八。次沈竹里，时年六十五。次张瑞龄，时年四十四。次吕鸣谐，时年三十五。次魏东郊，时年三十二。次张容卿，时年四十五。次张冲如，时年三十三。两君以予戚也，坐独居后。寿卿、君泰，以比邻也，坐亦居后焉。寿卿四十五，君泰三十八。予时亦三十八，以主人居末坐。歌姬年十九，独粉面莲腮而北面坐焉。是日也，肴不甚丰，而小品俱出新意；酒不甚酽，而芳白可鉴眉目；令不甚苛，而敏妙静冶，酒纠訚訚然。至于临池之月，快爽如秋，掀衣之风，猾净如水，小童之歌，幽脆如莺。坐客久谈，如纷霏玉屑，至夜深不肯去。皆一时幽胜之可纪者也。嗟乎，人生韵事，能有几何？一年艳节，能有几日？倘眼底挫过，妄冀后期，正恐聚散闲忙，死生病健，有不可知者也。试读《兰亭序》，阅西园雅集图，遗文具在，人事如何？未免有情，有不对之而涕泪也哉！则与其怅叹古人，何如消受今日之为得也，予将岁岁举焉。明年当更为护花幡，括香幕，绒铃索，以珍重之；拉名士十二人，各制新词，更令名姬十二人，立时翻谱，以赞叹之。且仿此遗意，从而侒月，八月十五月夕之辰，亦将举杯而酹姮老焉。庶几花月同盟，良辰分享。更属管城，传示信史，令千载之后，与《兰亭序》《雅集图》，共发有心人一痕痛泪。则吾辈朽骨，生气恒新，姓名事迹，常与斯文俱隐显也。是为之记。

乙丑祭风雨文　自撰

方春时和，万物条畅，山花向人，莞尔而笑，此五风十雨时也。乃两月以来，神数见谴，狂霾怒号十日而九，病粉愁香，俯首听命而已。独念某等小人，既绝妄念于人间，聊寄闲情于花圃。门无二仲，则花我友也；室无艳钗，则花我姬侍也；辟砚田之荒芜，答阳春之烟景，则花我文章也；燥湿辨其土宜，柔劲和其物性，则花我经济也；贵近争肥田，世易其主，野文安废圃，岁享其愚，则花我恒产也；落材可以供炊，取实何妨换酒，则花我泉货也；折奇葩以寄所私，浸芳醪而投密友，则花我应酬往还也；簪酒筹而绿鬓粘红，衬香茵，而黄衫蘸粉，则花我冠裳枕席也；嚼芳艳而齿颊生香，沁清芬而肺肠开悦，则花我神魂标韵也。以故一枝伤如一体折，一瓣飞如一泪零，真所谓连心之痛，同气之吁，所仰德于神者，夫岂鲜哉。伏愿自今以往，鉴情痴之无涯，悯香魂之易殒，加意护持，顺时矜恤。施恩于望泽之时，霁怒于厉威之日，使幔亭彻而不张，锦帐设而不用，则大德殊恩，无量无边矣。某等不胜竦息，虔祷之至。

乙丑祭花神文　自撰

惟此之日，神实降生，锦天浑沌，从此方开，香国文明，于焉载启。某等敢不铺张艳节，鼓吹良辰。用是并日夙戒，厥明将事。既酒烈而香温，后弦繁而管细。从事皆韵士，称觞有美人。预防意外之杞忧，酬风酹雨；似戏膝前之莱彩，裂锦悬缯。凡以曲致其留连，或者无惭于盛举。神其来思，共含怡而饮我酒也。

韶华九十，莫妙于百花朝。灯期才过，风信未来，柳线搓金，梅妆绽玉，踏青陌上，纨扇初携，斗草闺中，绣弓才试，春兮将半，乐也如何！过此则芳林烂漫，触目可怜矣。子野每际斯辰，便具羔豚以赛之，系羯鼓以催之，谱艳辞以媚之，招良朋以祝之。且邀灵青帝，乞泽雨师，千样护持，百般欣赏。花神有知，其不待晓风吹可知也。由是桃红李白，魏紫姚黄，更替竞发，岂遂贻未到晓钟之恨乎？故吾谓及时行乐，子野有焉。即古人修禊秉蕑，犹为晚耳。甲子长至彦容识。

一团韵致，绝世风流，花营独步，自应推戴。每读一过，想见其人毛孔皆韵也。韩巨卿

惜　花 有跋

［南商调］

［二郎神］怜花病，见废紫休红点绣茵[①]，轻又薄，香魂全瘦损。多情薄命，经二十四番风信[②]。烟雨楼台一曲笙，更纱窗夜寒灯晕。添人闷，宝栏杆外，欲谢[③]难禁。

［啄木儿］含风笑，浥露颦[④]，偏对凄凉掩泪人。乍飞粘锦字回文，忽逗破[⑤]绣床香印。春深小阁休文病[⑥]，琴心近接萧娘[⑦]信，正独自开箱检绣裙。

［三段子］空中似尘，淡濛濛，是谁人梦魂？苔前似鳞，点疏疏，是谁人泪痕。平明一阵寒差甚，绣帘不卷风尤紧，正酒晕扶头，倦妆时分。

［前腔］桃源杏村，洒香衫，风流后生。花棚绣裀，点青毡，词坛俊英，尽教拾向奚囊锦[⑧]。可怜一霎繁华影，知道明年，是谁相近。

［滴溜子］一片片，一片片，芳菲哄人。一点点，一点点，东君负心。作践韶华直恁，子规啼一声，撩乱古坟荒径。几回风雨，知多少槁葬芳魂。

［尾文］陌头[⑨]剩有弓鞋印，又付与花骢[⑩]踏作尘，总件件教人怜惜恁[⑪]。

【注解】

① 废紫休红点绣茵：指凋零的花瓣。绣茵，指落满花瓣的地面。茵，本指垫子、褥子。

② 二十四番风信：即二十四番信风，二十四种应花信而来的风。从小寒至谷雨，共八个节气，一百二十日，每五日为一候，分二十四候，每候应一种花信。花信，花开的消息。

③ 谢：凋谢。

④ 浥(yì)：湿润。颦：皱眉。

⑤ 逗破：逗乐笑破。

⑥ 休文病：南朝沈约字休文，因仕途失意，腰为之瘦。此处以休文病，代指忧郁愁闷。

⑦ 萧娘：女子的泛称，古诗词中泛指女性情人。

⑧ 奚囊锦：由书童背的锦囊。奚，奚奴、僮仆（书童）。李贺常使奚奴随行背囊，如途中得句，立刻写下，放入锦囊。后以“奚囊”喻诗囊。楼钥《山阴道中》：“奚囊莫怪新篇少，应楼山川不暇诗。”

⑨ 陌头：泛指道路。

⑩ 花骢：泛指马。

⑪ 恁(nín)：相当于“您”。

吾辈惜花，当自有一种情味在。余尝有诗曰：“但能痛饮便名士，解得惜花真丈夫。”识此意者，花自可惜，宜乎此词字字销魂也。有客携往金阊，为歌楼所谱，云其声大是幽怨。想当然耳。自跋

春江花月夜，最能愁杀人。况一旦粉憔脂冷，如虞姬起舞，绿珠堕楼，妃子葬马嵬时，有不黯然凄断者耶？倘于老红纷飞，残香销歇处，挝羯鼓，唱子野词，可以招月魄之不归，吊芳魂之无主矣。眉公评

红颜衰谢，千古伤心。读此词，令人情苗意瓣，缠绵无尽，想花神亦应淡然洒涕矣。单药园评

昔人云“天若有情天亦老”，予谓芳园绣谷，春风扇和，嫩紫嫣红，满世界皆天公情谱也。韵士赏心，佳人动魄，其留连殢惜，亦何待重阴垂幕，落锦成茵时耶？虽然，造物亦必赖文人彩笔，为写怨颦颦，方成众香国中一部花史。读子野《惜花》词，情深韵深，即封家十八姨为柔肠绕指矣。董仁常评

善貌花者曰：似美人小影，夫殢雨迎风，以倩女醿面写之，尚隔一重；何如即花写影，非幻非真，更觉入妙。余从眉公斋，得晤子野，病骨瘦瘠，体不胜绮，而语花深至乃尔，不独香艳如玉台、西昆诸体而已也。高阆仙评

送　春

［南仙吕］

［桂枝香］留春不住，劝春休去。无过柳眼花须①，去也还归何处。匆匆这回，叹匆匆这回，忙里没些滋味，愁里没些情绪。猛搴帏，花随流水红颜死，笋透窗纱粉泪垂。

［前腔］留春不住，怨春无语。争抛曲院台池，怎撇锦天罗绮。匆匆这回，叹匆匆这回，楼上满帘红雨，陌上满空飞絮。怎支持，添些春恨眉间住，搅得春魂梦里痴。

［前腔］留春不住，洒春无泪。年年薄幸②东君，识得机关破矣。匆匆这回，叹匆匆这回，愁不共春归去，春不共愁俱住。强支颐，杯中量减缘何事，病里慵添为甚的③。

［前腔］留春不住，骂春无罪。东风忒恁④无情，吹得老红铺地。匆匆这回，叹匆匆这回，处处断肠之处，句句断肠之句。吊芳菲⑤，空余杯酒堪怀古，剩有啼痕寄所私。

［不是路］猛自寻思，谁似钟情吾辈痴。伤春意，留连何忍别春衣。暗伤悲，休他拾翠弓鞋底⑥，冷落歌花小扇儿。穷生计，开窗风活关窗雨，暗灯孤炷，暗灯孤炷。

［皂角儿］乱红飞，哭杀鹃儿，薄绵飘，啄残莺嘴。这多应眼底炎凉，恰便是世间兴废。眼见得葬妖姬⑦，殉韵士，换前朝，移后代，一番儿戏。春今归去，明年再回。怕的是芳菲不改，绿鬓⑧添丝。

［尾文］一场春梦轻如此，一曲高歌春去，怎消得燕子莺儿搅乱飞。

【注解】

① 无过：不过。花须：花蕊。

② 薄幸：薄情。唐杜牧《遣怀》诗："十年一觉扬州梦，赢得青楼薄幸名。"

③ 为甚的：为什么这样。

④ 忒恁(nèn)：太那么。

⑤ 芳菲：芳香艳丽的花草。

⑥ 休他拾翠弓鞋底：妇女停止了春天拾翠的嬉游。拾翠，拾取翠鸟的羽毛，泛指妇女春天嬉游。

⑦ 妖姬：美女。

⑧ 绿鬓：乌黑而光亮的鬓发。常用以形容青春年少。乔知之《从军行》："况复落红颜，蝉声摧绿鬓。"

始而劝春，既而怨春，且继之以泣，而终之以骂。何其低回宛转如是耶！古人有言，"怨而不怒"，此可谓怨而怒矣。吾辈宁过情，毋不及情，不怒不可以为怨也。顾暗生

此词彦容首唱，吾辈同声和之。初止[桂枝]单调，偶示歌师，谓其无余音，似乎板实。乃补后幅两条，不觉言之更尔酸怨。正如穷村怨女，夜泣已悲，更有热心邻姬，从旁和之者耳。自记

绸缪宛转，俯仰流连。或抚今怀古而烈士魂销，或怨绿愁红而美人命夺。纸上墨痕，已不堪多读，况谱之莺喉耶！恐闻之者搁泪浣面耳。张子还

意不尽言，言不尽意，无穷感慨，一往情深。汪子野

元　宵

［南南吕］

［梁州序］千门花柳，九逵[①]烟雾，结采家家帘幕。腾腾火树，星桥欲驾银河。只听南邻敲鼓，北里吹箫，那个能闲坐。金吾不禁夜[②]，放恩波，正万井腾欢赐大酺[③]。（合）春刚到，梅刚吐，况一轮皓月刚三五。不痛饮，待如何。

［前腔］春轻犹嫩，风温不大，灯满云衢月路。见娇羞细语，樱桃[④]半颗无多可。奈花钿低簇，金凤[⑤]轻挑，卖弄新妆里。鞋儿弓字小，倩人扶，猛映着灯光艳绮罗。（合前）

［前腔］闹元宵弦管笙歌，庆丰年士农商贾。喜灯光随月，月光随步。只见皤[⑥]翁扶杖，小女牵衣个个，还添个佳人欢笑也，隔帘波，只恼得行人没奈何。（合前）

［前腔］喜良辰偏遇春初，乐升平风光无数。见弥天花艳，绝非酸腐。早是灯棚高架，灯样新兴，总把春妆塑。谁家夜半也，笑呵呵，尚兀是怕睡贪欢问紫姑[⑦]。（合前）

［节节高］风流逸事多，把绮筵铺，传柑共剥黄金颗。弹筝坐，拍板歌，拈花舞。律催太簇翻新谱，欢呼惊落灯花朵。（合）怕不今宵醉如泥，月倾杯劝银盘大。

［前腔］春烟散绮罗[⑧]，泛红螺[⑨]，团头明月清风我。与词人坐，教名妓歌，把新诗做。一团欢笑围箫鼓，画堂人物尽风流个。（合前）

［尾文］尽判烂醉酬三五，不欢娱其如此夜何，把自制新词得意歌。

【注解】

① 逵：道路。

② 金吾不禁夜：金吾，官名，掌管京城的戒备防务。元宵节开放夜禁，故有“金吾不禁”之说。苏味道《正月十五夜》：“金吾不禁夜，玉漏莫相催。”

③ 酺（pú）：聚饮。

④ 樱桃：女子的嘴唇。

⑤ 金凤：金凤钗。

⑥ 皤（pó）：白色。此指白发。

⑦ 紫姑：据记载，紫姑姓何，名媚，字丽娘，莱阳人。嫁给寿阳李景为妾。因不容于正室，常被差遣做脏活，于正月十五日忧愤而死。故后人常在这一天扎成她的形象，于夜间到厕所或猪圈等地方，迎祷占卜众事。俗称坑三姑娘，浦东地区叫扛三姑娘。其活动没有“姑娘的形象”，仅用芦苇扎成拱桥的样子当做轿子，两头由两个妇女抬着，余人许愿占卜。

⑧ 春烟：指元宵节的烟火。绮罗：华丽的衣服，此指穿着华丽衣服的人们。

⑨ 红螺：一种螺类，壳可做酒器。代指酒杯。

施枫溪《野外元夕》云：“休嫌冷落山家，山翁本厌繁华。试问莲灯十炬，何如月上梅花。”词颇清艳，然未脱措大酸气。子野“千门花柳，九逵烟雾”，极丽矣。乃后段云：“团头明月清风我。与词人坐，教名妓歌，把新诗做”，抑岂村汉赏灯耶！宋元来灯词，定以此篇压卷。陈寿卿

灯夕花朝，为初春令节，子野每走尺一相招，留连觞咏，推之雪晨月夕，时具胜情。因录其柬于后，令览者仿佛其人，自堪不朽耳。巨卿识

春初远辱惠顾，得共商元宵韵事，乐何可言。别后忽忽若有所失，何足下之牵人怀一至此也。今岁花朝，拟集名姬韵士，为花神谱曲称觞，坐上岂可少足下，足下亦焉肯自外耶。初十边，即望偕存人作计入山，恐至期或有风雨阻也。仆今春旧恙复作，虽旦晚即止，第如此长病，可知阎先生意欲云何。不如与花月结为姻戚，令青州从事作媒，庶几是现前享受。足下少年，当恶闻斯言，然正欲作此颓语，激弟锐气耳。胜会难得，惟足下重念之。子野来柬。

除　夕 有跋

[南中吕]

[好事近] 帘外鹊声高，喜报春光将到。揭天箫鼓，家家热闹多少。围炉守岁，看佳人素手裁幡巧①。共称觞笑祝檀郎②，愿青鬓③映奴花貌。

[前腔] 明朝青帝④早临朝，可又是花事看看来了。风姨月姊，更于中妆点多少。烧灯巷陌，有红裙队队尽弓鞋小。带鸦鬟才去寻梅，与邻姬又约斗草⑤。

[千秋岁] 近花朝，红杏枝头闹，一点点点上芳草。草绿如烟，草绿如烟，遥衬着冶游儿雕鞍藤轿。秋千架垂杨道，绮罗袖簪花帽。卖弄人年少，把花篮挂酒，竹杖高挑。

[前腔] 醉红桃，甫⑥可是清明到，昨夜雨今日晴了。紫陌⑦烟消，紫陌烟消，花容洗出十分波俏。朱桥外寻春棹，紫藤下烹茶灶。吟就新诗，好倩花钿换酒，玉指吹箫。

[越恁好] 荷钱才出水，荷钱才出水，泼红潮甫秀葽。木香棚那壁，酴醾架尽白了。挽榴花树高，挽榴花树高，见碧溜溜小钗儿挂在树梢。红簇簇紫薇，白玲珑茉莉儿，分赠艳娇。小池月，高阁风，是处蓬莱岛。看佳人笑指，牛女高照。

[前腔] 早秋来至，早秋来至，听庭梧一叶飘。恰穿针⑧过了，正月夕天气好。沸鸾笙凤箫，沸鸾笙凤箫，采香馥馥木樨儿插傍玉搔⑨。吃中秋饼儿，又重阳糕脯儿，捱到岁梢。菊未老，蓉又娇，橘绿橙黄了。见烟汀雁落，簇簇红蓼。

[红绣鞋] 擎一股紫蟹霜螯，霜螯，扯一腿黄鸡肥好，肥好。收新稻甫筥醪，扶红袖写鲛绡⑩，人都道是诗豪。

［前腔］纸糊窗雪下鹅毛，鹅毛，一枝梅窗外偷瞧，偷瞧。妆阁里有人道，羊羔熟须快倒，不然啊怕雪霁了。

［尾文］一年日日风光好，莫道今宵是下梢。残年过也，又有明年春到了。

【注解】

① 裁幡巧：妇女剪彩胜戴。彩胜，即头饰，又名彩燕、钗幡。

② 檀郎：旧诗词中常以檀郎为美男子的代称，或为女子称呼所欢之男子。一说晋朝人潘安，小字檀奴，仪容秀美，故云。李贺《牡丹种曲》："檀郎谢女眠何处，楼庭月明燕夜语。"

③ 青鬓：乌黑发亮的头发。

④ 青帝：古神话中位于东方的司春之神。《尚书纬》："春为东帝，又为青帝。"

⑤ 斗草：古俗用草比赛的游戏。白居易《观儿戏》："弄尘或斗草，尽日乐嬉嬉。"

⑥ 甫：刚刚。

⑦ 紫陌：泛指村野道路。李贺《昌谷北园新笋》："晓看阴根紫陌生。"

⑧ 穿针：借指农历七月初七的七巧节。七巧节有妇女穿针的习俗。

⑨ 木樨：即桂花。玉搔：即玉簪。

⑩ 鲛绡：传说中的鲛人（即人鱼）所织的绡。泛指薄纱。陆游《钗头凤》词："春如旧，人空瘦，泪痕红浥鲛绡透。"

岁聿云暮，日月就除，农事已休，春耕未起。纸窗明暖，梅影萧疏，雪月灯荧，夜帏茶熟。此时一盆火，一瓶花，煨芋数头，家人姬侍，相与守岁围炉。烧枣焚木，检点一年区处，花月几何，逋欠诗酒债若干。更以文心之波，旁及声律，令小童歌自制新词一两章，觉枯寂之乞，一时遣去，须眉毫发，皆温温然有生意。此山翁极风致，极快乐事也。予旧岁有［南北双调］一阕，已曾被之弦索，中有云"堪笑炎凉人情变，又共说元宵忘旧年"，又云"若过望便千般未圆，若安分便于今十全"，大率现前止足之语也。今年迫除，偶念春花秋月，正无了期，

且东坡云:“好风凉月即中秋,菊花开即重阳;不须以日月为断。”因复缀是词,将将来胜缘乐事,一一谱入,令岁寒村巷,仍有无穷之春,冷淡山家,亦有循环之乐。虽预道未然,似乎犹有过望,但风花雪月,本等受用,安见非现前止足也哉!彼奔驰于势路名场,百年而为万年计者,于此犹堪伯仲否也。

甲子腊八日记。自跋

调本龃轧,而词极秀熨,风流逸宕,亦丽亦尖。丽犹可及,尖不可当也。张冲如

兴致弥天,风流盖世,将无限风情胜事,收入寸管。要是胸怀浩荡,能吞若云梦者八九耳。人有言,不读万卷书,不行万里程,看不得杜诗。予谓不如是亦做不得杜诗。今于子野词,当亦云。朱伯瑞

世间乐事无边,只许闲人韵人,随处领略。非子野不知此乐,非子野亦不能为此言。沈淳碧

秋水庵花影集

卷二·套数

金陵怀古 有序

天生吾辈多情，常以今人吊古。览江山之秀丽，恍乘海之升沉。无不触目而感心，乃遂谐声而按律。盖怆兴废于前人，总成陈迹；而辨是非于后死，差有古心。如金陵者，诚古今佳丽之地，更国家根本之区。稽往事则六朝之遗迹极多，已是死灰之不起；仰遗烈则圣祖之明威如在，岂无信史之可言？因兹搦管而陈词，心花渗墨；当亦循文而见志，泪血成珠。嗟乎！文皇之嗣统，天也，时也；周官之辅政，才耶，德耶？不能无迂儒误国之悲，宁自禁野老吞声之哭。将闲心与春草俱青，而遗恨付江流无尽而已。

［南仙吕入双调］

［夜行船］虎踞龙蟠[1]，看江山妍秀[2]，古今都会。人间事，日夜潮来潮去，兴废。楚楚[3]衣冠，扰扰干戈[4]，纷纷宅第[5]。如沸[6]。今做了草头烟[7]，寻得个断碑无字。

［前腔］痴儿凿破方山[8]，笑区区人力，怎回天意？无多日，楚汉龙蛇并起[9]。从兹[10]，三世开基[11]，五马龙飞[12]，六朝更替[13]。惭愧，空费尽祖龙[14]心，依旧有人称帝。

［斗黑麻］残棋，赌罢输赢，把楸枰[15]剩在，再寻敌对。叹齐梁陈宋，总无长技[16]。谁知，佛寺已劫灰[17]，高台是祸基[18]。乌空啼[19]，只见如梦前朝，在淮水东边月里[20]。

［前腔］堪嗤[21]，天堑中分[22]，尽长江设险，好图机会。怎神州未复[23]，楚囚[24]流涕？吁嘻[25]，清谈岂事机[26]，偏安[27]岂帝基。总灰飞说甚砥柱中流，但挥麈风流而已[28]。

［锦衣香］叹前朝真儿戏，到如今英雄泪。还笑几许么魔[29]，要窥

神器[30]。谁知天命有攸归[31]，和阳一旅[32]，日月重辉。笑谈间万里扫腥膻[33]，羯胡[34]北去。雪尽中原耻，替古今争气。钟山呵护[35]，别开天地。

［浆水令］竟谁知北平兵至[36]，破金川天心暗移[37]。腐儒当国[38]等儿嬉，纷更是非，不合时宜。周官制，成何济[39]，成王已挂袈裟去[40]。孤臣泪，孤臣泪，滔滔江水。年年化，年年化，杜鹃啼[41]。

［尾文］渔樵话里成兴废[42]，叹今古暮三朝四，向糊涂帐里大家痴睡。

【注解】

① 虎踞龙蟠：像虎踞坐，像龙盘曲。特指金陵形势雄壮险要。金陵，今南京。晋张勃《吴录》中诸葛亮曾以“钟阜龙蟠，石城虎踞”形容金陵地势。

② 妍秀：美好，秀丽。

③ 楚楚：鲜明整洁。

④ 扰扰干戈：接连不断，经久不息的战争。

⑤ 纷纷宅第：指六朝时街巷豪宅参差高下，鳞次栉比，一派繁荣景象。句意为六朝兴盛时，金陵风物繁华。

⑥ 如沸：像开了锅的水一样喧闹，意指盛极一时。

⑦ 做了草头烟：意谓变为烟尘，化为乌有。

⑧ 凿破方山：传说秦朝时，有相舆者谓当地有王气，秦始皇遂派人凿破方山，埋金以破气。故后称秣陵（南京）为金陵。方山，在今江宁县东南，因四面等方，孤绝耸立，故名方山。

⑨ 龙蛇并起：指项羽、刘邦争夺天下。龙蛇，比喻非常之人。

⑩ 从兹：从此。

⑪ 三世开基：指东吴孙坚、孙策、孙权三人创建吴国，定都金陵（今南京）。

⑫ 五马龙飞：两晋末，怀帝、愍帝被俘，琅琊王（睿）、西阳王（羕）、汝南王（佑）、南顿王（宗）、彭城王（绎）先后逃到江南，琅琊王在建康（今南京）即位，称晋元帝为东晋之始。此前，曾有童谣：“五马浮渡江，一马化为龙。”因五王皆姓司马，故称“五马”。

⑬ 六朝更替：指东晋开国元帝司马睿、南朝开国宋武帝刘裕、齐开国高帝萧道成、梁开国武帝萧衍、陈开国武帝陈霸先。此五人分别在南京建都。历史上，常将这五个朝代与东吴合称六朝。

⑭ 祖龙：指秦始皇。祖，始祖。龙，君王。因他在历史上第一个称皇帝，

为真龙天子，故称。此句指秦始皇凿方山，开秦淮河，破坏金陵"王气"之事。

⑮ 楸枰：棋盘。古代常以楸木做棋盘，故名。

⑯ 长技：指特长技艺。喻治理国家的本领。

⑰ 佛寺已劫灰：南朝各代佞佛成风，大建寺庙。梁武帝更曾数次出家，再由臣下花重金赎回。由是，劳民伤财，帝业崩溃。多少佛寺在争战中化为灰烬。劫灰，佛家语，指劫火后的余灰，后多用来指兵火毁坏后的残迹。

⑱ 高台是祸基：指出南朝频繁更替的原因。高台，指金陵的台城，在南京玄武湖畔，原是吴的苑城，晋时修整为宫城，宋、齐、梁、陈因之。句意谓，台城是给金陵带来祸殃的根源。台城借代朝廷佞佛之事。

⑲ 鸟空啼：韦庄诗有"六朝如梦鸟空啼"句。

⑳ 淮水东边月里：从字句看，是讲南京在淮河之东。作者的真意是：风云莫测，朝代更迭，前朝已成镜中花、水中月、梦中镜。

㉑ 堪嗤(chī)：真可笑。

㉒ 天堑中分：南北朝时，以长江天堑为界，形成南北对峙的政权，南方是继东晋之后的宋、齐、梁、陈；北方是北魏、北齐、北周。

㉓ 怎神州未复：南朝最后一个皇帝陈后主(陈叔宝)，不但未能收复统一北方，反被南下的隋兵所俘。

㉔ 楚囚：本指楚国被俘的人。后用以比喻处境窘迫的人，这里指陈叔宝。

㉕ 吁嘻：叹气。

㉖ 清淡岂事机：魏晋南北朝时，崇尚老庄，空谈玄理，逃避现实。这句是说清谈之风贻误国事。

㉗ 偏安：安于江南半壁江山。

㉘ 麈：鹿一类的动物，尾巴可做拂尘。挥麈：即拂尘。这里指六朝帝王只图安逸享乐，成天迷于歌舞声色，没有统一中国的雄心壮志。

㉙ 几许么魔：几个妖魔，指元朝统治者。么魔，同"妖魔"。

㉚ 窥：偷视。神器：指帝位、政权。

㉛ 天命有攸归：作者认为朱元璋灭元称帝是天命所归。攸，所。

㉜ 和阳一旅：光阴好比旅客一晃而过。

㉝ 扫腥膻：意为驱逐元朝统治者。因蒙古人以肉为食，故曰腥膻。

㉞ 羯胡：古代北方少数民族。此指元朝统治者。

㉟ 钟山：即南京紫金山。呵护：守卫、护持。句意谓朱元璋凭借钟山神灵的护佑，灭元建明，定都金陵。

㊱ 北平兵至：写明代建文帝因听从臣下之议削藩，燕王朱棣从北京起兵，一举攻下南京，建文帝逃匿而去这一史实。

㊲ 破金川：朱棣进兵时，李景隆献金川门，南京遂陷。金川，南京城门名。天心暗移：指明建文帝出走，燕王朱棣自立称帝，即明成祖，年号永乐。

㊳ 腐儒当国：腐儒，指迂腐无能的读书人。当国，参与国事。

㊴ 周官制，成何济：明惠帝在开始削藩的同时，采纳方孝孺的建议，依照《周礼》改定明代的官制。这里是说，削藩之举已成败局，实行周官法度也已无济于事。

㊵ 成王已挂袈裟去：这里以周成王比建文帝朱允炆。他在燕王朱棣攻陷南京之际，与大臣程济等改穿僧服出逃。袈裟，僧服。

㊶ 孤臣：忠于已失去帝位"皇上"的臣子。此指建文帝的遗臣。二句意为，建文帝的忠臣（遗臣）泪水如同滔滔江水，年年盼望他归来。

㊷ 渔樵话里成兴废：化用《三国演义》："白发渔樵江渚上，惯看秋月春风。一壶浊酒喜相逢。古今多少事，都付笑谈中。"

金陵自齐梁以来，称烟花洞天、金粉福地，昔贤题咏，奚啻累牍。有云"旧时王谢堂前燕，飞入寻常百姓家"，悼晋也；有云"商女不知亡国恨，隔江犹唱后庭花"，伤陈也；至"王浚楼船"一章，压倒元、白，亦止叙破吴事耳。荆公[桂枝香]绵婉清新，脍炙人口，虽云本色当行，未必持风植纪。独子野凭吊千秋，扬摧昭代，胪兴亡之故案，蒐今古之前车，恨周官为纷更，叹当轴为儿戏。觉一段深情幽愤，隐现于珠歌绢字之中，直令断碣残碑，凛含生气，丧师屋社，咎有攸归，岂第作关、属优孟，争妍韵调已哉！王元美评《幽闺》云："无词家大学问，一短也；既无风情，又无裨风教，二短也；歌演终场不能使人堕泪，三短也。"盖必如子野此词，才免三短。噫！难言之矣。彦容评

此关系大文字，非目空四海、胸藏万古，岂能雄浑如此！存人评

合镜[1]词和暗生作 有序

暗生有章台人，得之甚艰，向日曾相与赋《问桃》《瞥见》诸词，何其悲凄怨慕。今以折桂手，作偷花汉，了不烦昆仑老奴、黄衣客之力，而残灯侧，小窗畔，竟有向人话旧矣。此时之乐，恍惚梦境，无怪乎暗生亟被之管弦也。篷窗夜雨，伸茧属和，聊识暗生一时盛事，且见吾辈亦有出头日如此。

[南商调]

[金索挂梧桐] 安排锦绣窝，修订鸳鸯谱。莫话欢娱，且话当初苦。记尊前一诺初，转秋波，却不道花命艰辛受折磨。郎奔驰京国东西路，妾死守空闺日月梭。从头数，星星记得怎模糊。真个是怨处恩多，恨处情多，今证了恩情果。

[前腔] 曾从爱里过，也向愁中坐。越是分离，越把心肠锁。沙[2]家事若何，付南柯，不嫁三郎头不梳。宁使做吞酸忍楚痴儿女，决不似抛冷趋炎歹丈夫。非闲可，历遭情劫忒多魔。到如今欢处悲多，却又是悲处欢多，搅乱了相搀和。

[前腔] 怎车干恩爱河，推不动相思磨。祆庙[3]烧完，渐近蓝桥[4]路。今朝出网罗，到凤凰窠，争气潘郎成就奴。羞惭了搬唆诽谤销金口，涂抹了长短方圆画饼图。从今啊，刀山变做软衾窝。真个是悲处欢多，况更是欢处欢多，把欢字浑身裹。

[前腔] 郎登折桂科，妾有奔琴[5]路。就天样高墙，怎隔得伊和我。滔天浪不波，渡银河，眷属团头住大罗。从前苦楚将欢娱补，把此后欢娱做曲子歌。擎杯贺，人间花事等荣枯。我也曾欢处悲多，悲处欢多，可合撰悲欢谱。

【注解】

① 合镜：指夫妻团聚。孟棨《本事诗·情感》载：南朝陈后主妹乐昌公主，为太子舍人徐德言之妻。隋灭陈时，徐知夫妻难于相保，乃破一镜，与妻各执一半，相约于正月十五日卖于京师，以期再见。陈亡后，公主没入杨素家。后徐至京师，于约定之日见人叫卖破镜，遂出半镜相合，并在镜背题诗一首："镜与人俱去，镜归人不归，无复嫦娥影，空留明月辉。"杨素知后，使德言与公主团圆，终老江南。后因此以"破镜重圆"比喻夫妻离散后又重新团聚。

② 沙：元曲中常以"沙"为语助词。

③ 祆(xiān)庙：波斯拜火教神庙。

④ 蓝桥：相传唐代裴航，在船上遇见一位美人，求爱被拒。美人送他一首诗，有"蓝桥便是神仙窟，何必崎岖上玉京"句。后裴航果然在蓝桥驿遇见一位叫云英的少女，结为夫妇，成仙而去。

⑤ 奔琴：指卓文君闻听司马相如弹琴后，随其夜奔事。指夫妻相会。

言言真至，字字儆策。情根艳种，绣口锦心。何其幽微曲折如是也！沈德生

暗生此番情案，须作一传，使后之观者，知其辛苦万状，方知此词字字信史。顾淡生

梦花词 有序跋

偶叩花房，忽成春梦。情知得鹿之非真，聊且书蕉而作记。盖将镌之巫云片石，而藏诸南柯郡楼也。

［南商词］

［梧桐树］屏山锦绣开①，衾枕温香在。了却因缘，还却鸳鸯债。奇逢命里该，也是娘拖带。今夜灯前，心事才明白。盟山一座填情海。

［东瓯令］星前祝，月底猜，月底星前今半载。花颠柳横多尴尬，毕竟有前程在。脸边情泪一时揩，竟稳取贴香腮②。

［大圣乐］婚姻事天自安排，战心兵③今奏凯。非干色胆天来大，氤氲使④，遣教来。好向奇花队里争先采，只是分浅卑人⑤怕未该。鸳鸯两字，喜从来撩草，自今端楷。

［解三酲］从此后花潇月洒，从此后瑟静琴谐。从此后药炉经卷偿花债，从此后给酒缝裳试慧才。从此后风帏雪案亲描黛，从此后香几灯窗看绣鞋。重思揣，恍一似当年惊喜，梦里人来。

［尾文］贫无长物把风流买，但笔底奇葩将艳史载，且将就休嫌嫁秀才。

【注解】

① 屏山锦绣开：成片的鲜花盛开在山中，成了一道屏风。

② 贴香腮：泪落在花瓣上，好像贴在香腮上。

③ 心兵：佛家用语，指纷乱的心思。

④ 氤氲使：亦称氤氲大使。氤氲，指阴阳之气的聚合，故而称氤氲使为掌婚姻之神。

⑤ 分浅：缘分浅。卑人：人卑微。

予初非好色，直是多情，每为怜花，时生痴梦。但柳絮随风，从来未曾结果；而桃源问渡，于今忽地成仙。花谱初修，且喜名题绣榜；书仙下谪，多应天配词人。水云一旦化成胶，真称遇合；山海千秋坚似铁，无限高深。自知骨相烟霞，穷措大岂应有此；或云心肠锦绣，工句字焉可无言？乃翻兰畹新声，永铸妆台业镜。虽然过眼成花，千红万紫；毕竟至人无梦，一觉三生。才醒来脂粉丛中，已插入龙华会里矣。自跋

从来文辑，借花事作文章，每每吹影镂尘，而要非本色。如子野此词，曲写柔情，刺心入骨。及观其序跋，夫岂流连惑溺者哉！人谓子野为堕花业，予将谓子野为证花果。眉公跋

予读古人词，虽名家如陈大声、梁少白，亦不过明衍恬澹而已，未必字字刻画、句句尖艳如子野者。每读此篇，令人意中冉冉如风花之舞。存人评

园林初夏

[南商调]

[集贤宾] 洗园林一番芒种雨，荷钱榆甲[1]才舒。故故[2]穿帘新燕乳，恰山堂暴热之余。衣刚拆絮，算茶笋一年春课。莺絮语，风刮地乱红飞去。

[前腔] 新篁恰将空地补，柳根芳藻藏鱼。见轻鸭浮来随意住，绿波波细草新蒲。水窗烟户，在楝树乱花飘处。天欲雨，听隔岸伏鸠[3]呼妇。

[黄莺儿] 槐绿点茅庐，拥寒酸一腐儒，葛衣补到难缝处。译山中鸟语，读神仙异书，北窗自有羲皇[4]古。网鲜鲈，西轩醉客，新月上帘初。

[猫儿坠] 阶前百合，香泛夜窗虚。鼻观心禅坐欲枯，偶然兴到了诗逋。得句，觉风致嫣然，尘气全无。

[黄莺儿] 村坞插秧初，听蛙声万井芜，晚晴脱帽科头[5]处。枣花儿渐疏，茭簪[6]儿渐粗，尝新蚕豆犹微苦。杖闲扶，看顽童好事，带雨刻桃符。

[猫儿坠] 落秧花发，茉莉买来初。种入房栊深处所，摘花亲手供妍姝。不俗，况更是解取新凉，何愧儿夫。

[尾文] 园林尽自多幽趣，结夏端居好著书，人道先生越越迂。

【注解】

① 榆甲：榆树的果实。

② 故故：摹声词，乳燕的叫声。

③ 伏鸠：鹁鸪。古人有“天将雨，鸠逐妇”之说。

④ 羲皇：即伏羲氏。此泛指古书。

⑤ 科头：原指不戴头盔的战士，后泛指不戴帽子的人。王维《与卢员外象过崔处士兴宗林亭》："科头箕踞长松下，白眼看他世上人。"

⑥ 茭簪：茭白。

眼前景物拈来便妙，而韵致遒逸，觉字字有仙气。陈仪泰

神气高闲，韵骨明秀，真可谓萧然物外也。性夙评

舟居旅怀有跋

[南仙吕入双调]

[惜奴娇] 飘泊寒塘,叹人生何苦,别离如是。鸳鸯字轻拆,好如儿戏。曾记,宝鸭①同宵!宝瑟同朝,宝笙同醉。今日,独自在蓼花汀,空想雾鬟云佩。

[前腔] 如痴,镇日凭栏不曾离,一片雨山烟水。闲心计,数遍鸦凶鹊喜。伤悲,灯盏儿昏,香字②儿温,风窗儿碎。判死,就做道铁心肠,怕也难堪此矣。

[斗宝蟾] 当归,蜗角蝇头③,把心花意蕊,等闲拴住。想楼前杨柳,湿烟铺地。应是,香烬冷翠帏,腮珠湿绣衣,可怜伊。你敢④是薄命佳人,我岂认薄情夫婿?

[前腔] 无谓,舍玉抛香⑤,把取凉休却,画眉⑥荒废。问风流底事,一身客寄,迢递⑦。江岸远望迷,清宵梦当归。猛惊回,只有剩枕单衾,人隔际天烟水。

[锦衣香] 别离愁,难回避,别时言,心牢记。况有针线亲拈,巧裁新制。口脂犹是污征衣,怎教伴我草店寒鸡,启窗儿一望大江西。平芜如地,眼看人归去。只身偏滞,秋山似剑,割人肠碎。

[浆水令] 上灯花浑如猜谜,酒消愁终难疗医。便宜讨尽一双眉。⑧秋风透衣,宿雨沿堤。无滋味,增瞌睡,清清闷把牙儿抵。浑如在,浑如在烟中梦里。争飞出,争飞出这愁围。

[尾文] 香罗⑨一幅封回去,上写断肠诗句,四边多是泪痕湮处。

【注解】

① 宝鸭:香炉。可能是依香炉的形状取的名。

② 香字：妻子书赠的诗句之类文字。

③ 蜗角蝇头：像蜗牛的角苍蝇头那样微小的东西，指利禄功名。

④ 敢：莫非。

⑤ 舍玉抛香：意谓别离妻子。

⑥ 画眉：以黛饰眉。西汉京兆尹张敞常给妻子画眉，后以画眉代夫妻相爱。韩偓《以庭前海棠梨花一枝寄李十九员外》："不如寄与星郎去，想得朝回正画眉。"

⑦ 迢递：形容遥远。

⑧ 便宜讨尽一双眉：指前二句写的"灯花占卜""假酒消愁"的事都做过了，但相思还是难疗，整日双眉频蹙。

⑨ 香罗：有香味的纺织品。

予有钓船曰"随庵"。辛酉文战，溯大江，抵金陵，遂舟居不复假馆。每到山水胜处，便刺篙休焉。山有面背隐现，水有曲折平远，两涯烟柳，有高低疏密，乃船之去就斜横，可以随缘选胜，诡遇征奇。时天又阴晴不定，山雨欲来，风月如扫，朝霞夕照，水面通红，新雁寒鸦，点散影没，更随时触目之奇观也。独伊人之思，有不能为情之甚耳。因为长歌以纪之，他日重游，此情味当犹在江山烟雨间也。自跋

辛酉之役，予与子野盘桓于"随庵"者十余日。山水风月，相于领略，俱人生未有之乐。时见子野多作诗词，绝不了试事。予戏曰："此行何为乎来哉？"

子野笑曰："子见昔年闱牍乎？如某某者，亦峨然进贤，则吾与尔正恐富贵来逼人耳。烟景召人，心气皆旺。且撇却眼前花，料理千秋业，可乎？"已而与予皆铩羽而归。一番辛劳，竟成灰飞，而子野情言，至今犹然在牍，灯下较雠细阅，真堪字字不朽，乃知吾辈终不当以彼易此也。韩巨卿

言情婉转绸缪，填词苍劲遒逸。情种词仙，一人占断矣。朱君深

桃　花 有跋

［南正宫］

［白练序］春如绮，正封拜花神近赐绯，浑得意，好似少年高第[①]。花中艳独痴，见一片红涛滟短蹊。烘游骑，粘杯印屐，照天铺地。

［升平乐］佳丽，繁华梦里，见陶家姊妹[②]，秀骨丰肌。无情有思，斗新妆艳夺春衣。怜伊，五更心事怨封姨。曾记得武陵[③]微醉，芳心未死，任杯传渡口[④]，一线春辉。

［素带儿］晴宜雨亦宜，纷纷柳堤，关心处怎消得蝶婿蜂媒。萧郎旧姓崔[⑤]，但诗句分明在左扉。多应是相思有种，仙药难医。

［醉太平］飞飞，残香病粉，向春池镜面，歌姬扇底[⑥]。玄都[⑦]无恙，早换却眼前兴废。谁知，有人高卧百花溪，但午梦客来惊吠。笑他人世公门，趁热到头无谓。

［尾文］千年怎待瑶池会[⑧]，欢聊且眼前随喜，休负了绿水春添鳜正肥[⑨]。

【注解】

① 高第：旧称考试或官吏考绩列入优第。亦谓才学优秀者。《汉书·晁错传》："对策百余人，惟错为高第。"第，等第。

② 陶家姊妹：这里借谐音赋桃以姓。

③ 武陵：典出陶渊明《桃花源记》。后因以"武陵源"或"桃花源"喻指隐居胜境。

④ 杯传渡口：此指在渡口设宴饯别。因曲写桃花，故可看作为"桃叶渡"。桃叶，相传为晋王献之妾名，献之送桃叶于渡口，固以名其渡。元虞集《题柯敬仲杂画》诗："水深桃叶渡，风急竹枝歌。"桃叶妹，名桃根，后用桃叶桃根泛指美女。

⑤ 萧郎旧姓崔：萧郎，本指梁武帝萧衍，后泛指女子所爱恋的男子。此句意谓，桃花的恋人旧姓崔。唐代诗人崔护曾写过一首《题都城南庄》的诗，传说是为怀念一位倚在桃花树下的女子而作。

⑥ 歌姬扇底：晏几道《鹧鸪天》词有“舞低扬柳楼心月，歌尽桃花扇底风”之句，描写与一位情人相见时的欢乐情形。

⑦ 玄都：玄都观。唐长安城里的一座道观。

⑧ 瑶池会：瑶池，传说西王母所居的昆仑山上的池名。西王母每三年在天上瑶池仙境设蟠桃宴，食者能长生不死。

⑨ 鳜正肥：张志和词《渔歌子》：“西塞山前白鹭飞，桃花流水鳜鱼肥。青箬笠，绿蓑衣，斜风细雨不须归。”全词表现了隐逸情趣。

花事繁华，莫过于桃。予向有《问桃》《感桃》两词，多人丽情，未尝有《咏桃》之作，甲子秋尽，坐病竹妙斋。适新霜昼暖，窗日微明，妙颖刚铦，古研初涤。午梦之余，文魔作祟，拈题不得，句若催人。乃乞灵武陵花祖，录用毛君，觉闲情冉冉，都从十指中出去。第苦咏物之作，太粘则学究之酸涎可憎；太空则又八寸头巾，人人可戴。虽此雕虫技俩，然亦字经炉锤，句属工炼者也：付之歌儿，喜其音节颇谐，更质之诸名家，或云使事脱化，俯仰情深。予不敢信以为然，姑记之篇末，以俟知者。自跋

簇锦团花，细香柔艳。张子念

予禁足黄山十余月，归来孤山，正梅花如雪。比至云间，则桃锦烂然矣。子野赠予诗，有“扫开一尺桃花雨，午梦才醒恰见君。指上欲拈千个月，脚头犹带万山云”之句。挂锡秋水，废十余日，因得读《桃花曲》。子野山居，桃花之盛，山中无两；而此词之婉丽缠绵，亦从来绝唱，可谓合之双美。予常怪桃源中人，鸡黍酒肉，了无文波。使子野作桃源渔长，当不知如何衍成一片大文字矣。巽玄师

风情遐美，譬之登山临泽，峰峡回缭，使人惊叹，如乍入武陵。韩子翰评

杨　　花有跋

［南仙吕］

［梁州序］花明如绮，芜[①]平如地，点点轻筛空退。缫绵捻絮，腾腾碎扑帘衣。只有蜘蛛网内，池沼湾头，野性方才死。相将鹤发也共垂丝，叹白尽头颅是春去时。留不住，推不去，有人枯坐空窗里。扶酒病，算心期。

［前腔］天涯日暮，江头春尾，汉苑隋堤休矣。模糊如梦，一痕惊破游丝[②]。偏向酒旗风底，画舫栏边，唐突[③]无规矩。一从飘泊也不来归，但林外声声哭子规。留不住，推不去，有人独立斜阳里。怀古泪，送春杯。

［前腔］乍飞来百子帏前，又悠扬秋千绳底。正池塘微涨，野花铺荠。只见嫌红[④]细打，妒白[⑤]轻敲，赚杀桃和李[⑥]。陌头新绿也与眉齐，叹滚滚风流趁马蹄。留不住，推不去，有人妆罢高楼里。怀远梦，哭花时。

［前腔］但衔将莺嘴还粗，蓦穿来虾须[⑦]偏细。更杯心镜面，似停非住。况也如愁更乱，比泪还多，团做伤春句。偏生轻薄也遍天涯，况草绿花香满路岐。留不住，推不去，有人掩泪篷窗里。梳客鬓，晒征衣。

［节节高］萍生雪练堤[⑧]，浪鱼吹，画船箫鼓江南树。疏还密，东又西，迎如避。全无骨力随红雨，燕儿多少含糊语。可有长亭[⑨]痛分离，一杯酒尽销魂处。

［前腔］纷纷古钓矶，小桥西，半斜朱户春深闭。风将息，日渐低，人扶睡。打人有意人无思，自来自向墙东去。可有荒坟霭暮烟，

纸钱鹃泪伤心处。

［尾文］一年一度春飞絮，惹多少有情人泪，将无数春心多付与。

【注解】

① 芜：丛生的草。杜甫《徐步》："整履步青芜。"

② 游丝：蜘蛛等所吐的飘荡在空中的丝。

③ 唐突：乱闯；冒失；莽撞。

④ 红：此指桃花。

⑤ 白：此指李花。

⑥ 赚杀桃和李：意谓柳花忌妒红桃白李。

⑦ 虾须：可能指织帘的线，或装饰帘子的流苏。

⑧ 萍生雪练堤：此指柳絮像白色的萍花缀满杨柳堤岸。

⑨ 长亭：古时，路隔十里设长亭，隔五里设短亭，供行旅停息，送行话别。庾信《哀江南赋》："十里五里，长亭短亭。"

春暮杨花落时，最能荡人，一往深情，举目无限。此词或谓写意摹神，已到八九，然正恐有写不到处，惭愧香绵耳。忆戊午春尽日，天和雨晴，风缓絮定，与同社两三人，登东城为送春之饮。满眼模糊，非雪非雾，一时坐客，各有心事，各不可向人道。此情味似未可以句字尽也。自跋

此词可当《别赋》，《月下感怀词》可当《恨赋》，直与江郎梦笔，争艳千古矣。陆性夙

古人谓丝不如竹，竹不如肉，以为渐近自然。袁中郎《虎丘记》云：比至夜深，箫板亦不复用，一夫登场，四坐屏息，音若细发，响彻云际，每度一字，几尽一刻，飞鸟为之徘徊，壮士听而下泪矣。予谓子野《杨花》等词，每于声音句字外，别有神韵，正须付若辈歌之，区区排场伎俩，未足传其妙致也。眉公评

咏物之作，若只如画家粉本，图写形似，便未免文人酸气，须得境

中之情，言外之致，方为摹神入化。阅子野咏物诸篇，从无一板实语，即至用故使事，亦如轻云笼远山，非有非无，似远似近。运笔之化，立意之高，出语之韵，真少见其俦也。韩巨卿

赠石城董夜来 有序跋

余落魄风尘，销沉壮志。秋波浩荡，感岸上之愁莘；宿雨连绵，梦江南之芳芷。盖悲哉之气多感，而黯然之魂易惊。柔情缥缈，能无伊人之思；奇福难销，孰是东家之子？偶寻花圃，忽睹仙妃，问姓则双成是其前生，询名则夜来乃其再世。年同碧玉，婷婷之致可知；骨抵轻云，袅袅之容何限。有心人谁能堪此，多情种未免流连。乃寄艳于词葩，聊纪情于梦蝶。

［南仙吕］

［月儿云］花星偏照，前宵梦儿好。偶到花丛里，瞥见如花貌。生怕人瞧，背灯儿觑着了。他不道儿夫至，俺不道冤家到。俺忍不住偷将冷眼挑，他羞脸微红一线潮。

［桂枝香］逡巡[①]戏调，刚才微笑。谁知事到其间，也暗地悄声低叫。却教人怎生[②]，却教人怎生，真个是柳慵花笑，抵不得酒容歌貌。俊多娇，身轻女史应呼赵，有福檀郎岂姓萧。

［不是路］幻出蓝桥，共叶秦楼一曲箫。奇逢到，合欢头上夜枝交。福难招，解开螺髻乌云袅，半亸[③]酥胸白玉销。谁承料，鸳鸯牒挂姻缘号。怎生推调[④]，怎生推调。

［排歌］绣户风情，金猊篆消[⑤]，西窗隙月偷瞧。一双蝴蝶缀花梢，一对鸳鸯浴暮潮。惺惺[⑥]语，半是嘲，恼娘常是撒心焦。低低问，半是招，泥[⑦]娘常是撒春娇。

［皂罗袍］如此挂人怀抱，把情根一瓣，种活心苗。梨魂已被杜鹃销，杨花一任春风闹。屏间灯烬，余花自飘。枕边茉莉，余香乱抛，于中有事郎知道。

［大声乐］映窗纱旭日初高，惜娇眠嫌起早。碧栏杆外鹦哥叫，

枕痕沁印红桃。且喜玉台此夜留温峤，只是金屋何年贮阿娇[8]。情痴怎了，趁娘行睡着，揭帐偷瞧。

［解三酲］忘不得香沾片脑，忘不得汗渍鲛绡[9]。忘不得破瓜[10]年纪身材小，忘不得猿客蛾眉韵味高。忘不得莲花吐瓣尖尖舌，忘不得束素重封窄窄腰。千般好，忘不得千金一刻，刻刻良宵。

［皂角儿］叹酸丁天付情苗，向青楼姓名流落。谁承望性忒怜花，却随处每逢花报。似伊家比花娇，同柳宠，近今无、从古少，也容啰皂[11]。一言低告，伊家听着，但从今花朝月夕，可是魂劳。

［尾文］扬州花梦痴难觉，梦逐西风到处飘，却被奇花又缠住了。

【注解】

① 逡巡：欲进不进，迟疑不决的样子。

② 怎生：怎样，怎么。柳永《临江仙》："问怎生禁得，如许无聊？"

③ 亸(duǒ)：下垂。

④ 推调：同"推掉"，推辞拒绝。

⑤ 金猊篆消：香炉的一种。香炉作狻猊形，空腹。焚香时，烟从口出。花蕊夫人《宫词》："夜包楼台月数层，金猊烟穗绕觚。"觚，殿堂上最高的转角处。篆，盘香的喻称。秦观《海棠春》："宝篆沉烟袅。"也指盘香的烟缕。萧贡《拟回文》："风幌半萦香篆细。"

⑥ 惺惺：此指董夜来。

⑦ 泥：此谓柔弱。

⑧ 金屋何年贮阿娇：原指武汉帝幼时喜爱阿娇，并欲建金屋让她居住一事。后以"金屋藏（贮）娇"称纳妾。李白《妾薄命》："汉帝宠阿娇，贮之黄金屋。"

⑨ 鲛绡：薄纱。

⑩ 破瓜："瓜"从字形上可析为两个八，因以破瓜表示十六（指女子的年龄），也以破瓜表示六十四（指男子年龄）。后俗以破瓜表示处女破身。这里指女子年龄刚到16岁。

⑪ 啰皂：纠缠、吵闹。《水浒传》第51回："孩儿快放了手，休要啰唣（皂）。"

戊午文战，予以首秋八日赴金陵，旅邸枯坐，萧条若僧。适冲雨晚出，自钞课街，循文德桥而西，卒饮于朱伯瑞寓。饮散，从子楚、安

仲、禺中辈偕行。微雨如毛，酒力弥劲，忘其所之之迢递也。乃邂逅董姬于灯影之下，视其年可十三，双鬟初掠，眉目遒颖，细骨柔肌，如可抟搦，花心酒境，于此双妙，遂定交焉。问其小名，曰“月哥”，乃以“夜来”字之，而赠之以词。盖原其名，且志其时其事也。自记

妙词隽艳无比，直愧剩粉残红，不堪承当耳。已付蒋三哥玉箫度之，一夕旦便新声盈耳矣。今夜恶雨，不敢复望高车。中秋月色定佳，正足下文战凯旋时也。幸过擎杯听新曲，儿且手拨琵琶以待。夜来柬中语

万斛奇香，弥天花艳。古人丽情骈语，简翰如山，求其如此才情，恐温、柳辈尚须罗拜床下耳。张子楚

予既剃发，例不得读绮语。偶过三影斋，子野出小词示我，不觉神味洒洒。善哉参寥之言，譬如不事口腹人见江珧柱，能无一朵颐？盖正不须作空花观，其尖艳处皆其血性处，大可助人机锋。予请以子野为师，甘吃痛棒也。莲儒师

予长子野十五年，犹记其两髫垂垂，不谓笔锋直咄咄逼人如此。岁戊午，薄游金陵，与子野流连文酒者月余，因得识夜来于灯月之下。枯禅老眼，讶为异人。初谓夜来当以绮句为赠，已而见子野词，叹曰：“无庸吾辈局外人作隔靴搔痒语。”王禺中

闺　词 有跋

[南仙吕入双调]

[步步娇] 翠被香浓春寒夜，小阁灯花谢。窗纱月影斜，照着离人，曲曲栏杆下。蓦地自嗟呀①，早日长人去今宵也②。

[山坡羊] 急飕飕③，隔帘风大，冷清清，隔窗花亚。瘦岩岩④曾经病来，闷恹恹扭得身儿趄⑤。半思他，三分又恨他。春光如许，如许春无价。怎地离家，抛人得下。思他，是真耶是假耶。恨他，是痴耶是梦耶。

[解三酲] 思则思文人骨格皆风雅，思则思翰苑文章的⑥大家。思则思风流略不乔声价⑦，思则思些事何曾肯使乖。思则思宵眠为我煨金鸭⑧，思则思睡起教他拾绣鞋。难抛下，思则思藏阄⑨斗草，曾赌金钗。

[前腔] 恨则恨良宵负了千金价，恨则恨春病缘谁逐日加。恨则恨书来旧套寒暄话，恨则恨要我通宵梦着他。恨则恨虚名也挂傍人口，恨则恨是我当初一念差。丢开罢，恨则恨传来谎信，说便归家。

[皂角儿] 寄一股传情玉钗，兼一幅揾啼罗帕。情知他未必思量，且胡乱试他心么。若果是十分歪浑是歹，他既然我索性一勾都罢。伊家负我，非奴负他，偏是你甜言美语，花上生花。

[尾文] 可怜虚度欢娱夜，那一夜灯前不叹嗟，将一幅新词和泪写。

【注解】

① 嗟(jiē)呀：叹息。

② 早日长人去今宵也：人很早就出去，离家有很长一段时日了，今天又到

了晚上，人还是没回来。

③ 急飕飕：浦东方言，形容很快。此指风又疾又猛。

④ 瘦岩岩：指人瘦得呆滞。岩岩，浦东方言，意谓木头木脑，萎靡不振。

⑤ 趄(qiè)：倾斜。

⑥ 的：的确。

⑦ 略不：全不，全无。略，相当于文言中的皆、俱。乔：伪装。

⑧ 金鸭：金色的鸭形香炉。

⑨ 藏阄(jīu)：古代的一种游戏，饮宴时设阄，探得者饮。跟“抓阄”是一个路子。

字字新思，言言柔韵，古今情词，不啻充栋，然非枯淡无味，则尘俗可憎。如此新韵，可以前无古人，抑亦难为继起者矣。陆五如

五如，予心友也。犹记此词脱稿，适以原草裹药。五如偶来，见之惊喜，散药满案，袖携而去，遂为好事者所传，乃南及鸳湖，而北及金阊焉。今小词行且付梓，而五如墓木拱矣。芜词之墨如新，心友之骨已朽。灯下偶阅评辞，不觉五内欲裂也。自记

夜　雨

［北双调］

［新水令］没人庭院种芭蕉，惨模糊[1]隔窗烟草。引凄凉来枕畔，欺薄命上花梢。急打轻敲，乱洒斜飘，总送个愁来到。

［驻马听］烛影红摇，剪剪风[2]威寒正悄。茶烟青绕，腾腾篆字[3]湿初飘。低杨直接水西桥，鸣蛙总在池边草。一兜儿[4]轩屋小，闷开窗可竟是无昏晓。

［沉醉东风］盻远信云昏雁杳[5]，怆心期[6]水涨天遥。一阵价[7]孤灯晕盏昏，一阵价万叶临窗闹，打梨花门掩墙高。柔橹咿呀雾外摇，烟雾里垂杨画阁。

［折桂令］一声声空外潇潇，鸡也胶胶[8]，漏也寥寥。竹也萧萧，树也摇摇。怎消得帘衣袅袅，窗纸条条[9]。扯淡[10]的把香也烧烧，棋也敲敲，书也枭枭[11]，灯也挑挑。

［离亭宴带歇拍煞］檐头铁马[12]偏生闹，恹恹[13]残梦才惊觉。这凄凉怎熬。地儿卑后近山，宅儿小斜通竹，窗儿矮前临沼。但从教有泪垂，总只是无人到。白茫茫长暮潮，讨得个风回门自关，雾湿弦初劣，火歇衣刚燥。准备着惜花起早，听得人耳待聋，耍得人眉皱了。

【注解】

① 惨模糊：昏暗的样子。

② 剪剪风：形容寒风削面。韩偓《夜深》："恻恻轻寒剪剪风，小梅飘雪杏花红。"

③ 篆字：指盘香点燃后的香烟及热茶的水气袅袅上升，犹如篆字。

④ 一兜儿：一口袋，形容屋小。

⑤ 盻(xì)：此有睁圆眼睛看的意思。雁杳：暗用"雁足传书"典故，说明没

有书信。

⑥ 怆心期：意谓悲伤失望。怆，悲伤。心期，期望，心愿。

⑦ 一阵价：犹谓一会儿这样，那样。价，这样，那样。

⑧ 胶胶：鸡鸣声。《诗经·郑风·风雨》："鸡鸣胶胶。"

⑨ 条条：指窗纸被风吹打成一条条碎片。

⑩ 扯淡：无聊。

⑪ 书也臬臬：指翻开书本。臬臬，浦东方言，即翻翻。此句与前句、后句连在一起，有宋赵师秀《有约》："闲敲棋子落灯花"的句意。

⑫ 铁马：挂在檐头的铃铛、风马儿，风一吹就会发出响声。

⑬ 恹恹：形容精神萎靡不振的样子。

石萍《雨景词》云"芭蕉又发没人处"，子野则曰"没人庭院种芭蕉"，可谓青出于蓝。夫芭蕉送雨颠风，最能挑人离索，故昔人有词云"窗外芭蕉窗里人，泪向心中滴"，比"隔个窗儿滴到明"更觉酸楚。又蒋捷云："流光容易把人抛，红了樱桃，绿了芭蕉。"又无名氏云："眉黛小山攒，芭蕉生暮寒。"又吕圣求云："误了芳音，小窗斜日到芭蕉。"是不待夜雨萧飒，乃添凄况矣。

此篇酷似贯酸斋。顾彦容

雨景易摹，雨情难写，而情中之景，景中之情，尤是难写。此词可谓曲尽其美，直谓为《雨赋》可也，岂直雕虫伎俩哉！竹里评

昔有人令人作《江赋》，以千字为限，而止得七百。其人恚然曰："何不以江之左右悉言之？"此文家三昧也。此词颇窥是旨，自不须字字训诂，而自然语语生动。子野曾于秋梧两馆，令小童以单筝度之，文既凄然，声复哀怨，遂觉窗外潇潇，点点是泪。眉公跋

渔　　父 有跋

[南仙吕]

[桂枝香] 风头雨急,船头人立。穿肩自织蓑衣,戴顶新编箬笠。把纶丝下钓,纶丝下钓,雪浪满江推白,远岫带云堆黑。把船撑,烟里双枝桨,芦根一点灯。

[不是路] 四面山青,一只船儿柳内横。趁潮平,呼儿抱女自扳罾。活鱼烹,若[1]非骨肉团头会,也是邻船熟面朋。倾磁甏,明朝捉得鱼时分,再来酩酊,再来酩酊。

[长拍] 渡口潮生,渡口潮生,风凉月静,横笛声没腔成韵。五更梦觉,船舱中把脚伸伸,没事到伊心。不消计较生涯稳,恶浪滩头高阁枕。任东西一片布帆轻,更谁知,生儿长大了也有天婚[2]。

[短拍] 富贵贫穷,富贵贫穷,从来没定,再不闻饿杀渔人。忘记姓和名,鱼虾里蠢然性命。只靠着鱼粮丰稔[3],几曾愁米炭柴薪。

[尾文] 纶竿头上容渔稳,少风波处便安身,还笑那着甚羊裘严子陵[4]。

【注解】

① 若:你。

② 天婚:天赐姻缘。

③ 丰稔(rěn):庄稼成熟。

④ 羊裘严子陵:东汉严子陵少时与光武帝同游学。光武帝即位,严变更姓名,隐身不见。武帝乃令人查访,后齐国上言:“有一男子,披羊裘钓泽中。”帝遂亲临其所迎聘,往返三次,子陵拒不应命。其后征为谏议大夫,不屈,耕于富春山,卒于家。后以“羊裘垂钓”喻隐者不仕。

"鱼虾里蠢然性命",此渔父颇是高远。若果如子陵披羊裘,钓泽中,乃至足加帝腹,太史指为客星而恶之,似大非钓鱼本旨也。正恐鱼虾见而深入,终其身不获一鳞耳。自跋

余尝有题渔父诗,落句云:"犹是有机心,一点竿头饵。"此言更有入处,请子野再进一步。

《太平乐府》载白无咎[鹦鹉曲]云:"侬家鹦鹉洲边住,是个不识字渔父。浪花中一叶扁舟,睡煞江南烟雨。觉来时满眼青山,抖擞绿蓑归去。算从前错怪天公,甚也有安排我处。"极形容钓叟之乐,然正恐机心犹在耳。子野云"鱼虾里蠢然性命",又云"还笑那着甚羊裘严子陵",此渔隐大有眼孔,必曾问津桃源者。彦容跋

予草庵在申浦口,江水吐纳,风烟万状。时见渔舟如鸭,翼比而泊,有一翁貌如五十许人,予童时即见之,二十余年,容色不改。得鱼即卖钱换酒,与邻舟翁欢饮剧醉,未尝见其空乏,亦未尝见其有余钱。人都忘其姓名,只以老翁呼之。去年八月,忽辞众曰"因缘尽矣",拱手扬帆而去,竟不知所之。乃知浮家泛宅中,多有得道者,当不过寓言于渔耳。子野此词,曲尽渔人风味,但犹在纶竿头上寻诗生活。若更转一解,则可以终身垂纶不得鱼矣。性自评

予少子野两年,方为儿嬉,即相得甚欢。未几,同为诸生。子野英英秀发,有鞭箠四方之志,予亦落落自负,潦倒十余年,奔走名场,初无是处,而忽各鬑鬑有须矣。予且退休于长泖之上,万水之中,茆屋如粟,僻远荒凉,鱼鸟为政,予故自号"芥舟",日适渔。子野因寄予《渔父词》,且系以诗,有"钓竿终日税渔粮"之句。丁巳秋,子野造予庐,四壁萧然,三径芜没,顾视圃中有蔬,床头无酒,谋之于妇,得一钗卖之。乃相与留连信宿,秉烛论心,话到不平,拔剑砍地。子野笑曰:"此岂所谓'逋渔'者耶?"且笑且叹,攒眉者久之。嗟乎!吾辈心热命寒,乃不得驰驱皇路,至托之江干雨笠,枫岸烟蓑,一何无聊至此哉!每披此词,未尝不神游钓叟之乐,然为此感叹者正不少矣。戊午秋初,秣陵舟中记。

五如深远英特，用世士也，不幸兰摧，可胜玉泣。有语自写掀髯扼腕之致，真堪传神。乃附之词末，令百世之下，人人识吾五如，庶几不死云尔。自记

问桃和暗生作 有序

三郎夙负情痴，时生花梦。东城有曲水小桥，露桃斜照，曩时携手江皋，花枝人面，所掩映多矣。一日萧郎路人，能无依旧春风之感乎？因为《问桃》一章，吾辈皆属和焉。

［南商调］

［二郎神］春才好，正寒食东风柳外桥，一树桃花和晚照。微微晕脸，分明是旧识丰标[①]。却为甚低头微似恼？想不耐燕莺啰唣。没分晓，可记否当年，花底魂销。

［集贤宾］朱门绣阁深窈窕，一枝潜锁春娇。怕镜里公然憔悴了，浑不似旧时遗照。残红细草，知几许雨帆烟棹。心下恼，不明白闷死夭桃[②]。

［黄莺儿］幽恨倩谁消，殢花枝[③]，怨树梢，缘何问你翻含笑。春江晚潮，春烟柳条，怕从今总是相思料。但花朝，酒杯诗句，于此一吹箫。

［猫儿坠］阮郎标韵[④]，翻做沈郎[⑤]腰。重到玄都无分了，残花红与泪珠飘。心焦，怎下得[⑥]教人，今日明朝。

［尾文］花神似也回言道，道两地相思人总老，直到天老依然缘未了。

【注解】

① 丰标：风采、风韵。

② 夭桃：茂盛艳丽的桃花。这句用拟人手法写桃。《诗经·周南·桃夭》："桃之夭夭，灼灼其华。"

③ 殢（tì）：滞留；困扰；纠缠。

④ 阮郎标韵：阮郎，指阮肇。传说晋末刘晨、阮肇两人入天台山采药，迷路，在桃源溪畔遇到两个仙女，请他们相留同居。半年后，两人回家，发觉人间已过七代。后两人复入山，不知所踪。见刘庆义《幽明录》。这句意谓桃花象阮郎那样青春亮丽。

⑤ 沈郎：指南朝梁时诗人沈约。沈约曾致书友人，说自己因多病而腰围减损。后因以沈腰作为身体消瘦的代称。

⑥ 下得：犹言忍得。无名氏《摊破金字·秋思》："懊恨，双亲下得毒手，把奴推出门外做出场丑，如今到此不自由。"

妙在句句是问。"天老依然缘未了"，竟成词忏矣。戴孺容

俊逸绝尘，眉宇高洁，而婉丽当行，更属词林能品。张汉水

文生于情，非情人决不能为文人。多情如子野，自应咳唾九天，随风珠玉也。友夔评

钱塘怀古 有序跋

钱塘名胜,甲冠江南。吾辈情深,不居人后。过六桥而见桃李之空花,步孤山而趁鹤梅之幻影。缅念古人,遂成时昔。风景不殊,终日画船箫鼓;凄凉何限,千年荒冢狐狸。两岸青山,可是文人笔冢;一朝红雨,依然粉面啼妆。干戈已歇,空余草木之兵;陵墓无痕,只剩牛羊之笛。谁分谁是而谁非,孰辨孰兴而孰废。似分劫火于秦坑,烧空热焰;爰赋文波于江管,写尽闲心。敢云字字可怜,窃谓声声是恨云尔。

[南仙吕入双调]

[晓行序] 传说钱塘,是莺花山水,闹天热地。谁知是,千古有情人泪。愁睇①,古路残碑,废井新田,断桥荒寺。如此,知换却几多人,可是影中装戏②。

[前腔] 萋③迷,白傅堤④边,草含颦不辨觅湖碑记⑤。人烟聚,六井不淘荒废⑥。谁知,功在苍生,也有而今,空劳心计。闲气,还有个恨无边,塔下千年庆忌⑦。

[黑麻亭] 堪疑,野老林逋⑧,但妻梅子鹤,淡缘高寄。问玉簪端砚,此人何罪。淹泪,百岁有尽期,诗人也废基。暗悲凄,只有蘼合花深,仿佛断桥名句⑨。

[前腔] 重题,坡老⑩当年,尽风流太守,问花参偈⑪。自黄州⑫去后,六桥烟蔽。痴睡,琴操⑬久不归,朝云⑭甚处飞。恼人意,眼见苏小⑮坟头,松柏尽枯无树。

[锦衣香] 问衣锦山谁荣贵,问翠微亭⑯谁恬退。只可惜报国精忠⑰,奉牌十二,十年心力一朝灰。千秋切齿,磔⑱桧分尸。笑优游人在半闲堂⑲,身谋家计。人国同儿戏,葬身无地,如今化作业⑳风

妖气。

［浆水令］种冬青痕消迹废[21]，问遗民谁知是非。从来亡国总灰飞，伤心至斯，天道何知。桑麻地，烟花市，焉知不是藏龙处。真堪哭，真堪哭，苍烟荒雨。公然见，公然见，窜狐狸。

［尾文］江流九曲疑成字，写不尽古今兴废，可怜月送暮潮归去。

【注解】

① 睇（dì）：看。

② 影中装戏：如幻影，如做戏。

③ 萋：形容草长得茂盛的样子。

④ 白傅堤：即白居易官杭州时在西湖所筑的白堤。因白居易做过太子少傅，故名。

⑤ 笕（jiǎn）湖碑记：白居易筑堤后，曾立碑为记，上刻《钱塘湖石记》，内容主要是有关西湖水利及一些规定和禁约。笕，引水用的长竹管。《钱塘湖石记》："（钱塘湖）北有石涵，南有笕，放水溉田，每减一寸，可溉十五余顷。"

⑥ 六井不淘荒废：唐代宗时，李泌任杭州刺史。当时杭州城靠近江海，水咸苦，居民吃水困难。李泌组织人力，在杭州城西北开凿了六口巨井，推进了杭城人口的增加和经济的繁荣。元明以后，海水远退，水质淡化，六井渐废。

⑦ 庆忌：神话中的水怪名，相传为涸泽之精。旧时西湖边有庆忌塔，以镇水患。

⑧ 林逋：北宋诗人林和靖，名逋，字君复。隐居西湖孤山，爱种梅弄鹤。林逋以一位隐士酷爱梅花及对梅花出色的艺术描写，奠定了后世将梅花作为高洁人格象征的基础。自北宋以来，林逋及其梅花诗成了咏梅诗最常见的话题和典故。诗句"疏影横斜水清浅，暗香浮动月黄昏"脍炙人口。

⑨ 断桥名句：唐诗人张祜有"断桥荒藓涩"诗句。

⑩ 坡老：苏东坡。

⑪ 参偈（jì）：拜佛。偈，佛经中的唱词。

⑫ 黄州：苏东坡曾贬居黄州，故以此代称。

⑬ 琴操：妓女。苏东坡在杭州时曾与她戏语，他假作长老，让琴操提问。当苏东坡语以白居易《琵琶行》中"门前冷落车马稀，老大嫁作商人妇"时，琴操大悟，出家为尼姑。

⑭ 朝云：苏东坡有妾名朝云。

⑮ 苏小：即苏小小，南齐时钱塘名妓。墓在西湖西泠桥畔。

⑯ 翠微亭：在灵隐寺飞来峰山腰。南宋韩世忠于1142年建，以怀念岳飞。

⑰ 报国精忠：岳飞从军时，其母在其背上刺下“精忠报国”四字，以激勉。

⑱ 磔（zhé）：古代的一种酷刑，把肢体分裂。

⑲ 笑优游人在半闲堂：意谓讥笑那些在半闲堂中优哉游哉偷闲的人，心里却想着养家的俗务。

⑳ 业：佛教指恶业。

㉑ 种冬青痕消迹废：史载，宋亡后，河西僧札木杨喇勒智发掘南宋诸帝陵墓。遗民林景熙、唐珏、郑宗仁、谢翱等收亡帝遗骨，装以木匮，葬会稽（今绍兴）山中，又从宋帝殿移来冬青植其上，以为标志。

癸亥三月，予坐雨湖上，亦成《吊古》一阕，然只写赵家南渡而已。子野揽古综今，举一切幽踪秘迹，艳种愁端，尽谱之竹肉。尝从耳热后，按拍歌之，恍入六桥花月、两山烟雨中。即以此七调当一部游览志可也。彦容评

西湖事迹极多，此词收括无遗，缝合无迹，殆化工手也。至笔意之老，墨气之新，更须独步词家矣。徐彤父

武林城平直如几，两高峰突兀如奁，而西湖一点圆明，正如青铜出匣，为古今业镜，凡兴亡炎冷，总无遁形。譬之宝镜临妆，今朝之眉晕才新，明旦之鬓鬟重换，妍媸好丑，自去自来，清光不改，止添藓绿，然而照镜美人，已不知换却几多矣。此词极言影花泡幻，颇似该核，而调笑悲啼，两极其致。是使古今无遁形者，西湖也；使西湖无遁情者，此词也。攒愁数恨，传古人不死之心；画地指天，耸今人欲竖之发。盖撷翻二十一史，散寄于天人之籁，使千秋血泪，化形为声，庶几磅礴六虚，而风呼雨号，皆是物耳。尝试于苏公堤上，处士坟头，山雨欲来，桃云半死，以一红牙、一头管，曼声唱之。当年绮艳，今日凄凉，总随竹肉余声，零乱于烟花草蝶之际，而青山不语而含颦，黄鸟欲言而无字，尔时柳眼花须，无不惨惨欲泪，而何况吾辈也！犹记戊午初夏，薄游江阴，偕沈德生、张曙台、夏子奇、周尔章，登君山绝顶，江流

浩荡，山色参差，怀古情深，愤悱欲发。适有渔歌一声，隐起于苍波浩渺之外，不觉大叫欲绝，相对泫然。盖惟声感人，正不须辞与境合；况此声声沉痛，将眼前兴废，挑人肺肠耶？宜乎其感怆之深矣。丙寅分龙日，峰泖浪仙重记于竹间水上。自跋

世间升沉万状，触目可怜。屈指君山吊古，曾未十年，而德生已化为异物，曙台诸君，亦迥绝天水，空有书来人远，梦破人离耳。即此已足千古之恨，不须更向夕阳衰草，问断碣残碑也。《花影集》行，曙台诸君会应见之，当知酒徒无恙，老更情痴，无词半幅，便可作塞暄书矣。独恨松杉烟雨中，有一不可复作之德生，从此千秋万岁，永为羊牛樵牧之墟，但供有心人感怀寄恨之具，宁不痛哉，宁不痛哉！所当重谱一词，为前词补遗可也。又自跋

余往游湖，当山空霜满之候，蛩凄猿怨之辰，水浅鸥明，松繁钟碎，乃放小艇，历孤山，出西泠，于寺，于桥，于曲楼遥树，于断岸，于残村，无不极动息留连之致。炉沸高人之语，香参古树之魂。携子野右词，放歌哀吟，飞鸟为之徘徊，游鱼听而决骤。吴王台上鹧鸪啼，越王宫中乌鹊飞，祇令人念鸱夷子。五湖谁载月明归？归与归与，复令我遐想扁舟时也。沈与可评

闻子野先生，雅以张子野自命。予生也晚，不获登堂奉教，唱“云破月来”之句。时听吾友巨卿、存人、敬安，诵说胜情，擒扬藻艳，弥深响往。适同游西湖，巨卿携此词相示。摭事入化，怀古多情，令人欲歌欲泣，恍从江山烟霭中。晤对先生，当不复廑不见古人之恨矣。董子爱评

送　春有跋

[北南吕]

[一枝花] 香披锦带亭，雪散荼蘼架。燕巢忙垒絮，蜂蜜静蒸花。柳拜新桠，怨春归枝上黄鹂骂，感花谢窗中红泪洒。喜踈钟未动犹春怕，嫩暑轻添欲夏。

[梁州] 又一度繁红闹绿，又一番乳燕鸣蛙，叹东君恁地无情煞①。勾销了白茫茫梨魂夜雪，收拾了俏夭夭桃面朝霞。趱②上了绿阴阴鸦藏柳带，作成了皱微微鱼吃萍花。收藏了香喷喷箬瓮新茶，准备了软腾腾艾虎轻纱③。羞惭了锦灿灿搜句奚囊，退后了曲弯弯踏青布袜，冷落了跄琤琤④花底琵琶。把人，痛耍。似白头吟守临邛寡⑤，歹东君应受罚。把酒殷勤问着他，下得抛咱。

[骂玉郎] 怎使俺凄凉终日守闺闼⑥，关两扇破窗纱，支持愁病无方法。粘不上落地花，说不出伤春话，遮不住临头雪⑦。

[感皇恩] 呀，且引如花⑧，坐着绣榻。涌一涌脸潮霞，拨一拨银义甲，拍一拍象红牙⑨。掩一掩青团宝箑，唱一唱阳春白雪。我只待留春住，怎留他。只落得句句愁似燕子说，字字泪似杜鹃血。

[采茶歌] 只见那流水外两三家，遮新绿洒残花，一阵阵柳绵儿⑩春思满天涯。俺独立斜阳之下，猛销魂小桥西去路儿斜。

[煞尾] 但茫茫荒烟野水无穷也，况悠悠锦字琴心没半些⑪。这度伤春非当耍，真个是留春无计，送春又怕。只落得惜花飞怨风吹把酒儿和泪呷。

【注解】

① 恁地：这里为指示代词，这么，那么。煞：甚辞。

② 趱(zǎn)：赶；快走。

③ 艾虎轻纱：艾：艾蒿（草）。艾虎：用艾做成的或剪成的虎，旧俗端午节给儿童戴在头上或贴在衣上，谓能辟邪除秽。轻纱：代指衣裳。

④ 跄(kē)琤(zhēng)琤：跄，器物撞击声。琤琤，玉器相击声。此指流水琴声。

⑤ 临邛(qióng)寡：汉时临邛卓王孙的女儿卓文君新寡。指白发人守寡，有回春无力的意思。

⑥ 闼(tà)：门。

⑦ 临头雪：白发。

⑧ 如花：借指美女。

⑨ 象红牙：指可能嵌有象牙的一种乐器。红牙，指檀木，因其色红坚硬故称。古常指调节乐曲板眼的拍板或牙板，多以檀木制成。

⑩ 柳绵儿：柳絮。

⑪ 锦字：指妻寄夫的书信。琴心，琴声传达的心意。指司马相如的典故，后用以指爱情的表达。

“送春”两字，无限关心。已谱南宫，付之箫管；复缀是词，并被弦索。凄凉悲壮，始各极其致。每歌此词，大都在落红飞絮中，一时情味已为香绵病粉，搅乱撷翻，而丝愁竹怨之声，复袅袅耳根。倘未免有情，敢问谁能不痛哭也。自记

情字为骨，艳字为肌，韵字为神，如此北词，恐未许元人梦见，且无论当代也。韩公选

中　　秋 有序

中秋是第一可怜夕。对酒不饮,谓可怜人何?因缀小词,征歌引满,坐上名流,且携孔子觚、刘伶斗、东坡金蕉叶,同归醉乡去来。

[南商调]

[临江仙] 明月清风真我友,人生此外何求。临风觞月月当头,正是有秋堪赠客,惟酒可忘忧。

[金索挂梧桐] 早推开月面愁,放出秋容[①]瘦。一点如钱,正在楼南首。帘衣半上钩,扬轻柔,见隐现婵娟[②]似害羞。待高持冰鉴[③]评诗酒,更别聘烟鬟嫁斗牛[④]。高探手,广寒堪折一枝秋[⑤]。我这里酒有花筹[⑥],曲有莺喉,这消受真消受[⑦]。

[前腔] 南楼兴未休,吾辈能诗酒。吸尽清光[⑧],月印粘于口。从来这晚头,几淹留,叹庾亮[⑨]而今也废丘。当初曾把秋消受,到今日他还有分否?须参透,这杯中绿蚁[⑩]尽消愁。可怜这一度中秋,早剩得半夜中秋,渐渐又三更后。

[前腔] 谁分一半秋,想天与人分有。这月底清欢,莫放传杯手。还须叱怒虬[⑪],向广寒游,醉眼摩挲将桂子偷。把霓裳谱出钧天奏[⑫],可不是弦管吹云尽破愁。休悭[⑬]酒,有罗衣堪当更何忧。须知有客路伤秋,还有个小院悲秋,又似得尊前否。

[刘泼帽] 中秋风正凉时候,氅[⑭]衣轻纱帽笼头,流萤几点翻罗袖。韵致道,把酒政[⑮]闲穷究。

[前腔] 中秋月正明时候,桂花阴倒插人头,纷纷坐客陪迂叟。赌酒筹,分险韵,催诗就。

[前腔] 中秋人正闲时候,浸葡萄白酒新篘[⑯],飞笺召客无生友。莫去休,你去时定拽着衫儿袖。

［尾文］腰围幸免休文瘦，镜面全无潘鬓愁[17]，且学个刘伶[18]常害酒。

【注解】

① 秋容：指秋月的面容。

② 婵娟：指月亮。

③ 冰鉴：明月。冰，明亮。鉴，镜也，常喻月明如镜。

④ 斗牛：二十八宿中之二星宿名，斗宿(南斗)和牛宿。句意为：不要让烟云飘向斗牛去，让月亮更明亮。苏轼《前赤壁赋》："月出于东山之上，徘徊于斗牛之间。"

⑤ 广寒：月亮。一枝秋：传说月中的桂花树，故有"折一枝秋"之说。沈约《登台望秋月》："桂宫袅袅落桂枝，早寒凄凄凝白露。"

⑥ 花筹：酒筹。用以行酒令。

⑦ 消受：享受，受用。

⑧ 清光：泛着清光的酒。

⑨ 庾(yú)亮：东晋人。《世说新语》说，他在秋夜"与人咏谑"后，王羲之与丞相谈及此事。丞相说，庾亮那时的"风范不得不小颓"，王答曰："唯丘壑独存。"

⑩ 绿蚁：也作"渌蚁"。原指浮在酒面上的绿色泡沫，后因此以绿蚁称酒(美酒)。

⑪ 虬：即虬龙，古代传说中一种无角的龙。

⑫ 霓裳：王灼《碧鸡漫志》载，唐玄宗与方士游月宫，闻听仙乐，归而记之，为霓裳羽衣曲。钧天奏：即钧天广乐，喻天上的音乐。《史记·赵世家》载，赵简子昏睡七天始醒，扁鹊问之，说是与百神游于钧天，听了广乐九奏。

⑬ 悭(qiān)：吝啬。

⑭ 氅(chǎng)：外套。

⑮ 酒政：行酒令。代指饮酒。

⑯ 篘(chōu)：滤酒的器具。此指过滤酒。

⑰ 潘鬓愁：潘岳《秋兴赋序》："余春秋三十有二，始见二毛。"后因此以"潘鬓"表示中年鬓发初白。亦称"潘子鬓""潘岳鬓"。秦观词中有"晓镜堪羞潘鬓点，吴霜渐稠"句。后亦指未老先衰，常寓有岁月飞逝，功业未就之意。

⑱ 刘伶：晋初人，"竹林七贤"之一。好喝酒，常喝得酩酊大醉。好老庄哲学，不计较身外得失，与世无争，醉生梦死。后人把刘伶作为嗜酒疏狂，蔑视礼

法，落拓不羁文人的代表。

凄怨缠绵，风华蕴藉，达生之言，更饶情致之语。美人耶？道人耶？钱四如

此词前段颇缠绵，后段颇夷爽，如初入回栏曲径，使人意思幽深，已而忽得大路，更使人神气开展也。眉公评

浑身骚雅，随口风流，一经其手，字字秀，句句韵矣。包稚先

怀　旧

[南黄钟]

[画眉序] 孤灯伴愁寂，院落沉沉雨花滴。更流萤冷淡，候虫啾唧，今宵里数恨三年，方寸内量愁千尺。（合）眼前无限心头事，过去了怎生留得。

[前腔] 当年正今夕，两个团头[①]起和立。记灯光影子，一双东壁[②]，相携手只惜从前，谁料得尚余今日。（合前）

[前腔] 从今与伊隔，彩凤青鸾[③]没消息。叹萧郎真个，路旁行客，朱门老一段青春，人世过几番寒食。（合前）

[前腔] 灯前展书迹，小字蝇头喷香墨。料从今之后，半行难得。花笺上日月时辰，应变做怨时愁刻。（合前）

[滴溜子] 漫说道，从来两心铁石。更谁知，别后梦魂空忆？就哭得泪干何益！今生要见他甚时日，浪信传来怕多不的[④]。

[鲍老催] 追思那日，奇花一朵亲手摘，春风被头鸳凤匹。是锦绣缘，繁华命，风流敌。巫云[⑤]柔软嫌风急，柳线轻摇嫩无力，真个是相怜惜。

[滴滴金] 花开并蒂花遭劈，线结同心线还折，扬州梦有回来日。将海誓丢，山盟息。且把韩香返璧[⑥]，从今一场春事毕。好歹来生，和你再相觅。

[双声子] 黄昏立，黄昏立，细雨洒，尖风急。青灯侧，青灯侧，眠不稳，空劳忆。眼见得，眼见得，画不出，画不出。似乱花飞过，怎生邀勒。

[尾文] 从今勾却风流笔，须把从来念头息，只恐陡上心来消未得。

【注解】

① 团头：团聚。聚首。

② 一双东壁：东壁，东墙壁。意谓东墙壁上一双人影。

③ 彩凤青鸾：指男女双方。彩凤，代指年轻貌美、能填词作诗的女性。青鸾，一说是传说中的神鸟，一说是凤的青色羽毛居多者叫青鸾。

④ 浪信传来怕多不的：谓音讯空传，也多半仍见不了面。

⑤ 巫云：相传战国时楚怀王曾游高唐宫观，梦见一妇人，自称巫山神女，愿侍枕席，怀王宠幸之。神女去而辞曰："妾在巫山之阳，高丘之岨（jū），旦为朝云，暮为行雨，朝朝暮暮，阳台之下。"后因此称男女幽会为"巫山之梦"，亦称巫山云雨。

⑥ 韩香返壁：韩香，晋贾充属吏韩寿与贾充女私通，女赠他西域奇香，后以韩香代指男女偷情。这里借指结束情缘。

一声一泪，一字一珠，盖赋情之深，自能穷思之变，将从来相思套语，一切洗却，独写其意中之意，情外之情。如一幅新翻贝锦，自然文采焕然，不须更付染人也。顾暗生

月下感怀 有序

眼底空花，凭您自开开谢谢；身中真果，培他要岁岁年年。休说功名富贵，无过白骨生涯；莫分好歹贤愚，总是黄粱公案。不识影中幻相，真性何存；但知个里虚无，源头便见。所以清虚禅教，全非香味色声；就是好事儒家，岂开富强礼乐！但解当前破幻，何须别处寻真。如行到山穷水尽，回思归路才殷；似填得海竭河干，不用慈航自渡。此命篇之意云，亦唤世之法也。

[南大石]

[念奴娇序] 阴晴，万古这冰轮不改，凭人覆雨翻云。欲向吴刚求利斧，劈开懵懂乾坤。休诨[①]，一点山河，三千世界[②]，人间万事总虚影。(合)多管是清光夜夜，照不分明。

[前腔] 痴甚，天公哄您，并没个好歹，贤愚忠佞同尽。万里江边沙上骨，这是隋唐秦晋。休逞，扯破衣冠，丢开礼乐，到头毕竟认谁真。(合前)

[前腔] 忒狠，将相功名，君王社稷，争教一代一灰尘。早发掘垒垒，前朝荒坟。冰冷，笛暮牛羊，蛩秋[③]烟雨，当年气势吓谁人。(合前)

[前腔] 重省，酷慕神仙，浪煎药物，心长命短与谁争。碑额上标题，隐士先生。伤情，狐戴头颅，鸦翻皮肉[④]，大丹毕竟甚时成。(合前)

[古轮台] 漫胡评，从来些个[⑤]总无凭。功名富贵天之分，怎生侥幸。况到底空花眼前，岂伊毕竟。有事到垂成，被人作梗，有凌云奇志，困青衫[⑥]叫天不应。有高才短命身倾，有星霜白首垂涎，如斗一颗金印。成败岂由人，今宵景，苍烟荒野鬼无灵。

［前腔］须听，还有专宠宫庭，也有独守鸳帏，恨人薄幸。也有嫁得萧郎，却有日路人相认。有恩爱夫妻，衾挨肩并。有夫婿恩荣，捧将来县君诰命⑦。有伶仃孤苦艰辛。高高下下，如今白骨，总成枯梗。天眼太昏昏，今宵景，一声长笛晓风清。

［尾文］一轮月，万古情，笑如此人间痴甚，但闲气教伊莫要争。

【注解】

① 休诨：不要开玩笑。

② 三千世界：古印度传说中一个广大范围的世界，简称大千世界。因大千世界中有小、中、大三种千世界，故名。

③ 蛩(qióng)秋：意谓深秋。蛩，蟋蟀。

④ 狐戴头颅，鸦翻皮肉：意谓狐、鸦修炼成人形。

⑤ 些个：同“些儿个”。谓少。

⑥ 青衫：指小官。唐代九品文官衣服为青色。后因以青衫表示官职卑微的人。陆游诗句：“白发刘宾客，青衫杜拾遗。”

⑦ 县君：古时妇人的封号。魏已有此称。唐代五品官之妻封县君，母封县太君。诰命：一指帝王对臣子的命令，二指封建时代指受过封号的妇女。

睥睨乾坤，揶揄今古，碧眼如炬，空花幻泡，觑破多矣。袁仲闻

说尽世态，自写闲心。世人直如傀儡排场，子野但袖手旁观，指非画是云尔，何居之高而视之下哉？朗公师

但调笑而不惨怛，此须眉持世气象也。若稍作儿女态，便酸气呀人矣。鸣玉评

予向闻子野，未识子野。适至眉先生斋，读《花影集序》，始识子野为如此子野。已而得读《花影集》，获观此词，乃更识子野为如此子野。他时袛园坐上，吾当以上首让之。扈芷师

舟中端午 有跋

[南商调]

[梧桐树] 歌长檀板温①,酒剩蒲香②冷。艾虎轻纱,稳称端阳景。词人共酒人,队里安红粉③。水沸龙腥,暴热蒸痴兴。欢呼似有灵均④应。

[东瓯令] 龙舟上正潮平,浪喷微花人乱影。低回粉面腮微晕,把画舫栏杆凭,似一枝擎水藕花新,映日转盈盈。

[大圣乐] 垂杨岸人立如屏,弄潮儿萍覆顶。朱幡冉冉中流影,连水面尽船栟⑤。可正是熏天酒热天应醉,贴水歌酣水忽浑。高怀自耿,怎销得石榴裙上,这点花星。

[解三酲] 喜今日箫声俊冷,喜今日筝手圆明。喜今日抽笺纪事词新警,喜今日俊舌歌莺。喜今日客欹纱帽翻茶鼎,喜今日妓亸⑥金钗划酒经。繁华命,喜今日烟花队里,采得头名。

[尾文] 风微暑嫩衣衫醒,且趁此花缘治酒兵,休似那独醒沉湘⑦空寂寥江上冷。

【注解】

① 歌长檀板温:歌太长,檀板都敲击得有了温度。檀板,即拍板,打击乐器,因多用檀木制成,所以叫檀板。

② 蒲香:指菖蒲酒。古端午节时习俗用酒。

③ 红粉:红,胭脂;粉,白粉。二者均为妇用化妆品,因以红粉借代美女。杜牧《兵部尚书席上作》:“偶发狂言惊满坐,两行红粉一时回。”

④ 灵均:屈原。屈原,名平,字原;又自云父为之取名正则,而字灵均。

⑤ 栟(bīng):棕榈,包在棕榈树干外面的红褐色纤维,可制蓑衣,绳索等物品。此指船上用的棕绳、棕团包。

⑥ 亸：指钗横鬓垂。

⑦ 沉湘：相传舜有二妃，名娥皇、女英。舜出巡时死于苍梧之野，葬九嶷山。二妃痛哭于湘江边，投江而死，后为湘江之神，称湘妃，也称湘夫人。

名姬周绮生，才色两绝，"酒剩蒲香冷"，其鸳湖口占句也。辛亥午日，偶谱入小词，庶令个中人残唾遗珠，犹博人间几疋绢耳。绮生予未曾识面，间闻之暗生，大约风流高韵人也，应是值得一死。乃《西楼记》成，而于鹃身黜名辱，殊色诚可怜，美才亦可惜。为一妇人，身为逐客，呜呼悲夫！虽然，吾辈惟此一点情血，庶为人间解秽。彼朝规而暮矩，左绳而右墨者，不知情字作何点画。子夏曰："焉能为有，焉能为亡。"吾谓此辈当亦云。今于鹃身隐，而《西楼记》传矣。才名不朽，差可无憾。乃知天之当眷才人，养情脉，未始不宽其途耳。自跋

"抽笺纪事词新警"，可称实录。当即以此言为定评。稚先

子野以侠士作柔情，风流文采，有隽远之致。丙辰午日，邂逅清溪舟次，流连者累日，因得披看诸词，不禁脉脉魂动。更命歌儿翻度右曲，予亦曼声和之，觉柳风烟水，俱为翻舞。而一时词人酒人及儿辈脂粉之续，皆为词中关目人矣。沈嫩儿

旅　　怀 有跋

[北仙吕入双调胡]

[二犯江儿水] 相思滋味,尝不了相思滋味,破题儿才做起。想前宵我你,今夜东西,忍教他在梦儿里。俺灯下写乌丝,他机中制锦词。他冷落空闺,俺潦倒江隈,搅春魂眼睁睁多不要睡。无靠无依,这凄凉无靠无依。无头无尾,这思量无头无尾。只落得满青衫冷荧荧多是泪儿。

[前腔] 荒村自守,挨不过荒村自守,妙人儿在心上有。就甫①离心上,也在眉头,易沾身难放手。俺潘郎满鬓秋,他萧娘满镜愁。他花命判休,俺花债判酬,尽今宵恁②凄凉多自受。玉嫩香柔,只为你玉嫩香柔。天长地久,害得俺天长地久。兀似有实丕丕一块儿咽不下喉③。

[沽美酒] 半开窗,半掩窗,烧短烛,照空床,只拥着衾窝爇④好香。忒⑤寂寞,好凄凉,衣单薄,泪凄惶。空廊外风吹叶响,荒村里雨寒鸡唱。我啊自不合住在东墙,你啊又不合立在西厢。呀,却做出今宵这般凄怆。

[前腔] 风儿急,夜又长,灯花结,咬银缸⑥,想前暮私情一两桩。真堪忆,怎能忘,若忘记,有苍苍。衫袖上口脂犹亮,枕头上泪光溶漾。我啊尽判个此心为娘,你啊也索要⑦好心待郎。呀,甘为你受这般魔障。

[清江引] 随风近远村钟响,窗纸看看亮。孤身又晓行,柳色河桥扬,尽耽着这相思几时和你讲。

【注解】

① 甫:刚刚。

② 恁:一解为你,二解为如此。

③ 兀：静止貌。丕丕：大大的，戏曲中作心跳的形容词。
④ 爇(ruò)：点燃，焚烧。这里谓热。
⑤ 忒(tè)：太。《王西厢》："夫人忒虑过，小生空妄想。"
⑥ 银缸：灯盏。
⑦ 索要：应当。

予结习不除，艳句日积。癸亥春末，始付小童歌之，花月之下，偶有新声，亦复随时换谱。右词皆偶然口占，或止一章半折，因其语意相入，汇而成篇，乃词家百衲琴也。自记

情文双妙，词林隽品。甲子桃花下，子野曾命小童，以大小忽雷，叶而歌之。其声颇逸宕缠绵，至今耳根犹袅袅有生气也。予家有小童曰红儿、雪儿，亦善三弦提琴，但恨所谱不过院本诸旧曲。今俟《花影集》成，当令乐部尽谱之，满床弦索，从此尘土一新矣。子念跋

吾松弦索几绝统，近来诸名家，始稍稍起废，然不久便散逸。乐天诗有曰"歌舞教成心力倦"，盖此事亦大费心力，只宜付散人迂叟，以闲中日月，搜讨逸事，庶几有成耳。子野避地空山，绝迹城市，日撰新声，令宗工名手，商榷翻度，差为弦索兴灭继绝。时时率诸童遇予顽仙庐，丝竹嘈嘈，随风飘扬，村姑里叟，皆负子凭肩而听，亦山林快事也。始予开径东佘，得奇石，戏名曰弦索坪，每月底花下，有狎客携红裙，坐此吹洞箫，弹琵琶。适子野堑土西佘，得石平直，小童六人，恰好盈坐。子野请于予，欲乞此名名之。予曰："子但遗我一铁笛，我便当以此名为赠。"盖予有童善吹笛，而子野诸童善弦索，各得其所应有也。眉公跋

儿避迹西佘，与子野盘桓花月者四十余日，几有结茅松下之约。常听慧童繁弦脆管，而就中尤酷爱此词。子野每索饮十杯，命歌一解，不知为却此词醉几回矣。薛翩翩

王元美谓北曲多词情，南曲多声情。子野以南词韵语作北词，且箫管弦索，合而翻度，宜其声情词情，洒洒倾听也。丙寅季春夜，醉秋水庵，因题记。王季长

感　梅 有跋

［南仙吕］

［桂枝香］一堆雪里，一灯梦里。几枝清瘦依然，又是去年憔悴。看疏篱近西，疏篱近西，正是临桥有水，破窗无纸。奈何伊，自沾逋叟穷酸气，竟永入人间措大①诗。

［前腔］绕门几树，暗香铺地。参横②可有相思，昨夜几多名句。叹年年殢伊③，年年殢伊，愁在梅花心里，花在愁人眼里。守凄其，筐床斗帐贫生计，耐暖禁寒旧脸皮。

［不是路］世外仙姿，玉貌朱唇着雪衣。烟霞致，偏生肌骨瘦离披④。更低回，蓦穿针窦⑤窗香细，直沁苔痕月影微。无言处，芳魂脉脉人凭几，淡然幽寄，淡然幽寄。

［皂角儿］瘦伶仃竹外斜时，白零星夜香深处。乍看来似个人儿，猛忆着故人今去。怎禁得老支离、清落莫、雪模糊，魂荡漾总朦胧地。朱门又闭，西风又吹，猛可里⑥花飞似雨，人在楼西。

［尾文］空山玉笛横吹雨，寻问不知其处，偶然拾得断魂诗句。

【注解】

① 措大：旧时指贫寒的读书人（含轻蔑意）。

② 参（shēn）横：参，此指“参商”，“参”“商”二星，在同一天空中却此出彼没，永不相见。以此比喻亲人不能会面。

③ 殢（tì）伊：意谓为伊所困。

④ 离披：分散；零乱。元稹《大嘴乌》：“众鸟齐搏铄，翠羽几离披。”

⑤ 针窦：细如针眼的小孔。

⑥ 猛可里：突然间。

昔人谓梅花如三闾首阳，不受世俗煎沸；又谓烟姿玉骨，世外佳人，但恨无倾城笑耳。今有子野妙曲，当令孤屿一枝，嫣然独哂，罗浮万树，纷然发粲矣。彦容评

梅花清到彻骨，句字间倘有纤毫腻气，便教愧死花神。此词清疏高涤，已得梅花之髓，自不愁句字之不工也。寿卿评

远神幽想，字字尖灵；咏物妙品，摹情神品。徐暗如

七　夕[1]有跋

[南商调]

[二郎神] 秋风起，人在西堂西复西，见淡月鹅黄才半缕。高楼笑语，共唤取穿针[2]来去。恰好葡萄酒熟时，觞牛女[3]，幕天席地。今宵里，自一夜长生[4]，做万古佳期。

[集贤宾] 银筝换谱翻小词，更箫管随之。盘进莼鲈[5]秋味美，看词人坐影参差。征欢索醉[6]，供奉妓月中更替。凉彻髓，但茉莉暗香铺地。

[黄莺儿] 渐渐月西飞，料天孙凤驾回，人间欢会还无已。靠庭梧放几，傍池荷斗棋，一声一刻莺喉脆。可人的，新萤嫩火，舞袖点微微。

[猫儿堕] 夜深瓜果，一缕带蛛丝。得巧[7]偷分赠所私，抽笺纪事客题诗。风致，觉冉冉金风，泛泛罗衣。

[尾文] 欢娱夜短判沉醉，此夜如今不负矣，须晓得天把新秋看顾你。

【注解】

① 七夕：农历七月初七的晚上。神话传说，天上的织女牛郎每年在这天晚上相会，是夕，妇女在庭院里设瓜果，结彩缕，穿七孔针，向织女星乞求女红智巧。故七夕又称“乞巧节”。

② 穿针：七夕的节俗活动。

③ 觞：古代称酒杯，句中谓向人敬酒或自饮。牛女：牵牛星和织女星。

④ 长生：传说唐明皇与杨贵妃于长生殿内立下山盟海誓，愿生生世世为夫妇。

⑤ 莼鲈：莼菜羹，鲈鱼烩。

⑥ 征欢索醉：意谓在歌舞中获得欢悦，在饮酒中取得快乐。

⑦ 得巧：相传为农历七月初七日的乞巧之俗。是夕，妇女望月穿线，把小蜘蛛放在盒内，次日视之，若网圆正，谓之得巧。也有以蛛网多者为得巧多，稀者为得巧少。

此词谱系商调，于新秋律吕极洽，恨无善歌者，为笥中尘久矣。癸亥长夏，始令小童寻声歌之。七日之夕，偕韵人，进名酒，傍池荷，拜新月，循穿针染甲之故事，说长生夜半之风流。时有莺喉一声，如丝如珠，袅袅于井梧落叶之次，不自禁其神魂之欲飞舞也。自跋

新脆风逸，字字生香。董念原

闺　恨 有跋

[南商调]

[十二红][1][山坡羊]一团花[2]看看消瘦，十分娇看看非旧。傍妆台痛跌菱花[3]，没来由干净因他丑。[五更转]想他们没进止无前后，分明看得人将就。你恋着何等烟花[4]，不怕神前盟咒。[园林好]痛前生多应欠修，可真个烧香断头，竟半路遭他毒手。[江儿水]下得教人，一件件落人之后。[玉交枝]荒茶废酒，好风光何曾去游。生疏一向[5]琵琶手，这几日忘记梳头。[五供养]痴心坚守，却做出酸疼，万般症候。看花心胆怯，抬面向人羞，问为着谁来，花性多收。[好姐姐]曾记搬唇弄口，有无数前头后头。亏心硬手，你如此做人忠厚。[玉山颓]思量真个，仔细追求，几番儿跌绽绣鞋勾。[鲍老催]九分是休，恩人反教成敌头，不尴不尬把我丢。[川拨棹]下实将他咒，有苍天在头上头。瞒不得照泪灯篝，瞒不得照泪灯篝。拚告你阴司，奴先死休。[嘉庆子]奴把谁来记上心头，你把谁来放下心头，奴苦苦相思你一笔勾。[侥侥令]般般听你哄，件件罪根由。甚日归来拿着手，不痛打承招不罢休。[尾声]恩情自比天长久，就恨你终须宽宥[6]，只要你归来多放手。

【注解】

① 十二红：截取数个曲牌中的曲句合成，属于“集曲”。

② 一团花：此指闺中人。

③ 菱花：古代六角形或背有菱花图案的铜镜为菱花镜，这里泛指镜子。

④ 烟花：指妓女。妓女如烟中花一般飘忽，故以烟花表示妓女。辛弃疾《眼儿媚》：“烟花丛里不宜他，绝似好人家。”

⑤ 一向：一直是；许久。沈会宗《满庭芳》：“要见时时便见，一向价只作

寻常。”

⑥ 宽宥(yòu)：宽恕；饶恕。

大抵情不深则恨不毒，闺词至于恨，而无遁情矣。每见院本旧曲，从无闺恨，窃谓其情波有限。乃别谱新声，颠翻恨字，才觉相思于此痛人。他时闺思、闺怨等篇，正不及情语耳。自记

咬定恨字，无限波澜；可称能品，的是隽才。口口评

此直是海神庙一纸状词耳。谁为刀笔，深文如是！暗生评

妾初度[①]偶言 有序跋

穷村僻远，三径成蒿，雨暮风朝还往，竟绝洞花幽草。时以翻经绣佛之暇，相与寻讨烟霞，勾当[②]香茗。此中幽趣，岂堪语忙人乎？乃因其初度，播之声歌，而私命其篇为北山迂叟房中之乐。

［南中吕］

［渔家傲］今日里，把往事从头作话题，不觉的日子三千，年头又八，我你容颜俱苍矣，各添年纪。俺守着经卷丹炉，你只是荆钗布衣，但年年花谢花开，花开时进酒卮。

［剔银灯］你姻缘事谁知在这里，前生事便嫁穷酸也何愧。几间屋正与翠巍巍前山对，几个人只在艳腾腾群花内。终年终日如此，桑海变，俺和伊兀是不知。

［地锦摊花］谢天公安顿，咱和你命福不低。乐田园案举眉齐[③]，醉月吟风，斗茗围棋。永相依，享用些太平日。

［美娘儿］折花折花来上寿，花香点绣衣。把酒把酒双劝饮，红潮脸上脂。檀郎豪俊会填词，歌儿舌脆音律细。一簇一簇琼箫沸，似月满秦楼跨风[④]时。

【注解】

① 初度：原指初生的时候，后称生日为初度。《楚辞·离骚》："皇览揆余初度兮，肇锡余以嘉名。"

② 勾当(gòu dàng)：料理。

③ 案举眉齐：案，古代进食用的木托盘。后汉梁鸿的妻子孟光给丈夫送

饭时，总是把端饭的盘子举到和眉毛一样齐。后人用以形容夫妻相互敬爱。也称举案齐眉、齐眉举案。

④ 秦楼跨凤：春秋时，萧史能作鸾凤之声，秦穆公之女弄玉也喜欢吹箫，两人结为夫妇。十数年后，弄玉也能作凤凰和鸣之声，凤凰闻声纷纷而来。秦穆公特为此造了一座凤台（也称秦台、秦楼）。后传说萧史乘龙，弄玉乘凤，双双仙去。

予山居在东西二佘之间，其地土肥水滑，宜花便木。丙辰冬，作半闲精舍在山腹；明年，作就麓新居在山足。不五六年，树可荫人而竹皆抱孙矣。更以亭台庵阁，点缀其间，虽不事华饰，然自是幽微妍稳。春花发艳，秋木陨黄，屋角参参，出没于红涛锦海之内。篇中“几间屋正与翠巍巍前山对，几个人只在艳腾腾群花内”，盖实录也。夫吾辈进不能膏雨天下，若退又不能桔槔灌园，是真天地间一腐草，亦乌用此四大为？予自分无洪福，不敢负淡缘，凡移花接果之方，开畦疏水之法，莫不悉心悉力为之。今幸有小成，花木畅茂，禽留不去，山隐转奇，桥柳台松，古秀妩媚。春深秋早，日美风恬，得与村翁渔叟，觞花问竹于其间，或令椎髻孟光，携东阁中人，醼花红，调竹粉，媒花斗草以为乐。盖用志不分，天遣食报。予既易之以劳，复享之以淡，庶几不取罪于彼苍，而予之筋骸骨血，亦差不为人间真弃物耳。予尝有诗曰：“苍生久矣无霖雨，三径何曾有旱荒。筋力未尝无用处，要销花福为花忙。”盖用以自勗，不敢甘自暴弃，孤负老天眷顾盛心也。自跋

扭声色入烟霞，将风情用花月，趣淡弥真，境冷愈热，子野可谓巧于享受矣。陈寿卿

星剑霞衣，仙风道骨，岂真脂粉中人耶。性夙评

清　　明有跋

[南北仙吕入双调]

[新水令] 软风甜雨养花天,好韶光一番重换。过春分将谷雨,芳草地自生烟。红紫争妍,红紫争妍,多半是东君面。

[步步娇] 陌上低杨,细绿搓金线[①],搅碎桃花片。香风滚翠烟,扫过芳堤,薄热蒸痴艳。眼见口难言,隔芳丛况被妖姬唤。

[折桂令] 看游人细马[②]香衫,几个东来,几个西还。满团团云山翠滴,溪水斜弯,谢东君分付与春光饱看。呀,双肩挑一担,食罍[③]春盘。铺个青毡,摊个蒲团,只见那花枝下呵酒猜拳。

[江儿水] 调管莺声脆,贪花蝶舞妍。暖洋洋炙断游丝线,热蒸蒸熏得游人汗,碎纷纷细落花香片。无数舞裙歌扇,叶叶衣衫,个个是心闲身健。

[雁儿落] 见几个锦林梢酒旆悬,见几个软沙堤飞轻燕。见几个荒坟上挂纸钱,见几个拜墓道如花面。见几个掉下了黄金钏,见几个轻蹙着绣鞋尖。见几个松解了罗裙带,见几个花插在鬓云边。妍,勾引得人春情酽[④],行一步堪怜。直恁[⑤]是暗撩人有万千,暗撩人有万千。

[侥侥令] 行到垂杨水庙前,玉手把香拈。惹得行人多回首,偏留下印香苔一瓣莲[⑥],印香苔一瓣莲。

[收江南] 呀,更为得一派笙歌别院啊,费多少杖头钱[⑦]。多则在桃花扇底杏花边,木香亭畔海棠前。隔梨花短垣,磨东风绣幡,画栋珠帘,空目断碧云天。

[园林好] 摆兰桡[⑧]垂杨画船,载名妓泥金绣衫。一片湖光如靛,遥浸着远山烟,猛映着鬓花钿。

［沽美酒］扇东风扑柳绵，斜日脚淡黄天。只见蝶浪蜂痴性子颠，来又去百花间，谁立在画栏边。支春困倦抛针线，携女伴秋千庭院。耍啊乱霏香牡丹架前，褪鞋跟雕花砌砖。呀，猛听得笑声初断。

［清江引］清明好春将过半，去也难留恋。怎的不负他，只是教排宴，向花前暖溶溶一杯休落盏。

【注解】

① 细绿：初生杨叶。金线：黄色的杨枝条。

② 细马：良马。

③ 罍(léi)：古代一种盛酒的器具，形状像壶。

④ 酽(yàn)：浓；味厚。

⑤ 直恁：竟然如此。

⑥ 一瓣莲：一鞋印。

⑦ 杖头钱：晋阮修，性简易，不修人事。常以百钱挂于杖头，至酒店，便独饮。家无所储，亦处之泰然。后以“杖头百钱”谓买酒钱，或喻雅人旷达。也省作“杖钱”。

⑧ 兰桡(ráo)：桡，船桨，借指船。相传用木兰树做的桨、船，称兰舟。后泛指画舫美船。

艳阳光景，春海无边，不谱新声，凭何献颂？辛亥清明，拟缀小词，初得句调犯商角，谓其悲伤宛转，情文未协。乃改填南北双调，峻激流利，兼而有之，可令歌姬徐啭莺喉，亦可令豪士下几铁板，或亦春游一助也。自跋

满纸闹热，无限风情。顾望子

与妓话旧感赠 有序跋

蝶睡醒来，花心谢了。忽到赵家，重看合德。因逢虢国，转忆太真。话旧事相与攒愁，笑痴心又来做梦。乃振词坛旗鼓，惊开花阵心兵。

［南仙吕入双调］

［步步娇］未许芳心全灰死，想起前头事。当初见你时，姊妹随肩，记得排行次。自分会无期，却谁知梦里重逢此。

［江儿水］灯下重偷觑，予心有所思。几千番变到今朝地，措萧郎又见苏卿妹[①]，两嗟呀尽说相逢处，可有音书容寄。答道而今，就姊妹音书没纸。

［园林好］记当日你犹然未笄[②]，验身材早长于去时。笑我也添年纪，你换了旧容仪，我换了旧情痴。

［玉交枝］我今老矣，渐腮边鬑鬑[③]有须。当初花柳和云雨，今日是笔砚琴书。心窝忘了定情诗，眼睛晕了鸳鸯字。笑当初痴耶忒痴，索性有今朝忘记。

［人月圆］忽忽想当初，妆前见你，姊妹梳头争学髻。到如今乔绾青丝[④]，到如今乔绾青丝，毕竟有三分似得伊。记些些是与非，痛今生长别离。

［侥侥令］鸳鸯曾打结，识锦旧填词。是你姐姐，月下花前般般事，倒付与我和伊作话题。

［尾文］从今为你重提起，有便信须教递与伊，只说檀郎忘了矣。

【注解】

① 措：通“错”，此指犯错的萧郎（即作者）。苏卿妹：即最有艳名的南齐钱

塘名妓苏小小，到宋明时，名声越发之大。这里代指作者年轻时曾热恋过的一个烟花女子。

② 未笄(jī)：古指女子未成年。笄，一指女子十五岁盘发插笄，二表示女子成年。《礼记·内则》："十有五年而笄。"

③ 鬑(lián)鬑：须发稀疏貌。

④ 乔绾：高高的发结。青丝：谓黑发(多用于女性)。

吾辈情之所钟，每见遗粉残膏，犹是销魂欲死，况见其妹乎！当时唐玄、汉成，直于太真、飞燕，情种既深，遂觉艳根柔蔓，绵引不已。从太真而虢国，从飞燕而昭仪，即至爱移于远条。然使于飞燕浅，必不至于合德深也。故予尝谓汉之成，更情深于唐之玄，此言亦甚似解人语耳。自跋

写情传恨，语语幽深，盖身经是境，自是摹神。倘不悲而泣，正恐其泪不下耳。徐令明

宛如小窗对语，可与《幽闺记·拜星月》并传。巨卿评

拚则而今拚了，忘则怎生便忘得？王元白

村居午日[1]有跋

[南南吕]

［懒画眉］胆瓶斜插蜀葵花，衫子新识艾虎纱，汲泉初泡洞山茶。盘进黄鱼鲊，更酒酿菖蒲泛紫芽。

［不是路］水上人家，漠漠池塘十里蛙。门临坝，疏篱曲曲带榴花。柳藏鸦，太平时世桑麻话，不用兵符[2]佩绛纱。浑[3]潇洒，茭苗裹粽青堪把，艾人初挂，艾人初挂。

［皂角儿］白洋洋麦秀风斜，淡茫茫黄梅雨下。绿尖尖秧水才添，絮啾啾燕雏初大。我和你趁良辰、拈故事、道屈平长、说渔父短把古今闲话，高怀自赏，风流可夸。一会里解衣科帽[4]，戏插榴花。

［前腔］听弹筝手法才花，更捱篆声情如话。玉箫儿度曲寻腔，宝瑟儿移宫换马。我和你庆良时、团胜会[5]、戴簪符、悬寿索[6]共拈佳话，重煨晚笋，新尝早瓜。看渐渐酒潮人面，映着红霞。

［尾文］日斜犹是无休罢，痴兴今朝十倍加，共击鼓催花递茉莉花。

【注解】

① 午日：端午节。陈与义《临江仙·高咏楚词酬午日》："高咏楚词酬午日，天涯节序匆匆。"

② 兵符：古代调兵遣将的符节。

③ 浑：全；满。这里可释为很。

④ 科帽：脱帽。

⑤ 胜会：盛会。章碣《癸卯岁田比陵登高》："流落常嗟胜会稀，故人相遇菊花时。"

⑥ 寿索：古时端午节绕臂上以祈长寿的丝带，也叫百索、长命索。

予生长市廛，虽丘园洞壑，时发梦想，而繁华艳丽，亦锢见闻。所著端午词虽多，大抵铺张绮罗盛事而已。癸丑有单调[桂枝香]四阕，稍入本色，然不过酒中胜缘，无关林下风致。盖缘耳目之陋，夫岂心胸之芜哉！丙辰冬，始别筑西佘之北；己未秋，更移家南泖之西。山棲水饮，梦寐才贴，于是野人疏散之致，往往溢于毫端。甲子午日，复填是阕，遂宛然村居之乐。东坡云"子见故我，未见今我"，此词亦谓为今我可乎，要亦是故我本来如是耳。自跋

宛肖田家景色，依然名士风流。巨卿评

弦索词[1]

[北南吕]

[骂玉郎] 手抱琵琶弹怨词，把俺衷肠事诉与谁。天生我你配雄雌，有何疑，俺与你明白夫妻，怕旁人怎的，怕旁人怎的。怎不日夜相随，倒抛人路岐，倒抛人路岐。我你岂莺莺君瑞[2]，可只是哥哥妹妹。虽不曾合卺[3]牵丝，虽不曾合卺牵丝，却也曾焚香设誓，天地皆知。俺闻之，那王魁[4]负了心期，终有日捉将去海神相对。

[前腔] 再把凄凉诉与伊，好和歹是你妻。怎瞒心昧己把奴欺，任施为，觑得人似脚底黄泥，忍教人受亏，忍教人受亏。眼见得玉碎花飞，病岩岩怎医，病岩岩怎医。不记得一双儿跪，不记得一头儿睡。把许多绣帐温香，把许多绣帐温香，倒做了单衾血泪，饭醉茶痴。俺寻思，甚来由枉费心机。倒被他贴天飞，拿他不住。

[前腔] 下实磨牙咒骂伊，就是你归不得书也归。看行行征雁带愁飞，泪双垂，可知俺玉体香肌，倒痴心待伊，倒痴心待伊。受用些月帐风帏，冷清清梦回，冷清清梦回。痛咬得鸳衾儿碎，推开了枕头儿睡。却谁知业障冤魂，却谁知业障冤魂，悄悄的梦中来至，强做夫妻。恨冲天，那冤家还要无知。俺只是骂几声薄幸贼，拚与你断恩绝义。

【注解】

① 弦索词：弦索，指乐器上的弦。金元以来为弦乐器的泛称，也常指用这类乐器伴奏的戏曲或曲艺。明清戏曲论著中也有用以为北曲的代称，更多的是指北曲的清唱。

② 莺莺君瑞：《西厢记》中的男主人公张生（字君瑞）和莺莺。

③ 合卺（jǐn）：卺，就是瓢。把一个匏剖为两瓢，新郎新娘各拿一瓢饮酒，这是旧时成婚的仪式之一。

④ 王魁：为元南戏剧本《海神庙王魁负桂英》(又名《王魁》)中的主人公。妓女桂英资助书生王魁读书赴考，王魁得中状元后，弃桂英另娶，桂英愤而自杀，死后鬼魂活捉王魁。

小窗儿女语，恩怨相尔汝。此中已自有琵琶声，不须更付冰弦檀板，方知其妙也。眉公评

妇人言辞思路，自有一种幽沉愤怼之意。此词摹拟曲尽，而措辞更质直真至，似近俚俗，正弦索词妙处也。若稍被文彩，便非本色矣。填词贵地道，信哉。友夔评

重阳恨 有跋

[南南吕]

[香遍满] 重阳时候，篱边看花愁不愁。借问花前人在否，伊心敢是休，咱心怎便丢。猛凝花下眸，恍立在身前后。

[懒画眉] 当初记得在妆楼，正病起腾腾举止羞，眉儿低蹙暮山愁。要引他开口，费多少心机在上头。

[梧桐树] 同登翡翠楼，共饮茱萸酒。淡粉芙蓉，正是开时候。南枝曾折伊之手，这度开时，他竟在天南没尽头。西风绿鬓依然否，若是相思，定比黄花[1]的瘦。

[浣纱溪] 把连理[2]分，将鸾镜剖，要知他信息无由。殷勤赠下同心扣，空锦袋熏香箧内收。离别久，尽寸寸肝肠儿被伊割，不然啊也蹙个眉头。

[刘泼帽] 满城风雨初晴后，照离人月满床头。消愁聊且邀红友，倒是愁，心上事多非旧。

[秋夜月] 看看罢休，全不应伊之口。罪犯风流应难宥，些些[3]撇下他安否。忍撇得许久，忒下得毒手。

[东瓯令] 千般恨，万种愁，辜负重阳一段秋。黄花队里无红袖，独自登高后。见征鸿嘹呖[4]过南楼，带得信来否？

[金莲子] 休怎休，花笺字迹伊亲手，有一个伊名儿在上头。只落得向灯前，一星星想出旧风流。

[尾文] 今生未审重逢否，料十分中间难得九，空一度重阳一度愁。

【注解】

① 黄花：菊花。

② 连理：不同根的树木枝干连生在一起。比喻恩爱夫妻。
③ 些些：少许。白居易诗句："远地官高亲故少，些些谈笑与谁同？"
④ 嘹呖：形容响亮和曼长的声音。

城南戴氏居，有芙容一区，早发而茂。庚戌九日，曾就花前为泛菊之饮，今且两年于兹。人在天南，梦不可得，而芙容如面，篱菊宛然。清叹不足，继之悲歌，不觉一字一泪也。壬子重阳记。自跋

不泪而啼，无声而泣。深情密意，只于淡言平语中出之。若草草看过，宁知其为无穷之慨也。性夙评

美秀温文，绸缪宛转，而俯仰欲嘘，不堪多读。张瑞龄

七夕闺词

[南南吕]

[梁州序] 罗衣[1]初试,新凉才长,洽到穿针楼上。一团欢笑,针锋月色微茫。早是珠凝仙掌,风定梁尘,半缕庭烟漾。隔年牛女也也成双,偏有个人间薄幸郎。如眉月,与眉相向,画眉人远空惆怅。心上事,到眉上。

[前腔] 绮疏深掩,朱门闭上[2],一叶高寒初响。玉阶[3]罗袜,新听蟋蟀凄凉。早是线牵连爱,脍馔[4]同心,卍字萦蛛网[5]。从教得巧也也悲伤,只巧织回文封寄郎。郎飘荡,把奴撇扬,空梦回残月窥鸳帐。眼下泪,满衾上。

[前腔] 叹良辰今岁无双,岂花容来年无恙。怕经秋瘦损,一似败荷模样。可是潘愁鬓老,沈赋魂销[6],打扮无心想。深深深拜也炷心香[7],愿莫染秋来镜里霜。香暗爇,心自想,心头有话和谁讲。口中话,在心上。

[前腔] 赏芳辰姊妹飞觞,强梳妆十分时样。怕匣中团扇,可能往日风光。生怪鸦鬟聒絮,不解人愁,染甲争喧嚷。轻轻轻步也立西厢,见月照当年旧粉墙。伤往事,成怅惘,把苍苔立遍谁偎傍。鞋底露,透帮上。

[节节高] 金风透右厢,敞虚凉,流萤几点粘罗幌。倾葡萄酿;浸茉莉香,掩芙蓉帐。刚才出浴衣轻爽,风吹薄翠钗头响。何事檀郎爱分离,把良宵容易轻抛扬。

[前腔] 当初话夜凉,靠西窗,把三郎故事闲论讲[8]。愿连枝长,比翼双,生人天上。而今眼下遭魔障,来生争不成虚谎。想别有银河

在人间，无风咫尺生波浪。

[尾文] 勾消不尽相思账，一度穿针一断肠，从此秋宵夜夜长。

【注解】

① 罗衣：丝织的衣裳。

② 绮疏深掩，朱门闭上：句意为一进一进刻有花纹图案的大门都关起来了。绮疏，雕刻。

③ 玉阶：玉石砌的台阶。

④ 馔(zhuàn)：饭食。

⑤ 卍字萦蛛网：古俗七夕时，妇女以放在盒内蜘蛛吐丝织成卍字，谓得“巧”。

⑥ 沈赋：南朝时文学家沈约因努力诗文致多病腰围减损。后因以潘鬓沈腰喻人之瘦弱苍老。

⑦ 心香：旧时谓中心虔诚，就能感通佛道，同焚香一样。韩偓《仙山》：“一炷心香洞府开。”后来也指真诚的心意。龚自珍《南歌子》：“红泪弹前恨，心香警旧盟。”

⑧ 三郎：指唐玄宗李隆基。故事：指他与杨贵妃七夕对天盟誓的事。

闺词作[梁州序]，如以净脚扮旦，终是雄爽有余，柔韵不足。右词殊不宜清板只箫，当为歌场所废，但中有隽语，似亦不可概弃也。自记

十年前曾读此词，句字小异。今一经窜定，遂楚楚花艳，足称名篇。王石公

眼前故事，翻弄自新。而举止妍和，自是大家风范。吕鸣谐

春　思

［南南吕］

［楚江情］飞花打绣窗，零星满床。枕边槛外垂绿杨，偏生莺语骂流光也，把心期自数，心香自装。叫一声知心着意俊俏娘①，你下得②风流，害俺春思荡。害得俺闲时也是忙，闲时也是忙，慵时也是慌，热沸在心肝上。

［前腔］凄凉立小廊，身单影双。杨花滚滚人断肠，柔魂一缕待离腔也，分明是俺，依稀是娘。只觉道娇娇滴滴脂粉香，把饿眼昏花，权当娇模样。且书儿写几行，书儿写几行，梦儿做几场，总记入相思账。

［皂罗袍］没事几回痴想，待把他仪容画了，顶礼烧香。衾窝独自也叫娘，行就虚空也把魂灵傍。更把生辰八字③，装于绣囊，余香剩粉，沾在绣床。娘，你可在我枕边衾畔衣裾上。

【注解】

① 娘：施绍莘散曲中的“娘”绝大多数指青年女子。《子夜歌》：“见娘喜容媚，愿得结金兰。”

② 下得：忍得、忍心、舍得。《琵琶记》五：“我没奈何分情破爱，谁下得亏心短行。”

③ 八字：用天干地支表示人出行的年、月、日、时，合起来是八个字。术家根据这八个字推算人一生的命运。旧俗订婚时须先交换八字贴，也称“庚贴”。天干和地支的合称叫干支。

子野老于情痴，花梦时作。予每每规之，不遗余力。今观此词，风情逸兴，殆出于性生，或亦花命使然乎？如此才情，自然随处发越；

拈花弄柳，总是锦心绣肠。不须以周、程、张、朱，困其藻艳也。伯瑞跋

骨韵玲珑，致味遒逸，摹神入妙，刻画深微，圣于词者矣。徐长舆

村居九日[1]

［南仙吕入双调］

［步步娇］满地黄花秋容老，最是东篱好。丹枫翠半销，绿柿黄橙，白苹红蓼。蹑屐[2]且登高，任西风冉冉吹乌帽。

［醉扶归］地炉中煨芋茶堪炮，竹竿梢囊萸[3]药可挑。贡双螯紫蟹带霜烹，换村醪菱米论升粜[4]。收来新稻好炊糕，恰拈将糕字添诗料。

［皂罗袍］水上芙容斜照，更半黄银杏，低罩团瓢[5]。豆棚篱落野花妖，纸窗灯火秋蛩叫。满城风雨，诗肠尽豪。满园橘柚，村翁尽饶。更山僧秋芥才封到。

［好姐姐］柴门甫添夜潮，见新蟾[6]半钩垂钓。柳边灯下，自把小罾[7]挑。鲈鱼跳，采莼恰自南溪到，趁此良辰客可招。

［香柳娘］与邻翁陪坐，与邻翁陪坐，煮姜蒸枣，带萁毛豆新鲜好。向篱边席地，向篱边席地，挂酒菊花梢，醉则和衣倒。半朦胧未醒，半朦胧未醒，卸葛换轻绡[8]，骨节西风燥。

［尾文］从教醉里乾坤小，不愧柴桑处士陶[9]，浑忘却明朝是初十了。

【注解】

① 九日：即重阳，也称重九，是我国传统节日。陶渊明《九日闲居诗序》："余闲居，爱重九之名，秋菊盈园，而持醪靡由。"这一天，古有登高的风俗。

② 屐(jī)：泛指鞋。通常有草制的、帛制的或木制的。木制的或有齿或无齿。《宋书·谢灵运传》："灵运常著木屐，上山则去前齿，下山则去后齿。"

③ 萸(yú)：即茱萸，古俗重阳节佩茱萸以去邪辟恶。王维《九月九日忆山东兄弟》："遥知兄弟登高处，遍插茱萸少一人。"

④ 粜(tiào):卖出(一般用于米谷)。

⑤ 团瓢:也称"团焦""团标"。圆形草屋。《通雅·宫室》:"团焦,团标也……标音瓢。今人曰团瓢,谓为一瓢之地也。"马致远《任风子》第四折:"编四围竹寨篱,盖一座草团瓢。"

⑥ 新蟾(chán):蟾,即蟾蜍(chú),俗称癞蛤蟆。传说月亮里有三条腿的蟾蜍,因此古诗文里常用来指月亮。新蟾,即新月。李白《古朗月行》:"蟾蜍蚀月影,大明夜已残。"

⑦ 罾:挑罾,也叫扳罾网、板网,罾是一种用木棍或竹竿做支架的方形渔网。《楚辞·九歌·湘夫人》:"罾何为兮木上?"

⑧ 葛:葛藤,其茎皮可织葛布,此指用葛布做的衣服。绡:丝绸,此指用丝绸做的衣裳。

⑨ 处士:此为有德才而隐居不愿做官的人。陶:即陶渊明,浔阳柴桑(今江西九江)人。

甲子九日,子野在西佘精舍,招予看菊,并校新词。予竟坐冗,不得践题糕之约。后数日遇小斋,命童子歌是词以歆之,若有骄色,不知予已谱[金衣公子]一阕,为山灵解嘲矣。其词云:"把酒忆山庄,正重阳野菊香,庵前绿水秋应涨。蓉销晚塘,枫酣晓霜,无边落木萧萧响。谱丝簧,新词尖艳,谁与细平章。"彦容记

古诗云:"人生不满百,常怀千岁忧。日短苦夜长,何不秉烛游。"元词云:"一日一个浅斟低唱,一夜一个花烛洞房,能有得多少时光。"屠纬真词云:"痛饮百万觞,大唱三千套,无常到来犹恨少。"其为欢不足,有如此者。不知惟耽花月之忙,故转觉居诸之促。苟本地风流,随缘欣赏,陶情歌舞而不受歌舞所牵,适志琴书而不受琴书所缚,若子野村居诸曲,刻刻良辰,朝朝令节,斯真善领略者矣。闲中日月,不既旷耶!昔贤云:"无事此静坐,一日如两日。"又云:"菊花开时乃重阳,凉天佳月即中秋。"颇合是旨。惜乎解者绝少。彦容又记

物外高怀,田家乐事,笔笔写出,而潇洒风流无粱肉气,亦无蔬笋气,真不吃烟火人也。张冲如

闺　词

［南仙吕］

［九回肠］鬓儿边黄花不戴，窗儿下鸾镜慵揩。香炉茗碗无心摆，软腾腾骨瘦如柴。才还又欠是相思债，有重无轻是花命灾。谁拖带，明明是你冤家害，再不干奴命安排。漂沉苦海捞难起，围困心兵①打不开。只索向银缸畔把亏心骂，又心疼你不觉泪盈腮。

［前腔］松解了团花的带，宽褪了弓字儿鞋。一床弦索空闲在，怪酸疼玉腕难抬。鲛绡帕上有盟言在，奈鸿雁云中无便信来。伊心歹，奇花轻易容他采，却等闲认做应该。他痴心不顾三生愿，我怨气常修一口斋②。只落得真心待，倩③傍人去寻芳信，寄个小金钗。

【注解】

① 心兵：心事。

② 修一口斋：佛教用语，修口斋，意谓学习不说脏话秽语，不讽人骂人，要积口德。

③ 倩(qìng)：请；央求。黄庭坚《即席》：“不当爱一醉，倒倩路人扶。”

秀艳缠绵，声声哀怨，尖新熨贴，两极其妙。沈友夔

除　夜[1] 有跋

[南北仙吕入双调]

[新水令] 满堂华烛照残年，沸笙歌合家欢忭[2]。奉萱帏犹绿鬓，开绣阁尽红颜。[3]生计凭天，乐事疑仙，共团头做岁除宴。

[步步娇] 分付顽童，把竹外梅花剪，与松柏同擎献。愿春风梅占先，寿域天开，比松柏长苍健。更贴小春联，祝新年笔底花生砚。

[折桂令] 百忙中日月双丸，过了今年，仍有明年。喜今宵寒随腊去，暖与春还。贮椒花斟柏酒觉祥和冉冉，剪钗幡裁彩胜早春意翩翩。风致嫣然，心事安然，只安顿个南窗下拜佛蒲团。

[江儿水] 洪福非吾愿，清闲我所偏。喜风霜不改朱颜面，更风流济胜身常健，尽风情逸事人多美，不与流光同换。共守岁围炉，觉情味萧然自远。

[雁儿落] 我只愿老慈亲健靠天，我只愿寒莱妇安贫贱。我只愿小园中有供佛花，我只愿草堂上有联诗伴。我只愿小童歌自制词，我只愿深闺贮春娇面。我只愿受几樽征文酒，我只愿使几个卖花钱。天，愿一件件如心愿，尽放我情颠。常常是似今年胜旧年，似今年胜旧年。

[侥侥令] 爆竹声中一岁完，我且与再盘桓。堪笑炎凉人情变，又共说元宵忘旧年，只共说元宵忘旧年。

[收江南] 呀，我怎生再盘桓，今夜啊倩玉手把杯传。满焚商陆[4]散微烟，刚翻大吕改新弦。且欢娱目前，更休贪未然[5]，一刻残冬也尽我留连。

[园林好] 若过望[6]便千般未圆，若安分便于今十全。且喜安闲强健，向这壁把酒杯拈，向那壁把鬓花安。

［沽美酒］是谁参造化权[7]，我生计敢违天，天，付我茗碗香炉与砚田[8]。藏名句有青山，洗俗耳有清泉。我只是不开口话谁恩怨，少交际怕谁机变。我啊，且安享乐志田园，几曾贪造业[9]铜钱。呀，管稳取年年欢忭。

［清江引］天公容我闲游衍[10]，知足何多羡。愿麟儿早降生，若此外无他愿，只受用满堂人笑波波大家娱岁晚。

【注解】

① 除夜：除夕夜。

② 欢忭（biàn）：欢喜，快乐。

③ 萱帏：又作“萱闱”，指母亲。明刘三《野庄赋》：“上奉萱闱兮下以友于。”本句意谓少长同乐。

④ 商陆：多年生草本植物，花、根可入药。有的药书上称它为“杀鬼精物”。此处商陆可能与音乐有关，北曲宫谱的“商”恰与南宫谱的“陆”对应。

⑤ 未然：将来。

⑥ 过望：过半月。这里也指企望过高。

⑦ 参造化权：参悟造化之机变。

⑧ 砚田：砚台。苏轼《次韵孔毅甫久旱已而甚雨》：“我生无田食破砚，尔来砚枯磨不出。”

⑨ 造业：作孽。泛指做坏事。

⑩ 游衍：无限度地游玩享乐。

予自己未秋，侨居泖上，与世日远。家庭之乐，自谓致味清真，林泉之奉，更谓王侯不与易也。癸亥除夕，见村中少年，铺张艳丽，相与庆良辰，祝新福，极其愿欲，不至腰缠十万，跨鹤扬州不止。予自分穷面孔，亦无奢肺肠，倘得眼前现境，供养毕世，亦可谓地行仙矣，何必求多于天哉？乃写之弦歌，聊以见志云尔。自跋

金炉裊柏，采笔颂椒，骨肉团头，管弦盈耳。乐哉除夕，想见于斯。韩昌黎云：“和平之声淡薄，愁思之声要妙。欢愉之辞难工，穷苦之言易好。”子野和平矣，而声仍要妙；欢愉矣，而辞益工好。盖天予

之佳境，又予之异才耶？

余每尝是夜，即拨尽寒灰，亦复萧然自得。今更歌此词，以破愁寂，胜千首送穷文矣。彦容评

先君[①]百日感怀

［南南吕］

［懒画眉］尖风微透漾铭旌[②]，薄纸窗见漏月明。中宵[③]起坐泣孤灯，直恁[④]穷酸命，做无弟无儿又无父人。

［不是路］遗像犹存，恍是高堂强健人。缘何病，医方巫祷总无灵。竟如今，遗言在耳堪思忖，甘旨亲供不可论。腮珠迸，儿之罪过爷之命。问天不应，叫天不应。

［皂角儿］空留下乡邦令名[⑤]，却受用[⑥]一生贫病。我依然膝下孩儿，问我啊那些曾尽。我也曾纸钱焚、朝夕奠、忏慈王[⑦]、资冥福总无凭信，些些没用，些些断魂。做儿的只赢得三年两载，戴顶头巾[⑧]。

［前腔］天生我伶仃瘦形，奈家道连年贫梗。累先人替我支撑，却容我安闲香茗。到如今悔当初、真是悔、恨当初、真是恨不如劳顿，父兮生我，吾惭此生。竟做了高天厚地，负罪之人。

［尾文］明朝百日俄[⑨]临近，请僧来更诵经文，问如此虚文还做甚[⑩]。

【注解】

① 先君：指亡父。

② 铭旌：即明旌。竖在柩前以表识死者官职、姓名的旗幡。

③ 中宵：夜半。陆机《赠尚书郎顾彦先》："迅雷中宵激，惊电光夜舒。"

④ 直恁：竟然如此。李渔《凰求凤・囚鸾》："好事磨人直恁奇，既得便宜，又失便宜。"

⑤ 令名：好的名声。

⑥ 受用：享受。

⑦ 慈王：如来佛。

⑧ 头巾：这里指白色的孝帽。

⑨ 俄：不久，很快。

⑩ 虚文：表面文章。甚：为什么。

一字一泪，不忍多读。王仲绯

骨肉间语，正所云至敬无文，大礼不让。若露出文人伎俩，不特文字不工，且直可谓不孝不弟矣。此篇质直简淡，字字可泣，方知感人之深，不关句雕字琢也。沈湛生

秋水庵花影集

卷三·套数

送张冲如游靖州 有跋

[南北仙吕入双调]

[新水令] 江天风淡酒旗斜,惨骊歌恁将去也①。好男儿应出众,袖空手走天涯。辛苦担些,磨难经些,料天空成就你英雄者。

[步步娇] 莫惜春风轻离别,口内犹余舌②。脚头牢硬些,苦到甜时,似倒嚼尝甘蔗③。终久辨龙蛇,眼睛边且拭英雄血。

[折桂令] 向芳郊秣马脂车④,挑⑤破头巾,着绽皮靴。看君家寒酸,似此意气豪侠。袖儿中提一尺青萍瘦铁⑥,吐虹霓高百丈浩气横斜。到处为家,不用咨嗟⑦。扫乾坤只消你笔底残花。

[江儿水] 别路花刚谢,邮亭⑧酒谩赊。坐班荆⑨无奈离愁惹,两牵衣仔细叮咛者,告君家此去权聊且,尺水神龙⑩堪借。待他日舒眉,共闲话那年时节。

[雁儿落] 君此去望长江一线斜,君此去梦巫岭云千叠⑪,君此去听壶笙⑫夜忆家,君此去弄愁笛⑬秋悲月,君此去扪青萝怯暮鸦,君此去经白社⑭凄孤客,君此去换征衫裁蛮葛⑮,君此去认离魂寻梦花⑯。呀,小可⑰是经年别,留不住征车,只愿你好支持强饭些,好支持强饭些。

[侥侥令] 此后新诗谁和咱,你得句向谁夸?随分乌丝衷肠写⑱,你多应为着咱,我多应为着他。

[收江南] 呀,我较长你春秋五岁啊,比似你更穷彻。叹年来飘零书剑满天涯,每到花时不在家。这多应命耶数耶。呀,我与你讨便宜⑲辛苦了几双鞋。

[园林好] 笑株守似池鱼井蛙,判游荡做浮萍浪花。万里关山程

涉[20]，方是个放狂踪侠士家，放狂踪侠士家。

［沽美酒］好风吹，雨后花，随马足，衬堤沙，更自有胜水名山随侍他。晃斜阳，隐暮霞，摇青旆，酒胡家。系马绿杨之下，擘名纸[21]把囊中句写。你啊尽潇洒何须闷耶，尽快活何须叹耶。呀，我于此且高歌送君行也。

［清江引］并州客舍随缘者[22]，且了青毡债[23]。明年折桂花[24]，共对西湖月，那时节换皮毛洗将穷气色。

【注解】

① 骊歌：告别的歌。刘孝绰《陪徐仆射晚宴》："洛城虽半掩，爱客待骊歌。"恁：同"您"。

② 口内犹余舌：《史记》载，张仪被人疑为盗璧，挨数百棒后释放回家，其妻子曰："子无读书游说，安得此辱乎？"仪张口曰："视吾舌尚在否？"妻曰："在也。"仪曰："足矣。"这里是鼓励对方，只要口舌尚在就一定有出头之日。

③ 倒嚼尝甘蔗：甘蔗根头甜，故人喜倒吃甘蔗。

④ 秣马脂车：指整装待发。秣马，喂饱马匹。脂车，在车毂上涂润滑油。

⑤ 挑：戴。

⑥ 青萍瘦铁：指宝剑。青萍，古代宝剑名。瘦铁，锋利的铁器。

⑦ 咨嗟：叹息。杜甫《员薪行》："更遭丧乱嫁不售，一生抱恨甚咨嗟。"

⑧ 邮亭：古代传递文书的驿站所设置的供过客食宿的馆舍。

⑨ 坐班荆：铺荆条而坐，以叙友情。

⑩ 尺水神龙：神龙即使凭借尺水之助，也能发挥威力。

⑪ 梦巫岭云千叠：指夫妻离别遥远，难能相会。

⑫ 壶笙：形如通常的笙，但比较粗糙。

⑬ 愁笛：形如通常的笛子，但比较大。

⑭ 白社：山名，在靖州，相传以李白得名。

⑮ 裁蛮葛：指用当地布料裁做衣服。

⑯ 梦花：作者自跋中说，据《舆地记胜》记载，靖州产梦花，做梦的人早晨起来看看梦花，就能记住梦中的事。

⑰ 小可：寻常、通常（人或事）。《西厢记·后夜花曲》："虽然是假意儿，小可的难到此。"

⑱ 随分：这里可释为照例或照样。郭应祥《好事近·丁卯元夕》词："今岁

度元宵，随分点些灯火。”也可释为随意。乌丝：指有黑栏线的纸笺。《通雅·器用》：“乌丝，笺之画栏者。”

⑲ 讨便宜：为自己有利的事。

⑳ 程涉：一程一程地跋涉。

㉑ 擘(bāi)名纸：擘，同“掰”。意谓剖开自己的名帖，书写偶得的诗句。

㉒ 并州客舍随缘者：句意为劝勉对方安心作客。并州本指山西，这里借指靖州。刘皂《旅次朔方》：“客舍并州数十霜，归心日夜忆咸阳。无端更渡桑乾水，却望并州是故乡。”将旅居之地认作故乡，这是作者劝对方“随缘”的意思。

㉓ 且了青毡债：《晋书·王献之传》：“夜卧斋中，而有偷人入其室，盗物都尽。献之徐曰：‘偷儿，青毡我家旧物，可特置之。’群偷惊走。”后以“青毡”为故家旧物的代称。债，这里指科举之债。句意为儒生要了却科举之债。

㉔ 折桂花：传说月宫(蟾宫)中有桂树，到月宫中折桂是很了不起的事。后来称儒生登科及第为折桂。郑德辉《王粲登楼·二》：“寒窗书剑十年苦，指望蟾宫折桂枝。”

靖州即古夜郎地，太白遗迹极多，白社山亦以太白得名。更检《舆地志》云：“其地有愁笛壶笙，更产梦花，凡梦者朝起看之，便能记忆。”此数条语甚韵，意其地必佳胜也。冲如去后，予简之曰：“凡到山水绝胜处，可为我题名其间。”既而冲如归，极言风土之恶，寒则极寒，暑则极暑，山水多顽钝，菊花南中极多，而此地绝少。所云“愁笛”，如常笛，但加大耳；“壶笙”亦如常笙，但倍蠢劣，皆蛮丁群聚啸跳而吹之。予初属冲如携此两物归，当叶前词唱之。及闻冲如言，为之咋舌曰：“吾词何辜，乃几遭不幸如此。”自跋

一靖州也，前有太白诗，今有子野词，便令顽土化名壤矣。唐振伯

英气勃勃，读之可以壮人胆气，坚人骨力。谁谓雕虫小伎，非壮夫所为也？子楚评

苍劲如铁，妍秀如花，风姿气骨，两臻其妙。韩巨卿

靖州荒陋，不似人境，然亦有一二文学，粗知翰墨。子野初以此

词书扇赠予行，后为彼中一友人所匿。今予归已三年，而此扇犹在彼。文明一线，藉是不泯，在靖州为破天荒，而在子野则为勒口碑矣。鸡林贾人，亦知有白太付耶？冲如记

梅　花有跋

[南南吕]

[懒画眉] 一枝花发粉墙西,向雪洞风帘深见伊。琼枝玉蒂一时肥,针窦窗香细[1],只见疏影中间独鹤栖。

[不是路] 秀骨冰肌,占断江南第一枝。丹青意,天然标格[2]瘦离披。伴人儿,和烟冷淡空园里,伴月微茫浅水时,魂容与[3]。春寒小阁迷香雨,茗炉诗句,茗炉诗句。

[皂角儿] 冷春心[4]寂寂和泥,蝶来迟要寻无计。闭朱门空老残香,与楼头那人憔悴。况更是压溪桥,横古路[5],点官妆,粘驿信[6]也总无情思,霜欺雪妒,风筛露啼。还有个清明细雨,酸子黄时[7]。

[尾文] 樽前一瓣风吹至,重向灯前瞧认你,原来是幻出林逋无字诗。

【注解】

① 针窦窗香细:意谓像针眼那样小的窗孔里,飘来缕缕淡淡花香。

② 标格:风度,风范。杜甫《奉赠李八丈判官曛》:“早年见标格,秀气冲星斗。”

③ 容与:闲暇自得。陶渊明《闲情赋》:“拥劳情而罔诉,步容与于南林。”

④ 冷春心:内心对春很冷淡。意指梅花无意争春。

⑤ 压溪桥,横古路:指梅花生在溪桥边,横在古路旁,生存环境不好,但不怨天尤人,不想,不争。

⑥ 点官妆:指种在官府园圃中的梅花,为官府着妆点缀。粘驿信:意谓折梅附信委托驿使以寄远人,亦报春讯。陆凯《赠范晔》:“折花逢驿使,寄与陇头人。江南无所有,聊赠一枝春。”

⑦ 酸子黄时:指梅子由青酸转黄甜的时候,而在这关键时刻又遭到了“梅雨”的打击。前面的霜、雪、风、露指梅花绽开时的遭遇。这一曲是写梅花生存

的环境非常恶劣。

古人梅诗，或道其精神，或道其气节，或道其风韵。此词则更道其情致矣，可补逋仙、铁老诸人所未及。至“针窦窗香细”一语，古今词人俱未许梦见也。巨卿评

昔宋广平以铁石心，描花媚姿；吾子野以锦绣肠，写花远致。足称千古合璧。暗生评

细骨柔肌，玲珑秀逸。此江郎彩笔，天生带来，若他人，恐未免开口俗耳。冲如评

村中夜怀 有跋

[南商词]

[二郎神] 和衣睡，这一段凄凉为着谁？水国霜清寒彻髓。分明梦里，醒来人在天涯。听不得风吹窗上纸，方信道夜长如是。浑欲死，撇不下心头，一个人儿。

[集贤宾] 盈盈只隔衣带水[①]，来时密约佳期。眼见得差池[②]三日矣，况一纸音书难寄。般般为你，知多少雨啼风涕。罗帕里，请看取一行行泪。

[黄莺儿] 心病煞难医，只当归是妙药儿，今宵症候难存济[③]。冷一阵是甚的[④]，热一阵又为谁？更眼花错唤名和字。镇[⑤]如痴，伊难负俺，难负俺恁[⑥]相思。

[猫儿坠] 一灯相伴，加被更添衣。守寡凄凉浑似此，枕头香腻是谁的。怜伊，实实是前宵枕上人儿。

[尾文] 几番还自披衣起，茶冷香消寒似水，听败叶敲门疑是你。

【注解】

① 衣带水：形容河流狭窄，仅像一条衣带那样宽。后比喻仅隔一水，非常邻近。

② 差池：相差。

③ 存济：措置；调理；医治。

④ 甚的：相当于“为什么”。表示询问原因。

⑤ 镇：这里作“整日”讲。柳永《定风波》：“镇相随，莫抛躲。”

⑥ 恁：如此。

是夜宿韩巨卿斋，偶有所怀，卧不成寝，乃起坐灯下，磨墨伸纸，

凡得古诗三、律诗一、南北宫长调各一。已而天明，花日在窗，亲故以予之至也，少长并集。见诸绮语，争录之而去，顷刻间遍布墟落。更岁余，予复请巨卿，见其村中小儿《大学》序首空处，有遍书予词者，亦大可笑矣。自记

乔梦符《寄远》[折桂令]云："饭不沾匙，睡如翻饼，气若游丝。"曲写相思模样，可谓多情矣。乃子野则日："冷一阵是甚的，热一阵又为谁。"

又曰："守寡凄凉浑似此。"钟情之甚，更觉过之。大凡情患不足，不患有余，世间忠孝侠烈，总发乎情者耳。子野尝有诗云"从来江海泪花成，自古乾坤情字里"，的是名言。彦容评

子野生负风流，命饶花福，每逢奇丽，不禁萦牵。戊午冬日，过余村居，予为设鸡黍，进尊罍，拟尽欢洽。乃微睨子野，意中惘惘若有所失。夜宿竹云斋，卧而复起，挑灯吮毫，苦吟达曙。予蚤起见诸诗词，曲写悲凄景况，因为和韵，有"好把新词先寄与，相思滋味要伊怜"之句。子野笑曰："子诚知我哉。幸毋投辖，致令予负心期也。"至次夕，留诗案头，中宵逸去。异哉，何情痴至此！虽然，予观古来才人恒遇佳人，然当其分离阻隔，往往魂销欲死，发诸咏歌。以子野之才之遇，而欲其含藻敛华，作无情钝汉，此实难矣。盖惟个中人谙个中味，如子野始可谓识得情字耳。能读斯词者，必天下深情人也，庶有知子野者哉？韩大进巨卿跋

摹情欲绝，是普天下相思领袖。夏澹生评

怀旧重和彦容作 有跋

[南黄钟]

[画眉序] 心头转凄恻,旧恨余欢总堆积。叹一场花事[①],十分狼藉[②]。他做下影里恩情,我赢得画中悲忆。(合)看看逐旋随流水,过今日又还明日。

[前腔] 曾经苦分拆,还有个相逢在他日。怕从今见你,就再生难必[③]。曾记你絮语叨叨,毕竟也信音寂寂。(合前)

[前腔] 花俦与月匹[④],难道心肠竟如墨?料重门深锁,雁书无策。就做道今日辜恩,毕竟是当初难得。(合前)

[前腔] 依稀有消息,闻道伊家尚相忆。就一些难信,也堪疑惑。眼皮上越有思量,心坎里转添鹘突[⑤]。(合前)

[滴溜子] 谁承望恩情两下分劈,倒浪想[⑥]来生和你相觅。几个黄昏白日,教人挨不起这时刻。索取忧愁,报伊怜忆。

[鲍老催] 重思细忆,些些好处郎知得,手托腮儿过时日。这几时,行忘止,坐忘食。淹淹瘦损腰儿窄,镜里看看减颜色,为着你真相直[⑦]。

[双声子] 真难得,真难得,宠柳意,娇花格[⑧]。真可惜,真可惜,轻闪下,都收拾。没计策,没计策,生死隔,生死隔。是一对冤家,两辜心力。

[尾文] 佳人才子风流籍,未许卑人多占得,该有今朝这分拆。

【注解】

① 花事:通常指游乐赏花之事。这里还指男女风流之事。

② 狼藉:乱七八糟。此有不可收拾之意。

③ 再生难必：即使到来世也未必(能见面)

④ 花俦(chóu)与月匹：如花如月般美丽的伴侣。俦，伴侣。

⑤ 鹘(hú)突：糊涂。

⑥ 浪想：瞎想，胡思乱想。

⑦ 相直：意思是为你瘦腰减色真是很值得。直，通“值”。

⑧ 宠柳意，娇花格：指男女两情相悦。格，谓相对应。

彦容曰：“尔《怀旧词》已极美妙，得无江郎才尽乎?”予曰：“有情可摹，无才可尽。若云才尽，则尺幅立穷。若云摹情，则天大样花笺，愿借一幅。”乃因其和作，复重和之，终恨句字有限，未写得其万一耳。自记

子野长于才，自深于情，才情二字，固是相生。尝借唐之诗，方子野之词，大抵如崔、贾之雄伟，而无馆阁气；如元、白之流利，而无俳偶气；如钱、刘之清藻，而无佻率气；如郊、岛之澹远，而无寒瘦气；如崔莺、薛涛之香艳，而无粉脂气；如齐已、灵一之机警，而无蔬笋气。其在初唐，则十二家也；其在盛唐，则李、杜也；下逮晚唐，虽句雕字选，间奏新声，宁易闯其堂奥耶！彦容评

情波滚滚，随地江河；尺幅之间，涛头万状。张调卿

四景[1]闺词

[北双调]

[八不就] 恰收灯[2]又近清明，只觉道[3]花事凋零，又添些鬼病[4]鬼病伶仃。冷落瑶琴，生疏锦瑟，打叠银筝。今宵梦，前宵梦，全然没准。千遭信，万遭信，看看半句无凭。恨咬牙根，痛剪香云[5]。痛的是挫过芳年，恨的是错盼错盼书生。

[前腔] 看酴醾自占柔条，间屈指几度春归，何曾似这度这度魂销。愁劈莲心，惊看夜合[6]，怯听芭蕉。摇纨扇，悲纨扇，怕秋风又早。掩罗袖，恨罗袖，偏生粉泪痕交。指冷琼箫，帐冷鲛绡。枕头边茉莉花香，你怎生的孤负孤负良宵。

[前腔] 听寒蛩声满床头，这壁厢[7]月在东窗，那壁厢雁过雁过南楼。独杵砧敲[8]，空床梦杳，亲笔书修。生离别，死离别，坚心耐守。今生债，前生债，判个一例都酬。钗股谁收，匣镜谁留。记当初夜夜良宵，到如今日日日日三秋。

[前腔] 映窗纱雪间梅花，不觉的一味相思，消除了一岁一岁年华。谁共围炉，谁同宝鸭，谁听琵琶。千不信，万不信，终须被耍。千不是，万不是，只是当初自差。我岂残花？他认做闲茶。他既然现不思量，我怎生的恩爱恩爱常赊[9]。

【注解】

① 四景：指春、夏、秋、冬四景，一曲一景。

② 恰收灯：元宵节灯会刚刚结束。

③ 觉道：觉得。张炎《珍珠令》："桃花扇底歌声杳，愁多少，便觉道花阴闲了。"

④ 鬼病：讲不清道不明的病——相思病。

⑤ 香云：女子鬓边的头发。周权《采莲曲》："越溪女郎十五六，翠绾香云双凤凰。"

⑥ 夜合：即合欢，落叶乔木，白天开花，花淡红色，夜间合拢，皮可入药。

⑦ 这壁厢：一边。

⑧ 独杵(chǔ)砧(zhēn)敲：意为独自洗衣。杵，一头粗一头细的圆木棒，用来在臼里捣粮食等或洗衣时捶衣服。砧，捶衣服时垫在下面的石板。

⑨ 怎生：怎么、何以、怎样。柳永《临江仙》："问怎生禁得，如许无聊?"赊，赊欠。意谓付出的恩爱之情没有回报，好像赊出去后一直不来还账一样。

此等词本被弦索，须带肉麻，当在不文不俗之间，方入词家三昧。右词似亦梦见一斑者。每花月之下，令两童以三弦箫管凄声度之，宛然一燕赵佳人，攒眉酸涕矣。自记

和彦容重会西湖佟姬留别之作 有跋

[南南吕]

[宜春令] 春将尽,春意浓,陡春心云期雨踪[1]。那人情重,当年绮席亲陪奉。把恩情付与湖山,到今日枕头春梦。情悰[2],忘他不得,再寻花洞。

[太师引] 趁东风一片晴帆动,摆兰桡平湖镜中。看无尽青山如画,况更是绿水衔空。诗筒茗碗和春瓮[3],怎少得那人相共。心头事今年去年,曾记得双携手在曲水桥东。

[琐窗寒] 到如今人去桥空,仿佛当初旖旎容。记红鞋底印,半折如弓。衫裁小样,六铢[4]犹重。淡双眸一泓波莹,想侬,般般件件总朦胧,怎生问信寻踪。

[三段子] 隔花转东,过青楼深深几重。兜的[5]便逢,看花容如今转秾。好似春风,到处花心动。花心开处蜂偷拥,眼口相依,这情深重。

[东瓯令] 分离后,没雁鸿,怎料今朝得再逢。轻轻窗下亲摩弄,肩臂相搓拥。奈[6]新欢旧恨积重重,如在梦魂中。

[三换头] 湖山翠笼,载伊情种。迷离[7]笑也,春心忒浓。娘行恩宠,向衾窝款款[8],把温香软情偷送。一觉鸳鸯梦,香肌两下烘。为样亲偎,怕甚么勒暖轻寒柳絮风。

[刘泼帽] 冰轮[9]一片松梢涌,候卿卿睡眼朦胧,枕边溜却金钗凤。莫放松,这良夜休轻送。

[大圣乐] 奈些些几夜情悰,业[10]魂灵全被哄。多应别后相思重,因此上十分浓。正是人归恰在花丛里,春色偏生锦阵中。余欢剩恐,

只恐怕从今去后，云雨无踪。

[越恁好] 相携手怎松，缱绻[11]全何用？终久是分离，硬个心肠且去也，看秦箫再弄。怨双双飞燕各西东，叹人生几番多被离愁哄，临歧泣别太匆匆。

[尾文] 春风吹得离情重，杨柳堤边一样浓，何日楼头香[12]再拥。

【注解】

① 陡：突然。春心：此指思慕异性的心情。李白《江夏行》："忆昔娇小姿，春心亦自持。"

② 情悰(cóng)：心情欢乐。悰，快乐；欢乐。

③ 春瓮：酒瓮。

④ 六铢(zhū)：六铢，言分量之轻，非实指。铢，古代重量单位，一两的二十四分之一。

⑤ 兜(dōu)的：突然。纪君祥《赵氏孤儿》第一折："可怎生到门前兜的又回身。"

⑥ 奈：怎奈，对付。《倩女离魂·元和令曲》："从今虚度可怜宵，奈离愁不了。"杨万里《六月十八日立秋送客夜归雨作》："一夜炎蒸无计奈，三更风雨领秋回。"

⑦ 迷离：模糊不明。此可作暧昧解。

⑧ 款款：慢慢地。

⑨ 冰轮：月亮。陆游《月下作》："玉钩定谁挂，冰轮了无辙。"

⑩ 业：佛教称一切身心活动。

⑪ 缱(qiǎn)绻：情投意合，难舍难分。

⑫ 香：此代指爱人。

古人诗谶，每以为讳，予窃笑之，兴到吮毫，未尝有所避就也。右词适在毗陵舟次，对客挥洒，疏率平淡，第粗成句字而已。归来出示彦容，读至"况是来时未必逢"，彦容拍案曰："何作此不祥语！"予笑曰："不意达人亦为斯言。"明年春尽，彦容将赴心期，而姬讣忽至，偶然胡言，真欲谶识耶？嗟乎！佳人难再得，花梦不多作。每披此词，想见当时朱栏画舫中，胡然而天，胡然而帝，今日化为东风乱蝶，夜雨

哀磷。粉面香魂，尽付柳啼花哂，檀郎于此，能不动心？恨天寡缘而高高不可问，恨人负心而冥冥不复知，乃转而咎予曰“词谶”“词谶”，殆无聊之极思，而情深之致语也，予亦甘为有心人受过矣。自跋

悼亡妓为彦容作[1] 有序跋

佟姬乃西湖名姝也，彦容素与游善，两度游湖，累有赠答。昨岁寄彦容诗，有“记否断桥桥上月，为郎揩泪为郎歌”之句，风流蕴藉，于此可思。今岁清明，桃李正发，彦容将赴心期，出示《怀旧》四阕，予赏其婉丽久之，因许属和。不两日而姬讣至矣。适在泖上，作《清明感桃词》未竟，使发，因寄语彦容，寻当相示也。彦容复曰：“兄作定佳，但恐挑人人面桃花之感耳。”予感斯言，因得“桃花人面春风”之句，而以“豆蔻郎心夜雨”俪之，聊以志彦容之感，且以当和作耳。嗟嗟彦容，世事转眼，可悟空色，《清明感桃词》，愿以为药。壬子清明后十日记。

［南仙吕］

［桂枝香］时时心里，看看梦里。桃花人面[2]春风，豆蔻[3]郎心夜雨。记前春见伊，前春见伊，伊道你且今年归去，我准明年待你。竟谁知，地下无消息，人间长别离。

［前腔］再逢何地，要逢何计。高楼岁岁春深，海燕[4]年年胡语。问伊家怎的[5]，伊家怎的，你曾寄断桥诗句[6]，郎也寄新词与你。竟谁知，郎才柳絮沾泥[7]日，妾是梨花魂断时。

［前腔］意中人去，眼中人泪。伤心荒草新坟，肠断乱鸦枯树。想今番别离，今番别离，郎尽相思为你，你便相思无据。竟谁知，烛灰眼下空含泪，蚕老心中枉挂丝。

［前腔］去年滋味，今年憔悴。当初誓海盟山，至此梦花儿戏。叹年年此时，年年此时，不见旧游之侣，只到旧游之处。竟谁知，一向同香阁，而今泣路歧。

【注解】

① 这首悼亡散曲是作者代友人彦容所作。亡妓：即佟姬，西湖名妓，与绍莘好友彦容交好。

② 桃花人面：即成语“人面桃花”。孟棨《本事诗·情感》：唐人崔护，清明日独游长安城南，见一人家桃花绕宅。崔叩门求水，一女子予之，两人一见倾心。第二年，崔又去该地，但人未见，门已锁。崔即题诗于左扉：“去年今日此门中，人面桃花相映红。人面不知何处去，桃花依旧笑春风。”后以“人面桃花”形容男子怀念一见钟情后不能再度相见的女子。

③ 豆蔻：多年生常绿植物，开淡黄色花。生活中多指十三四岁女子。常用以比喻处女。

④ 海燕：燕子。古人认为燕子产于南方，跨海而至，故也称海燕。

⑤ 怎的：怎样；怎么。亦作“怎地”。

⑥ 断桥诗句：曲前的序文中有“记否断桥桥上月，为郎揩泪为郎歌”之句。

⑦ 柳絮沾泥：柳絮一旦沾在湿泥上，就再也无法飞去。意指为情专一。柳絮，柳树种子所带的白色绒毛，随风轻飘如絮。

子野云：“桃花人面春风，豆蔻郎心夜雨。”石萍云：“夕阳边草绿郎心，银缸畔鸳红妾枕。”皆骈丽中情语。

年来花运百六，歌场板荡。风流一线，犹在斯人。古云“佳人难再得”，亶其然乎？子野填词吊之，当使香魂艳魄，与西泠小小，俱不死矣。彦容评

佟姬葬孤山之麓，张九娘葬西泠桥畔。一抔荒冢，断送风流，情烟意月之下，不知粉魅花魂，尚能作绮罗弦管、当年伎俩乎？哀哉哀哉！予尝欲作小词合吊之。或曰：“与子有何交涉，亦劳费笔墨乃尔？”予曰：“野草庭花，吾辈见之，亦有意思，此岂皆枕席间物哉！”予终当了是愿，作《双花薄命吟》。明岁游西湖，当于寒云荒莽中，扬杯以酹之。自记

赠嫩儿 有跋

[南南吕]

[懒画眉] 葡萄花下闭门居,小小房栊厮称渠[1],眉儿淡扫略施朱。清俊庞儿素,真管领春风尽不如。

[前腔] 偶然相见落花余,衫子新识红杏初[2],温柔香软骨如无。爱把眉儿锁,渌老[3]瞧人一寸波。

[前腔] 温香脉脉递衣裾,惭愧萧郎是姐夫,前生缘分道如何。怎样看承我,问取卑人折福无。

[前腔] 暝烟初合落花多,潜遣青衣将小字呼[4],灯前密语一更初。片脑[5]煨残火,正窗外初三月似蛾。

[前腔] 有人窗里解流苏[6],泥得檀郎不奈何[7],穷酸也得近冰肤。今夜休轻挫[8],知费了缱绻司中印几颗。

[前腔] 蓦然分别两情辜[9],郎上孤舟妾绮疏[10],悬悬望眼两模糊。无数西江路,只哄得萧娘挹[11]泪珠。

[前腔] 相思今夜破题初,独向西厢月底哦。一场花梦又南柯,纳闷支颐坐,验瘦损腰围一寸多。

[前腔] 娘行且自强支吾,郎不是青楼薄幸[12]徒。衷肠一段在春罗[13],须着意加留护,这是折证相思一纸符[14]。

【注解】

① 房栊厮(sī)称渠:房栊,窗户。厮,通"斯",意为分、推开。《史记·河渠书》:"乃厮二渠,以引其河。"称渠,谓小窗与她的容貌正相称。渠,代词,指女子。

② 红杏初:意为衣衫的颜色犹如初开的杏花的颜色,鲜艳美丽。

③ 渌老：同"睩老"，指眼和眼珠。《西厢记》："胡伶睩老不寻常，偷睛望，眼挫里抹张郎。"

④ 青衣：黑色的衣服。古代地位低下者穿的服装。婢女亦多穿青衣。后借代指婢女（丫鬟）。白居易《懒放》："青衣报平旦，呼我起盥栉。"小字：小名。

⑤ 片脑：脑，龙脑树，有清凉气味，可制香料，也可入药，入药后也叫冰片，故句中谓片脑。

⑥ 流苏：下垂的穗子，用五彩羽毛或丝线制成，用作车马、锦旗、帷帐等的装饰品。王维《扶南曲歌词》："翠羽流苏帐。"

⑦ 泥：此作软求、软缠解。檀郎：此指作者。不奈何：没办法。

⑧ 挫：此指错过的意思。

⑨ 辜：背弃。

⑩ 绮疏：雕饰花纹的窗户。

⑪ 挹：抑制；止住。这里也可释为揩、抹。

⑫ 薄幸：薄情。

⑬ 春罗：可能是一种丝织品。此指手帕一类的留念物。

⑭ 折证：能折叠起来收藏的证明。符：标记；标志。

嫩儿姓沈氏，色不踰中人，然善歌，有雅则。初见淡然，已而亦微微近人，而时露侠士风，无妇女气。谈话信宿，颇极欢得，匆匆别去，遂成各天。以后两访之，皆不得见。今且闻其从人矣，恐后晤无期，空有芙容面、杨柳眉耳。灯下偶阅旧词，酷思其人，乃细书数语，为他日半幅遗照也。自记

嫩儿从人时，曾以一缄寄予，浮沉两年始达。虽或出倩代手，然不忘故人，封完旧物，情深义决，真可云侠。试反复书词，其人可想，而其事可传，因附记于此。其辞曰："清江一别，遂易岁年。江南渭北，人远心近。谁言云水萍花，恐非个中人语也。别后浪游金、焦间，会有夙约，风絮便当沾泥矣。但古诗有云'生憎宝带桥头水，半入吴江半太湖，正不知谁浅谁深。春天雨枕，秋夜风帏，孤灯残梦，此岂重门深锁所能限也？悠悠此情，未知何极。春罗一段，折证相思，向宝之秘之，异香熏之，古锦袭之，只令渠见泪痕耳，未尝敢轻出示人。虽然，今日之事，情不可割，义不可留，谨系同心，仍送左右，岂忍等秋云

哉！但使足下谓儿为薄幸人，以岐路视之，从此心花稍开，眉结稍熨，则委骨穷尘，所甘心矣。时移事改，生死离隔，洒泪书怀，封缄尽湿。千万珍重，远大为期。腻粉柔香，不堪丈夫在意也。"又自记

此小聚散耳，遂成花史一段大关目。有此公案，恐子野他生，复受花业。玉妃有言，为此一念，又不得居此，为天为人，必再相见。噫，可惧哉！吾辈情根缠绵，不知何时税驾矣。请子野勇猛忏悔则个。眉公跋

菊　花

［南仙吕入双调］

［步步娇］老圃先生①闲心计，粗了黄花事②。东篱插几枝，老雨枯风，自然高寄③。全不怕霜欺，变炎凉也只是无趋避④。

［江儿水］可⑤有幽深意，偏生⑥古秀姿。比佳人较没胭脂腻，比诗人倒没寒酸气，比仙人尚少云霄志。但落莫⑦田园居士，满地黄金⑧，依旧有寒儒风致。

［清江引］甘心野蒿⑨同腐死，岂有人间意。自从三径⑩栽，渐移入朱门⑪里，多应怪渊明⑫老人多事矣。

【注解】

① 老圃先生：老园丁。作者自指。

② 粗了黄花事：粗粗地种了些菊花。粗了，粗粗地完成。

③ 自然高寄：天然地寄托着高远的情怀。高寄，意谓寄情高远，不随世俗。陆龟蒙《幽居赋》："彼濩落而无容，且萧条而高寄。"

④ 变炎凉也只是无趋避：意谓世态炎凉的变化都不去追逐或回避。只是，作专一、一味解。趋，追逐；趋附。避，回避；避开。

⑤ 可：表强调"有"。

⑥ 偏生：同"偏偏"，意谓出乎意料。

⑦ 落莫：寂寞；冷落。

⑧ 满地黄金：指洒落满地的花瓣犹如铺地的黄金。

⑨ 野蒿（hāo）：一种野生的蒿菜，这里泛指野草。

⑩ 三径：指隐士所居的田园。陶渊明《归去来辞》："三径就荒，松菊犹存。"

⑪ 朱门：富贵人家。因其门漆以红色，故称朱门，郭璞《游仙诗》："朱门何足荣，未若托蓬莱。"

⑫ 渊明：陶渊明，晋代文学家。曾任彭泽令等职，因不满当时士族地主把持政权的黑暗现实，去职归隐。这句的意思是，菊花因陶渊明而出名，但因此被移栽在高门大户中，有违其孤傲疏野的本愿。

萧闲简远，不染一尘，非旷世高怀，落笔岂能如此！冲如评

咏物之难，难于洒脱。此词正得之笔墨之外。沈伯英

夜窗话旧 有跋

[南仙吕]

[八声甘州] 鸳鸯牒[①]上，把云英姐姐，配定裴航。谈何容易？蓦[②]面便教相傍。勾消几许相思账，收拾无边年少场，方才有今宵细语空窗。

[前腔] 记当日画楼相访，正朦胧睡起，半懒梳妆。兜的觑上[③]，从此不教抛放。曾深谈雨枕销金帐[④]，曾泣誓风灯萧寺房[⑤]，也曾守凄凉枫落吴江[⑥]。

[不是路] 不厌疏狂，许我真心学孟光。亲供状，就轮回也愿作鸳鸯。怎生忘，把池边树影做谈心幌，将峰外松台做拜月堂。相偎傍，一场花梦拼劳攘[⑦]，尽他魔障[⑧]，尽他魔障。

[解三醒] 我也曾锦衾罗幌[⑨]，我也曾路雨桥霜[⑩]。我也曾把香心月梦[⑪]潜来往，我也曾封寄啼痕十万行。我也曾软偎珠翠[⑫]将花心养，我也曾抹杀须眉将浩气藏。风流账，为风流两字，搂得人慌。

[前腔] 你如今绣房鸳帐，你如今琴几炉香。你如今舞裙歌扇抛尘网，你如今伴先生月句花觞[⑬]。你如今不愁心上鸳鸯旷，你如今冷看人间脂粉狂。休谦让，真个是情因证果，花籍生光。

[尾文] 空窗一夜闲论讲，个里[⑭]悲欢有一万场，把天比情还未是长。

【注解】

① 鸳鸯牒：指上天记载男女婚配的籍册。

② 蓦：突然。

③ 兜的：突然，同“陡”，或作“兜地”。《汉宫秋·殿前欢曲》：“那一会相菱

花镜里妆，风流相，兜的又横心上。”这里也可作“迎面”讲。觑上：瞧见。

④ 销金帐：以洒金或金线装饰的帏帐。

⑤ 风灯：防风灯。萧寺：佛寺。

⑥ 枫落吴江：崔信明有“枫落吴江冷”诗句，名传一时。这句话既实指分离之季节、地点，也隐含一个“冷”字。

⑦ 劳攘：忙乱。李好古《张生煮海》：“一地里受煎熬，满海内空劳攘，兀的不慌杀了海上龙王。”

⑧ 魔障：泛指人生所遇到的波折或磨难。

⑨ 锦衾罗幌：意指房中相会。

⑩ 路雨桥霜：意指不辞路途辛苦。

⑪ 香心月梦：意指梦中相思。

⑫ 珠翠：此指女性。

⑬ 月句花觞：对月吟句，对花举觞。

⑭ 个里：即个中，其中的意思。

“二十年前一梦空，依稀犹记梦花红。而今短鬓侵寻白，闲话风流落照中”，此予乙丑春日花前感旧诗也。夫人生七十，谓之古稀，而初十年太少，后十年太老，中间止五十年，而坐困于塾师者几十年，羁缠于病冗者几十年，幽沉于风雨者几十年，所存几何哉？而粉债花魔，酒兵愁阵，又无日不煎熬热沸，为生亦良苦矣。幸有一字袂曰“忘”，庶以寡情得安乐法耳。奈何绊系情根，常在心口。当年童心，业已多事，又复为之追思记忆，点算狂花，旧事萦缠，业缘增重，何时得解脱哉？右词乃十年前旧案，《花影集》成，予拟删去。彦容曰：“事不须忆，而词则可传。尔但作空花观，听天下着相人临文感叹可也。”乃仍附之卷中，令如夕阳之在疏林，半明半灭云尔。自跋

清明感桃 有序

吾友暗生,去年有《烟花梦》词,予亦继之有作。今岁清明,花下忽然想着,遂觉此花多有可怜处,因得“花如梦”句,谱之成章,当一哭耳。

[南商调]

[二郎神] 花如梦,忽又傍清明发旧丛,酩子里芳心嫌太冗①。锦堤雪浪,一枝香倚晴空。是第一东君蒙爱宠,生就个情苗恩种。人面孔,好分付崔郎②,恁地东风③?

[集贤宾] 天台④一遍人被哄,而今谁问仙踪。空蝶卤蜂粗燕懵懂⑤,竟岁岁尽他调弄。胭脂⑥忒重,伴烟柳湿云⑦如冻。荒废冢,莺叫破老红⑧痴梦。

[黄莺儿] 日晒紫酥⑨融,近前池老镜中⑩,可怜犹是刘郎种⑪。苔纹上红,鞋帮上红,高情已逐梨花梦⑫。负东风,风流尽矣,随分水流东。

[猫儿坠] 伤春血泪,几度赚人红。毕竟花残枝也空,玄都观里不禁风。没用,好笑几处公门,赌甚英雄。

[尾文] 花前叹息花如梦,又费新词题咏,似梦醒人儿说梦中。

【注解】

① 酩子里:暗地里。王实甫《西厢记·鸳鸯煞曲》:“酩子里各归家,葫芦提闹到晓。”芳心:指年轻女子的情怀心思。

② 好分付:好,正;恰。分付,交付。谓明媚春光正好交付给崔郎去作诗吟诵。

③ 恁地东风:恁地,怎么样。句意为:东风,你看怎么样?

④ 天台:指晋末刘晨、阮肇入天台山之典,这个故事含有人生无常之意。

⑤ 空：独；自，此指孤独意。卤：同“鲁”，愚钝。懵懂：半糊涂；不明事理。

⑥ 胭脂：指色如胭脂的桃花。

⑦ 湿云：雾露。

⑧ 老红：老去的花瓣。

⑨ 紫酥：草名，可入药。

⑩ 老镜中：（桃花）凋落于池水中。

⑪ 可怜：可爱。王维《戏题盘石》：“可怜盘石临泉水，复有垂杨拂酒杯。”犹是：同如。刘郎种：刘禹锡《玄都观观花》之典，含有“世情”无常之意。

⑫ 梨花梦：指梦境。用唐王建梦见梨花如云的事典。王建《梦看梨花云歌》：“薄薄落落雾不分，梦中唤作梨花云……无人为我解此梦，梨花一曲心珍重。”

无限关心，语致吞吐，风情韵味，的的欲仙。陆五如

七夕后二日祝如姬初度

［南中吕］

［好事近］花种降瑶池，管领人间花事。偏生及此，天孙①昨夜欢会。金风玉露，向高楼洗出秋如水。百日红②似有意拈花，并头莲可为你成对。

［千秋岁］翠红围，排比做神仙会，共献祝酒映蛾眉。鲈鲙莼丝，鲈鲙莼丝，摆列着俺江南早秋风味。香翻袖花蒸气，红潮面人微醉。欢畅文园里，俺烟霞③地主，你罗绮花魁。

［前腔］两相宜，可不是天婚配，百岁事今日才起。月信花期，月信花期，待与你醉婆娑典珠沽翠④。风流事俺生来会，繁华梦你休惭愧。但岁岁人相对，做双星⑤姊妹，配满月夫妻。

［越恁好］彩毫佳句，彩毫⑥佳句，俺文齐又福齐。喜卑人有福，有福把卑人配了你。桃花郎姓崔，琼浆人嫁裴，把香馥馥一枝花待移入绣帏。娇小小年纪儿，就从今白首儿寸步相随。同心脍，连爱丝，咱两个长欢会。向黄姑⑦笑道，俺不输你。

［双乘凤］愿从今抛却歌衣，歌衣。愿从今重修艳史，艳史。梁鸿妇⑧，窦家妻⑨。伸月誓⑩，赴花期。草随步，絮沾泥。

［前腔］愿从今荆布钗衣，钗衣。愿从今香茗琴棋，琴棋。常蝶幸，永花媒。风前句，月中杯。把生花笔，画山眉。

［凤毛儿］尊前献祝团欢喜，这寿酒多应是合卺⑪杯。风光甚美。可知道胜事良缘，又有个天公帮衬你。

【注解】

① 天孙：指“织女星”。织女为民间神话中巧于织造的仙女，为天帝之孙，

故名。唐彦谦《七夕》诗："而予愿乞天孙巧，五色纫针补衮衣。"

② 百日红：紫薇花。花期较长，故名。

③ 烟霞：指山水景物。

④ 典珠沽翠：(我)典掉了珠宝(为你)买了翡翠首饰。

⑤ 双星：指牛郎织女星。

⑥ 彩毫：意谓"生花之笔"。

⑦ 黄姑：这里指牵牛星。

⑧ 梁鸿妇：汉梁鸿和孟光相敬如宾，琴瑟和谐。

⑨ 窦家妻：西晋窦滔有妻苏惠，曾织成回文诗寄给丈夫，表达思念之情。

⑩ 伸月誓：向月亮申明宣誓。

⑪ 合卺(jǐn)：成婚。

子野情根引蔓，随地下种。观此词剧"香韵韵一枝花"，又将"移入绣帏"矣，独不顾人间馋眼，憨妒欲死乎？虽然，如此好词，香艳鲜美，千金一字，庶几无惭。以当一斛珠，恐人间正少此买花钱，他人安得争买也。包稚先

寄人槜李[1]有跋

［南商调］

［金索挂梧桐］花间宿雨收，细叠花茵皱。雨雨晴晴，一个人孤守。归期怎逗留，过中秋，又早看看二十头[2]。音书浪[3]得传人口，你在天涯何处楼？眉儿皱，将纷纷泪点，洒寄东流。问当初偎傍人否？问今宵梦见人否？空梦里，人依旧。

［前腔］鸳鸯湖[4]畔舟，西子台前柳。一望天南，怒雨惊风骤。凄凉立小楼，见涛头，银屋翻空罨素秋[5]。此时遥忆人安否，更添上眉峰两点愁。空僝僽[6]，这般般件件总难丢。要与君说个因由，问个因由，二十后归来否？

［前腔］思量无断头，往事空回首。暮暮朝朝，渐渐添新瘦。金钱暗自投，泪双流，看几片青蚨个个愁[7]。分明许下归时候，怕人在天涯还逗留。揩衫袖，把泪珠收去，又蹙眉头。想人生几度中秋，早虚了一度中秋，况归期未必中秋后。

［前腔］梁间只燕愁，镜里双鸾剖。书信重封，不尽还传口。书凭征雁投，怎生[8]留，惆怅临封几度抽。你看时料把眉儿皱，我倒怪修时忒恁愁。君知否，这书来之后，盼望回头。须知道日日江楼，夜夜灯篝，好消息何时有？

【注解】

① 槜(zuì)李：古嘉兴的别称。

② 二十头：指到了八月二十日头上。

③ 浪：任意(乱说)。

④ 鸳鸯湖：今嘉兴南湖。

⑤ 银屋翻空：指波涛翻卷。罨(yǎn)：覆盖。

⑥ 僝(chán)僽(zhòu)：愁苦；烦恼。

⑦ 青蚨：铜钱。句意谓投放铜钱以计日子。

⑧ 怎生：如何。乔吉《金钱记》："女孩儿从未曾出着闺门，我又不知路径，教我怎生去的。"

此词予既寄赠后，为彦容潜录。适游西湖，因口授一歌姬，才一过，便能了了，再夕即歌之段家桥，风流俊逸，坐客销魂者久之。夫一经美人之口，便倾动一时如此。予自分何缘，消此奇福。且花事已休，芳心灰冷，名传乐部，空属可怜耳。予曾有诗曰："梦破扬州事有无，近来只合叩维摩。谁知犹有空名在，却被人偷谱艳歌。"又曰："而今非复旧情痴，虽遣新声似昔时。好比仙人天上去，人间传得步虚词。"盖为此而作。姬姓颜，行第一，闻是慧人，未得一睹，时为惘然。自跋

开元中，高适、王涣之、王昌龄齐名，偶拈小词，便为教坊偷谱。一日小饮旗亭，诸姬所唱，皆昌龄绝句，而不及涣之。涣之为之色动，因指诸姬中一最美者，谓两人曰："姑稍俟之，倘我词出此子口，则尔两人当以我为师。"俄而双鬟撩袂长歌，声绝云汉，则涣之词矣，涣之为之大叫狂噱。颜姬事于此正相类。盖词出美人，即芜词亦有生气，况绵婉清新，如子野此词者哉！且冥契之符，莫知其然而然。子野之神韵，颜姬之慧心，当别有作其合者，又不真在声音句字间也。彦容跋

平言淡语，只如白话，此词家最上白描手，所贵乎本色者此也。蔡叔文

贺暗生新居 有跋

[南大石]

[念奴娇序] 予家烟水，把山林城市[1]，从公与汝平分。毕竟君多丘壑意，依然城市山林[2]。齐整，扑地楼台，围天竹树，花枝缺处放朱门。(合)真个是，深如洞府，高比层城。

[前腔] 华甚，专城[3]聚景，大多是画栋雕梁，朱粉辉映。聘得名工神妙手，巧夺天人无并。奢逞，我寒素家风，清疏情味，每经一到一魂惊。(合前)

[前腔] 奇甚，碍日连云，取凉藏暖，偶然一曲[4]忽台亭。摆列着摆列着周鼎商彝秦铭。雄隽，我怀古襟期[5]，摩挲老眼，遍看款识不知名。(合前)

[前腔] 幽甚，曲槛回廊，小庵偏室，矮扉低屋纸窗楞。安顿着安顿着竹几蒲团龛灯[6]。清韵，我世外闲心，宗门[7]本色，堪[8]于此处老余生。(合前)

[古轮台] 集良朋，风花雪月此同评。每将车辖投之井[9]，酒杯诗韵。更羽客[10]高僧，参榷养生禅定。有剑借人看，字容人问，有图书经典，更棋琴消闲养性。有花佣圃户园丁，有书床药臼，茶铛酒库，水瓢花甑[11]，尽足了闲身。神仙境，多应福分带前生。

[前腔] 须听，还有金屋娉婷，与你雪馆风灯，夜窗朝镜。况得意仙郎，忒俊逸风流标韵。才了却琴心，医痊花病，把语旧余闲，折花枝问郎占孕，半低声不许人听。绮疏朱户，雕栏实砌，鹤闲花静，处处有风情。神仙境，多应福地照花星。

[尾文] 我烟霞性，泉石盟，终道你城居未稳，一首移文[12]草欲成。

【注解】

① 予家烟水，把山林城市：我把家安在烟霞山水间，就是将山林当作了城市。

② 毕竟君多丘壑意，依然城市山林：这是一句反语。作者暗讽暗生心胸中毕竟蕴有丰富的丘壑之意，故能于城中营造“山林”。在子野的规劝下，暗生果然在城郊建起了宅园，不再留恋城市。

③ 专城：古时称州牧太守等地方长官为专城，意为一城之主。孟浩然《送韩使君除洪府都督》：“往来看拥传，前后赖专城。”

④ 一曲：（道路）一转弯。

⑤ 襟期：抱负；胸怀。杜甫《醉时歌》：“日籴太仓五升米，时赴郑老同襟期。”

⑥ 龛（kān）灯：供奉神佛的佛灯。

⑦ 宗门：佛教诸宗的统称。

⑧ 堪：能；可。

⑨ 车辖投之井：《汉书·陈遵传》：“遵嗜酒，每大饮，宾客满堂，辄关门，取宾客车辖投井中，虽有急，终不得去。”车辖，车上的销钉。

⑩ 羽客：道士。

⑪ 甑（zèng）：古代炊具，这里可作“瓶”解释。

⑫ 移文：与檄文相类似的文体，多用于晓喻与责让。子野此曲含有讽劝之意，故比之为移文。

暗生本宜置丘壑，竟以俗缘未断，犹滞城阛，故予以此词贺之，实规之也。未几暗生辟园东郊，移家就焉，可谓从谏如流矣。《北山移文》何负于吾友哉！予尝有《西佘山居记》，极言人外之乐，曾录一通寄暗生。窃自谓繁华梦短，冷淡情长，丹山白水，未可与空花热焰同日语也。因附记于后。自记

西佘山居记　自撰

吾松水肤而山骨，而林木修美，更为之衣裳毛羽焉。盖分秀于天目得其骨，借润于震泽得其肤，而气趋东南，地暖宜水，且南接武林，北距金阊。卖花佣日载名卉，高樯大艑而至，宜其衣裳之日加丽，毛羽之日加丰也。以故九峰三泖间，处处有花木之胜，而东西

二佘，尤为山水结聚处，花木为尤蕃。予山居在西佘之北、东佘之西。西佘峭耸而尊严，东佘委蛇而飞翔。予之饮食坐卧，皆在其空翠中。玉屏山矗其东北，势若腾舞而至。更有一山，如鱼背，如眉棱，半隐半现，意致羞涩，则凤凰山之介出于东佘、玉屏间也。别有一点苍翠，在平畴漠漠中，若醒若睡，不衫不履，则北竿山之离群独处，而踉跄于烟草外也。揉蓝萦带，屈曲柔妩，轻和淡荡，似一隽人，则山泾之涨腻沦涟，而周遭于两佘下也。此山水之大凡也。予山居则疏疏落落，而点次于山水间也。在山腹者曰"半闲精舍"，本为先人墓地，于此供僧忏佛，故名。中堂曰"春雨"，其前平田远水，一目千里。西偏曰"无梦庵"，卧处也。万松在窗外，蒸云鸣雨，夜枕幽绝。东偏曰"诗境"，晏坐处也。窗外纯竹，东佘作正绿色，在竹中间，探头如戏。其前为"散花台"，出万竹上，每于此饭鸟，鸟闻木鱼磬声则下。竹间有小径，接"太古斋"。斋小如髻，他处犹闻樵斧人足声，至此万籁俱寂，惟闻鸟啼叶落；而闲鸟无求，声不多作，盛夏草木怒生，叶亦不落，但竹风萧萧而已。每岁暑月，为挂瓢晞发之地。此山腹之大凡也。降及山腰，有亭翼然曰"霞外"。其背背松，其面面桃，上径径松，下径径桃，更有梅花三四十株，作一堆雪。当桃花尽处，桃径凡三折，一折皆单瓣，开差早；一折皆千瓣，开差晚，两桃继发，艳可逾月；一折纯种桐，桐尽复种桃。而邻家松竹，更互相掩映，可称绿天红雨，绣幄香茵。每值春时，为名姬闺秀，斗草拾翠之地。此山腰之大凡也。渐近山足，为"就麓新居"，初作屋山上，已又作屋山下，故名。辟两板扉，有疏篱曲水，细柳平桥。水上夭桃，照天曜日，人行花间，头面尽赤。入中门，榜曰"北山之北"，繁阴郁然，下有曲径，抵方池，渡斜桥，桥南北皆植梅。有老梅一株，是为梅祖，狂枝覆地，轻梢剪云，于池上垂杨，黄金白雪，相亚而出。有斋两楹，面山临池，曰"三影"。予字子野，好为小词，故眉公先生以此名之。每岁催梅观荷于此，更为花朝祝花之地。斋后疏竹高秀，朱栏拳然。启其后户，达于小楼，曰"罨黛"。四山环之，翠色欲滴，阴晴改容，瞬息万状，雪朝月夜，于此最胜。此予坐卧处也。自楼而东，作轩三间，曰“语花”；有旁室，曰“蕉雨”。莫不花来镜里，树入床头，山眉雾鬓，绿生枕上。此朝云通德杂处处也。三影斋之西偏，为“西清茗寮”。窗外有古梅修竹，蓄木奴数头，更种睡香一带，接“众香亭”。梅花开时，睡香助馥，氤氲酷烈，闻二里许。疏云淡月之夜，薄醉微吟于此，令人恍恍有春思。亭前多桂，仰不见天，幽草闲花，总隶香国。每岁秋时，觞桂于此，更为月夕酹月之地。径折而南，启小门，入疏竹，有屋临水，扁曰“竹阑水上”。水月摇窗，风篁成韵，此留客止宿处也。中间为“秋水庵”，庵下是水，水上是竹，竹外是山，山上是桃，花时万斛红涛，势欲浮屋。庵前高梧数株，壁立耸翠，更作“香霞台”，每岁锦茵绣幕，为牡丹洗妆于此。水折而东，稍稍深阔，作轩其上，为“聊复轩”。轩内作暖室，曰“一灯十笏”。中供如来，及纯阳祖师像，每清斋禅诵于此。轩前为“濯锦台”，台之东岸皆桃花，更有疏柳依依高出其上，而东佘烟翠，复衬其外。每岁柳绵飞时，送春于此。从轩而南有小桥，曰“济胜”，朱栏雁齿，达于竹外；绕径皆芙容，乃聊复轩东岸也。山展一足，插入短垣，就其高处，筑一草阁，曰“妍稳”。轩中看桃已胜，而于此更为奇观。盖凭高俯眺，万锦毕集，红白交加，深浅互出，正恐武陵无此奇艳。每岁携妖姬韵士，问桃于此。阁不甚弘敞，然而据地独高，颇得诸胜。登此，则三影斋之梅、西清茗寮之竹、罨黛楼之雪月、众香亭之桂、秋水庵之水竹、聊复轩之桃柳、济胜桥之芙容，以至霞外亭之桃梅、春雨堂之松竹，无不可坐而致也。此山足之大凡也。予盖经始于丙辰之冬，迄于丙寅，首尾十载。初作春雨堂，次作霞外亭，次作三影斋，次作西清茗寮，次作罨黛楼，次作秋水庵、聊复轩，次作语花轩，次作妍稳阁。盖贫翁不能顿办，且花木渐次成章，乃因而补赘之。此则予营作之大凡也。予性苦城居，颇乐闲旷。己未冬，移家泖西，而每岁春秋，必来山中，或侵寻结夏，至十月而归，而梅花时又遄至矣。居山中，雨不出，风不出，寒不出，暑不出；贵客不见，俗客不见，生客不见，意气客不见，惟于高衲羽流相知十数人往还。有见访者，杀鸡为黍而食之，无珍肴，家常五品而已。凡四时风景，及山水花木之胜，皆谱撰小词，教山童歌之。客至，出以侑酒，兼佐以箫管弦索。花影杯前，松风杖底，红牙隽舌，歌声入云，亦甚足为耳轮供养矣。更作一钓船曰“随庵”，风日和美，一叶如萍，半载琴书，半携花酒，红裙草衲，名士隐流，或交舄并载。每历九峰，泛三泖，远不过西湖、太湖而止。所得新词，随付弦管，兴尽而返，合门高卧。有贵势客强欲见者，令小童谢曰：“顷方买花归，兹复钓鱼去矣。”此则予居山之大凡也。嗟夫！金谷繁华恐不祥，平泉痴拙恐不必。予惟是因山省挑筑，因水省浚治，花木择其易活者省培植，且择其易办者省物力，简便而措之，平淡而享之。但觉山水花木，自来亲人，而我无应接之烦，是乃可为真享受矣。予且逍遥目前，安分知止，百岁之后，安知其不为子孙卖，不为势家夺，不为平田耕，不为虎狼穴，不为兵寇焚，不为樵竖截？此事理之必然，无足讶者。予惟记之一片石，使芜没之后，或有得断碣者，知此地曾有室庐，有卉木，有人文采风流于此，今且鞠为茂草，不复辨处。倘其人有心，当为之抚膺一长叹耳。记凡刻三石，一沉三影斋池心，一藏散花台下，一沉北山泉底。北山泉者，山居之井名也，清淳芳美，堪比慧泉，予曾有铭，记不及载。天启六年，岁在丙寅，五月五日，峰泖浪仙施绍莘记。

文势纡回，文情闲旷，而曲折详尽，觉亭台桥道，历历可数。每澄心静观，神与境会，直似芒鞋竹杖，缓步其间者。东坡题李龙眠画云：“如见所梦，如悟前世。”于此记当亦云然。韩巨卿评

子野高风逸致，或寄之山水，或发之文章，要归自写本色，传示小像耳。经营山园垂十年，全以胸中丘壑，点次烟霞；兹复以笔底铅华，图写神韵。快读一过，不特卧游其胜，抑且恍见其人，即以此当子野本传可也，不应作文章山水观矣。张汉水

一篇有大结束，一段有小结束，而高闲疏旷，举止安和，更有无风

自波，拈花独笑之致。固知其人非尘埃中物也。倪子山

子野投予词，故是作赋手。后寄予此文，更属出世法。乃知人世间红尘蔽天，仍有一隙冷境，可容闲人。予东郊有数椽，花木古秀，鱼鸟静乐，予将于此老我一生，于子野长作世外神交，分受林泉之乐，岂容子野独享，且以此傲睨人也。顾暗生

相　思

［北双调］

［闺怨蟾宫］掩重门夜永沉沉，听一派寒砧①，怯一派寒砧。映窗楞月在庭心，筛一簇花阴，怕一簇花阴。抵牙儿慢思量是一个知音，第一个知音。记他们喜孜孜抽一只鸾簪，赠一只鸾簪。到如今有梦难寻，烘一会孤衾②，拥一会孤衾。

［前腔］乱纷纷花扑窗纱，惊一树栖鸦，定一树栖鸦。闷恹恹倚得身斜，觉一阵寒些，更一阵寒些。托瑶琴写意儿学一段梅花③，弹一段梅花。听雁儿飞过也这一只呀呀，那一只呀呀。拥衾儿叫声天那，见一刻冤家，梦一刻冤家。

［前腔］果然的梦见伊人，惊一阵风声，恼一阵风声。梦回来重剔残灯，又一瓣花生④，更一瓣花生。泪痕交衾和枕，这一片如冰，那一片如冰。俺知他他知俺，总一种伤情，恁一种伤情。既伊家知俺伤情，判一个残生，尽一个残生。

［前腔］渐天明白发⑤东窗，卧一半空床，剩一半空床。意昏迷眼误心慌，叫一声娘行⑥，错一声娘行。恼心情抽身起，颠一领衣裳⑦，倒一领衣裳。眼睛前，身分上，那一件思量，这一件思量。怎能够便见娘行，有一段凄凉，说一段凄凉。

［煞尾］凄凉凄凉忒凄凉，教俺和谁讲。便⑧教就见娘，也勾不尽相思账，多应是相思价儿⑨今夜长。

【注解】

① 寒砧：此指秋后的捣衣声。诗词中常用来象征凄凉萧瑟之景。沈佺期《独不见》："九月寒砧催木叶。"砧，捣衣石。

② 衾(qīn)：被子。李煜《浪淘沙》："罗衾不耐五更寒。"

③ 写意：表达心迹。梅花：指《梅花三弄》曲。

④ 一瓣花生：指灯花。

⑤ 白发：白光显现。

⑥ 娘行：古戏曲中为姑娘的意思。梁辰鱼《浣纱记》里伍子胥对浣纱女唱："娘行若肯周济我，子胥心中感恩德。"

⑦ 颠：相当于今天的拎。一领：一套。

⑧ 便：这里有"马上"的意思。

⑨ 价儿：这般儿，这样儿。也可能是语助词，无义。

宛转之思，缕缕如诉。每读一过，令人神魂徘徊。调卿评

为顾宝云[1]作 有跋

[南中吕]

[泣颜回] 见面胜闻名，十郎一样看承[2]。郎之缘分，前生做下今生。花前月下没包弹[3]，一对人厮[4]称。觑冤家这样销魂，其间事怎得由人？

[前腔] 鸾衾鸳枕有人温，端的[5]是娇花细柳，轻雨柔云。孤灯背后，一丝誓血微腥。幽期密订，这双心两耳亲盟证。论奇逢[6]赛过云英，论知音说甚文君。

[普天乐] 任檀郎心肠硬，沾着手无干净。天生个天生个有福张生，偏招注有眼莺莺。真心至诚，多应是鸳鸯牒日下[7]签名。

[古轮台] 叹酸丁[8]，几人能够傍娉婷？尊前幸得偎红袖？须教判命。一对蛾眉，已该应倾国倾城。况花韵莺喉，香肌玉骨，微微眼角上头情。怕的是回眸暗觑，险些儿勾摄人魂。便做道今生今世，来生来世，生生世世，也愿永随君。推郎命，从今一定犯花星[9]。

[尾文] 东风吹得杨花紧，意马[10]明朝报起程，待别却临邛[11]又入茂陵[12]。

【注解】

① 顾宝云：作者友人，字彦容。

② 十郎：唐诗人李益，排行第十，故名十郎。参蒋防《霍小玉传》。看承：看顾、照料。

③ 包弹：同“褒弹”，批评，抨击。郑廷玉《金凤钗·迎仙客曲》：“写染的无包弹，吟咏的忒风骚。”

④ 厮：相互。

⑤ 端的：真个。陆游《糟蟹》：“醉死糟邱终不悔，看来端的是无肠。”

⑥ 奇逢：因云英和裴航相遇，经历曲折，故称“奇逢”。

⑦ 日下：目前，近日。吴自牧《梦粱录》卷十二：“日下折毁屋宇，开辟水港。”

⑧ 酸丁：秀才。王实甫《西厢记·满庭芳曲》：“来回顾影，文魔秀士，风欠酸丁。”

⑨ 犯花星：意谓有风流心性。

⑩ 意马：即意马心猿（心猿意马），佛教用语。用猿腾马奔比喻凡心无常、无定而又多变。后多用以比喻心神不定。

⑪ 临邛（qióng）：卓文君和司马相如一度居留临邛卖酒度日。

⑫ 茂陵：传说司马相如曾欲娶一茂陵女子为妾。以此喻顾宝云花心。

顾宝云生性多情，沾泥又起，琴心甫贴，复订花盟。此番情案，几令小玉占梦矣。予因以小词投之，虽极言其花福之奇，实规之也。幸而《白头吟》赋，司马车回，然亦岌岌乎成薄幸人哉。自跋

隽美不可言，新思尖语，波委云集。词坛老宿，有袖手眼热而已。但谓予薄幸，予则何敢？予为沾泥絮久矣，正恐子野作天涯芳草耳。彦容评

相　思

[南南吕]

[懒画眉] 暗灯微雨小窗纱，隔个帘儿一树花。猛然身子觉寒些，把锦被烘烘者，怎么锦被温香不见他？

[步步娇] 笔砚如今多抛舍，颠倒朝和夜，慌张饭于茶。勉强支吾，毕竟都尴尬。若不早见伊家，怕僝躯怎敢支吾也①。

[山坡羊] 一星星②记伊顽耍，一桩桩记伊甜话，分明的人在天涯。捻空的浪把他摹写，摹写他依希似得他，思量一遍，又是模糊者。几度嗟呀，几番惊诧。因他，眼睛儿常是花；为他，唤人儿多半差。

[江儿水] 恨杀风前马，心惊月底鸦。算相逢应在芙容谢，到如今又早梅花大，怕差池③更过清明届。转眼芙蓉重谢。就此际相逢，怕憔悴，潘郎头白。

[玉交枝] 了缘填债④，受冤家千般苦来，痴心信却书中话。浪惊疾鹊噪灯花，不堪春草闹池蛙，怎禁寒食梨花谢。向双星⑤安排咒他，拥单衾安排梦他。

[园林好] 我记你曾投凤钗，你怎忘了曾偷绣鞋？料得你绣鞋还在，你怎忍便丢开，你直恁⑥做人歪。

[侥侥令] 看看芳信⑦假，点点泪痕加。海誓山盟浑⑧当耍，怕有日神明计较他。

[尾文] 相思滋味如何也？似芳草无边着柳花⑨，看衣带今朝又瘦些。

【注解】

① 僝(chán)躯：被(相思)折磨的躯体。支吾：应付。白朴《梧桐雨・啄木

儿尾曲》:“端祥了你上马娇,怎支吾蜀道难!”

② 一星星:一桩桩。《梧桐叶·煞尾曲》:“到来月,我一星星奏与君王,不列得轻轻的索放了你。”

③ 差池:错误。

④ 了缘填债:勾销情缘填相思债。

⑤ 双星:指牵牛织女星。

⑥ 恁:如此。

⑦ 芳信:书信。芳是敬词。

⑧ 浑:犹“全”也。陆游《山行》:“水浅游鱼浑可数,山深药草半无名。”

⑨ 芳草无边着柳花:意谓相思之情似无边的芳草和满天飞舞的柳絮。贺铸《青玉案·凌波不过横塘路》:“试问闲愁都几许?一川烟草,满城风絮,梅子黄时雨”。

摹写难摹之情,恍恍若画。正恐写生家写人皮毛,未能写人肺肠耳。沈德生

赠薛小涛[1]有序

夫艳魂不死，每幻秀于蛾眉；情种无根，忽敷荣于彩笔。所以文人手泽，遇韵事而生花；从来锦阵铅华，借才情而流艳。小涛氏，天付柔香，人称隽品。标韵鲜明，似濯锦中流之锦；襟期皎涤，如蛾眉半月之眉。依然名士风流，故是胆豪神隽；无愧美人本色，堪称骨细肌丰。洗筝笛耳而学琴，解传幽怨；以草书法而作画，自写春娇。莺喉象板，已绝唱于当筵；月韵花妖，直钟奇于千古。盖浣花溪畔有前因，偏生姓薛；想万里桥边曾寄迹，恰好名涛。虽则无双，还堪作对云尔。乙丑春半，清明景和，偶携歌扇扇桃花，艳惊人面；共举霞觞觞夜月，醉死春魂。枕边灯下，道人恐无此风情；眼际眉头，吾辈终当为情死。若非艳句填情，谁信文心有锦；用是短章寄意，永令花事传疑。长曲歌成，而三生案定矣。

[南商调]

[长相思] 殢风朝，闷雨宵，就不关情魂已劳，镜中人面销。怨花飘，寻梦遥，况[2]见多娇心转焦，把一肩花担挑。

[二郎神] 闻人道，你曾住成都万里桥，把千古风流多占了。娇红韵粉，分明是一朵夭桃。却解语佯羞含浅笑[3]，添多少酒怀诗料。人世少，是天上飞来，花月之妖。

[集贤宾] 清明前后春正好，烟花欲妒春娇[4]。倒形得烟花惭愧了，况花老输人年少。鞋弓袜小，伴着俺短衫乌帽。娇袅袅，全不管穷酸饿眼偷瞧。

[黄莺儿] 象板叶鸾箫[5]，脸霞生一线潮，酒容歌貌天生妙。有缘怎逃，无福怎销，想卑人花命该花报。雨云朝，怕巫山梦里，未必有这多娇。

［猫儿坠］阮郎[⑥]憔悴，早荒了旧情苗。叹满眼狂花零乱了，而今重把艳魂招。人笑，人笑我花债多头，老不相饶。

［尾文］惜花心性多萦恼，不供养奇擎[⑦]不肯饶，怕这样情痴就吾辈少。

【注解】

① 薛小涛：歌妓。因与唐代名妓薛涛同姓类名，引得作者“花心多萦恼”。于是，子野将风流韵事谱入曲中，用短章小序寄写“三生”感意。

② 况：正，正巧。

③ 却：还也。李白《玉阶怨》：“玉阶生白露，夜久侵罗袜。却下水精帘，玲珑望秋月。”解语：很会(能)说话。解：会；能。李白《月下独酌》：“月既不解饮，影徒随我身。”

④ 春娇：指薛小涛。

⑤ 象板叶鸾箫：象牙板与箫合奏。叶通“协”。

⑥ 阮郎：即晋末与刘晨一起入天台山遇仙女，留山同居的阮肇。此为作者自比。

⑦ 奇擎：奇花。

绝世风流，心口双韵。汪子念

赠别和彦容作[1]

［南正宫］

［锦缠道］惨西风送行人蘋香[2]水边，一晌[3]耐周旋。伴离觞[4]些些野水荒烟，多只在三朝上，就归来也浑如几年[5]。怪的是顺风儿紧扯伊船，临别又把衣牵。这斑斑的是缘何泪涟，要伊家把眼看。须记得区区为恁[6]，这盈盈[7]望眼甚时干？

［玉芙蓉］相携越可怜，顷刻人难见。叹明朝两地，又还各天。前宵灯下看挑线，今夜床头裹薄绵。伊言道匆匆便还，愿檀郎[8]莫瘦了俊潘安。

［山桃犯］辜负了重阳宴，羞杀了黄花面，霎时离恨重重见。花钿翠减留妆案，粉脂红嫩余香汗，破题儿今夜无眠。

［尾文］只因误识春风面，恰是前生夙世缘，这度分离好挂牵。

【注解】

① 赠别和(hè)彦容作：这是一首依照友人彦容词曲的格律内容作的散曲。曲子写妻子送别丈夫时的不舍之情及别后的思念牵挂。

② 蘋香：蘋花的香味。

③ 一晌：一段时间。《古今小说·卷四》："小姐因问我浴佛的故事，以此讲说这一晌。"

④ 离觞：离别的酒。觞，古代称酒杯，常借代为酒。

⑤ 三朝：三天。浑如：很像。

⑥ 区区：一是古代自称的谦词；二表钟爱、思念。这里两者兼有。恁：您。

⑦ 盈盈：充积，充满。句中指眼中满是泪水。

⑧ 檀郎：东晋美男子潘安，小字檀奴，亦称檀郎。

予与子野，同受知骆沆翁老师。始幸识荆，读一家言稿，苎城诗

社，以子野为慧业文人也。继得读诸诗词，隽韵幽情，遗世独立，令人叹服，以为神仙中人。其传诸宙合，寿之百祀，有必然而无疑者。区区以帖括名世，所以知子野者浅矣，敢拈出以质之同志！褚公永评

情言娓娓，凄怆缠绵，直欲刺人心，堕人泪。使关、马再生，犹未知孰为瑜、亮也。唐叔扬评

子野先生素于家君游善，忆余垂髫时，犹得望见色笑。每读新词，辄知爱慕，缮写数篇，秘为帐中鸿宝。兹幸睹《花影》全编，如入五都市中，珍宝胪列，令人心醉目眩，口不能言。拟以锦囊袭之，异香熏之，盥手凝神而后读，庶不负予曩日爱慕初心云尔。唐迪畏跋

柔韵秀熨，是词林作家手。子念评

端　阳[①]

[南南吕]

[懒画眉] 饶[②]君痛饮谢端阳，怕老大仍无一百觞。人生三万六千场，是日[③]记风流账。一度须教一度狂。

[不是路] 火醉榴房[④]，况葵锦蒲香酒色黄[⑤]。金卮[⑥]漾，一杯斟到莫筹量[⑦]。饮的强，屈平独醒空冤枉，渔父餔糟[⑧]落得狂。高怀爽，一杯干了重斟上，大家拊掌，大家拊掌。

[皂角儿] 对平池一面轻凉，趁潮平龙舟初上。看湖心红袖翻慵[⑨]，听薰风朱弦嘹亮。若不是罚三杯、倾几盏、赌猜拳、行酷令[⑩]成何模样，疏狂十载，风流几场。直须向烟波万里，叫问端详。

[尾文] 不然一度端阳枉，枉了须知没法偿，你不饮教吾心上痒。

【注解】

① 端阳：即重阳。

② 饶：任凭、即使。李朝威《柳毅传书·楔子》："饶他掏尽泾河水，难洗今朝一面羞。"

③ 是日：天天。

④ 火醉榴房：石榴花开得如火如醉。榴，石榴。

⑤ 况：还。蒲香：菖蒲散发的香气。菖蒲又叫香蒲，古时，端午节有在门上、门前挂香蒲的风俗。

⑥ 卮(zhī)：古代盛酒的器皿。

⑦ 筹量：计算数量。

⑧ 餔糟：《楚辞·渔父》渔父曰："众人皆醉，何不餔其糟而歠(chuò)其醨(lí)？"歠，吸、喝。醨，薄酒。餔，食。糟，做酒后留下的渣。

⑨ 慵：即慵妆髻。

⑩ 酷令：很懊难的酒令。

达生之言，更尔豪逸，庶洗出骨髓中寒酸学究气。五如评

夏景闺词 有跋

[南仙吕入双调]

[步步娇] 梦破秦楼[1]箫声咽，帘外如珪月。雕栏卍字斜，茉莉初簪，点点堆堆雪[2]。宝袜半痕遮，晚凉天一味儿浑娇怯。

[山坡羊] 度琵琶才[3]弹又歇，掀纂筝才抡[4]又劣，插犀梳才拈又慵，照菱花才架又甥挣跌[5]。趁流萤新篁小径斜，齐纨[6]戏扑，扯淡[7]还聊且。百合花残，并头莲谢。咨嗟[8]，如何信没些？伤嗟，如何梦没些？

[江儿水] 记得欢娱夜，凉堂浴罢者，掩青团[9]共就荷亭月。那人儿亲自低声说，月盈亏我和你无圆缺。谁料冤家恶劣，月缺重圆，偏我你常常离别。

[玉交枝] 寻思痛切，歹心肠方才觉些。鲛绡[10]曾把盟言写，一行行字脚儿斜。你当初哄我十分呆，我如今判个千般拙。我何曾半点心邪，你枉人心[11]成何豪杰？

[解三酲] 不记得分疼衬热，不记得翠拥红遮。不记得紫薇花磴[12]罗衣卸，不记得海神爷[13]。下场头看看没半些，本分的欢娱逐旋赊。好亏心者，怎不把鞋跟跕着，脱下空靴。

[川拨棹] 偏是凉添夜，你醉平康竞狭斜[14]。枉教人短叹长嗟，枉教人短叹长嗟，惨斑斑腮边泪血。尽包笼忍耐些，有苍天知道些。

[侥侥令] 这恨难分说，全然好似呆。就是你铁打心肠真是铁，怕见了我凄惶也多断绝。

[尾文] 风流过犯难容赦，奈前世缘牵又难放舍，只是等待归来把他生痛决。

【注解】

① 秦楼：泛指歌舞场所。

② 雪：喻指白色的茉莉花。

③ 才：刚刚。

④ 掐(chōu)：弹拨。

⑤ 菱花：有菱花图案的铜镜。琤琤：象声词。

⑥ 齐纨：用齐地出产的白色细绢做的纨扇。

⑦ 扯淡：闲扯；胡扯。

⑧ 咨嗟：叹息。

⑨ 青团：青色的团扇。

⑩ 鲛绡：此指手帕。

⑪ 枉人心：辜负人心。

⑫ 磴：方言，一方把另一方抛弃。

⑬ 海神爷：张邦几《侍儿小名录拾遗》写书生王魁与焦桂英相恋，曾在海神庙中誓盟，后王魁负心，遭到海神的责罚。

⑭ 平康：唐长安丹凤街有平康坊，是妓女聚集的地方。此处泛指烟花之地。竞：满；遍。狭斜：小街曲巷，古代多为妓女所居处。

粤自胡元北声不劲，南音遂歌，诸名家诚不用沈约韵，亦未曾用中原韵，不过以声音相近为韵耳。自后生厌常喜新，而好为苟难，乃极诋沈韵，而必宗中原。夫沈之被驳，以虞元等韵也，一声不谐，遗议千古。况中原韵废四声为三声，上去入颠倒错乱至于如此，而犹可为训乎？五音出于五行，五行有金木水火，而土寄位焉，所以四时有春夏秋冬，而土季旺焉。然则五声之为四声，自然之理也；废而为三，是为何说乎？将四时亦缺一而可乎？且乎上去入，随声自叶，乃天籁之自然。如天、腆、掭、铁，欲少一声不得，欲多一声亦不得。果如中原韵所云，将至抻字竟止矣，可乎，不可乎？甚矣中原韵之不韵也。要是胡元入主，北声乱华，刚劲乖劣，几不成响，周德清乃因其舛谬，著而为书。今人知胡元某字，即中华某字，声音虽有不同，而真是卒不可混。六经音义，由此终天不泯，此德清之苦心，当谅之声响之外者也。安得不以意逆志，反以？鴃舌为师，而非毁先贤哉！故予当谓中

原韵为攘夷功臣，而亦为贤智戎首。揭帖韵尤为乖戾，予极恨其诡窒。右词偶戏为之，不过严于用韵，以苦难笔墨耳。敢不大伸正论，为词林护法也哉。自跋

揭帖韵极难工，此却洒然。至于人情深至，构语秀特，尤见名士风流。子还评

痴憨娇怯，宛为佳人写照。拟以姿韵，所谓意似近而既远，若将来而复旋者耶。韩有一评

感亡妓和暗生作 有序跋

张九娘名冠烟花，些些多罢；顾三郎笔挥珠玉，字字可怜。说凄凉则生前死后，恼心肠无可奈何；道儆悟则影外身中，这面目似曾相识。十年痴梦，总是无何有乡；满眼狂花，毕竟非安顿处。古今是一纸休书，偕老的夫妻还假；人世乃千场戏本，装成之脚色原非。阎王勾魂帖，来时躲在何处；太上阳生符，眼前活得甚人。今朝之爱种情苗，白日见鬼；后日之妖狐骇鹿，青冢良朋。请看红粉如花，到底恩情在否；好觑绿云埋土，如今冤债填无。盖惟其假合，所以真离；若要破机关，休开情窦。用是续调于词仙，庶使破情于梦蝶。

[南商调]

[二郎神] 烟花梦，到今日因缘①一旦空，粉债花魔闲打哄。从今以后，春花夜月秋桐。那个是当年人面孔？空剩粉遗香荒冢。风流种，分付于春老啼鹃，一阵东风。

[集贤宾] 排行姊妹悲远送，须臾换白穿红。但水次新添一个冢②，早又被路人说动。描情画宠，黄泥里些些何用。真没用，一任那老鸦调弄。

[黄莺儿] 萦网破窗红，旧穿衫衣架东，可怜犹是衣香重。容销镜铜，鞋空绣弓③，梅花帐底人无梦。隔花丛，鹦哥唤你，不见你开笼。

[猫儿坠] 千年长夜，春梦了残钟。桃李无言岁岁风，牛羊践踏耍顽童。杉松，好一个腻粉浓香，断送其中。

[尾文] 可怜一觉烟花梦，仔细思量何用？休把你爱子情苗心上种。

【注解】

① 因缘："因"和"缘"的合称。佛教一般把"因"作原因，"缘"作条件，泛指

一切事物生灭所依赖的原因和条件。俗称缘分。

② 但：不过。次：边，近旁。

③ 绣弓：此指美人的脚。

暗生词云："鹦哥不见，空架挂厢东。"予曰："鹦哥唤你，不见你开笼。"此语更使人凄然也。九娘朱颜皓齿，花韵莺喉，种种可怜，予一见销魂，颇有倚玉之意，而幽期一误，竟不重来。不一月，已为商人妇；更期月，而绿阴生子矣，且竟坐是死矣。红颜薄命，可痛可惜，为填誄词，作他生缘耳。自记

花貌棘心，千古薄命。

暗生云："年来年去，白日老青铜。"子野云："千年长夜，春梦了残钟。"皆可怜句也。马东篱"百岁光阴"，应谢不敏。彦容评

雪　词[1]

［南黄钟］

［画眉序］水墨写江天，绣阁红炉尚寒浅。见梅梢绽玉，柳径抛绵，遍人间净扫红尘，把世界别开生面。（合）眼前尽受琼瑶[2]供，戏答与艳歌珠串。

［前腔］薄暮北风颠，窗外群峰晚宜远。见苍茫万树，恍惚遥天，但渔蓑几点模糊，更雁字半沉哀怨。（合前）

［前腔］鸾鹤皓翩跹[3]，可是瑶池[4]夜仙宴。忽烧银[5]遍野，种玉成田，白初粘草舍茆檐，红不灭梵王宫殿[6]。（合前）

［前腔］忽舞到筵前，瑞木花残散零乱。向钗头拂落，又上炉烟，付词人选韵闲评，倩红袖[7]浅斟低劝。（合前）

［滴溜子］想几处熏天[8]，翠温珠暖[9]。更谁人远戍，衣单骑蹇[10]。总入江天，一片高谈抗冷毡，笑寒暖世间人面。且休分皂白，尽随他冷淡因缘。

［鲍老催］人疑是仙，琼宫瑶宇移眼前，幽情冷趣容我偏。把琼霙[11]剪，教玉手煎，同双柑荐[12]。围炉一曲团歌扇，何惭儿辈羊羔宴，陡诗骨，逾雄健。

［滴滴金］纱窗夜掩寒尤颤，宝鸭香熏翠成篆[13]，银缸烬暗红堪剪[14]。只听得似飞花凝碎玉，鏖风夜战，向梅边竹外争恩怨。我只把老衲[15]闲心，和梅嚼咽。

［双声子］描不了描不了，八万里长天绢。填不断填不断，七千里长江线。凝云片凝云片，催风箭催风箭。眼见得炎炎尘世，打灭空烟。

［尾文］耐他彻骨寒如剪，空我安闲拥絮眠，怎消得煨芋清香草榻前。

【注解】

① 这是一首壮丽雪景与冷眼闲心融会一体的佳曲。

② 琼瑶：原意美玉。后也用以喻雪。白居易《西楼喜雪命宴》："四郊铺高素，万室甃琼瑶。"

③ 皓：白。翩跹：形容舞姿轻快飘逸。

④ 瑶池：传说是西母王所居的昆仑山上的池名。

⑤ 烧银：烧炼白银。喻指雪。

⑥ 梵王宫殿：佛寺。

⑦ 红袖：借代女子。

⑧ 熏天：形容气势极盛。

⑨ 翠温珠暖：形容歌舞作乐的场景。

⑩ 骑蹇(jiǎn)：指骑马人冒雪行走迟缓不顺。

⑪ 琼霙(yīng)：美玉般雪花。

⑫ 双柑：有成语"双柑斗酒"。意为拿了一双柑，一斗酒去春游。后借指春游。刘泰《春日湖上》："明日重来应烂漫，双柑斗酒听黄鹂。"荐：祭。句意为：大家备好饮食一同祭雪。

⑬ 翠成篆：青色的烟雾袅袅飘散，状如篆字。

⑭ 银缸：油灯盏。暗红：灯芯快燃尽时会呈暗红色，剪掉后才可再点亮。

⑮ 老衲：和尚自称。衲，和尚穿的衣服。

前半摹拟形容，传神入妙；后幅更以闲心冷眼，调笑世人。此当作警悟观，不应以文字草草看过也。伯英评

风情和彦容作

[南中吕]

[驻云飞] 腼腆逡巡[①],惯向人前卖至诚。略把栏杆凭,留下弓鞋印。亲,道你是逢迎,又未知心性,且按纳痴心,花下潜身等。一阵风筛花露冷,几阵衣衫风露冷。

[前腔] 等个黄昏,躲在沉香六角亭。大担捱身进,他并不来瞅问。亲,你是俏人人,该做些身分,着实偎他,略略蒙回应。道偏是冤家慌得紧,偏是酸丁馋得狠。

[前腔] 夜半三更,人在衾窝唤小名。梦里轻轻应,所事频频问。亲,两意软而温,枕头作证,莺耐春酣,柳耐风儿紧。真是萧娘心性稳,还是萧郎心地忍。

[前腔] 悄悄冥冥,偷启南轩小角门。送出苍苔径,犬吠花儿影。亲,低嘱两三声,心期重订,句值千金,白地容支领[②]。莫道书生是薄福人,岂敢蒙[③]恩做薄幸人。

【注解】

① 逡巡:有所顾忌而欲进不进,迟疑不决的样子。
② 白地容支领:意思是(情人)的话接受并领悟了。白地,不付任何代价。
③ 蒙:承蒙,蒙受。

沈青门《唾窗绒》率多此体。少白既已属和,予复为之效颦。今得子野作,如村姑里妇,见毛嫱西施,自觉掩袂无色,请一切抹杀。彦容评

摹写曲尽,比《西厢》“月下佳期”折,似犹有未到处。五如评

赠　　人有跋

[南仙吕入双调]

[步步娇] 一自[①]匆匆相逢后，配定鸳鸯偶。霞笺灯下修，倩做媒人[②]，略展偷花手。字字泪花浮，折成方胜[③]同心咒。

[山坡羊] 盼蓝桥琼浆未筥，署河阳[④]花星未偶，寡临邛命抵杨花，病文园人比黄花瘦。要图他鸳配共鸾俦[⑤]，判教使尽[⑥]，使尽机和彀[⑦]。懒向茶前，愁添酒后。难休，似引线风筝怎肯休。难丢，似上钓鱼儿怎肯丢。

[五更转] 喜相逢朱明[⑧]候，载卿卿一叶舟。相携素手，素手当胸扣。只见清盼流波，轻颦低岫。一时间忙了心和口，几回错唤，错唤名儿谬。当不起臂晕双鬟，香沾罗袖。

[园林好] 住兰桡寻芳小洲，印弓鞋苔前半勾。早把香茵蹴皱，花落处露钗头，花密处溜钗头。

[江儿水] 小步金莲，困清歌玉版浮。软娇娇杨柳和腰瘦，热惺惺檀纽连心扣；淡睃睃[⑨]秋水和眉皱，把俺骨髓春风熏透。两袖双笼，只觉臂环频溜。

[玉交枝] 秦楼楚岫，尽风流齐肩并头。枕前亲解芙蓉扣，猛撩人被底鞋勾。梦回窗外兔痕收，微微香喷金猊兽[⑩]。喜今宵书生志酬，怕今生娘恩未酬。

[玉胞肚] 佳期迤逗，恰相逢骊歌马头。鸳鸯湖瀫鷁孤飞，姑苏台云雨凝愁。只见远山叠叠水悠悠，人在天涯无尽头。

[玉山颓] 分离未久，泪珠儿何曾暂休。好姻缘今在天涯，苦思量早向眉头，般般僝僽，守几个黄昏时候。白鸥飞抹处见伊舟，把离

恨从前一笔勾。

［三学士］当日里分飞渡头，谁承望聚首楼头。重将张敞眉亲画，手把韩家玉再偷⑪。鸳枕梦回初月上，人俱在，小云兜。

［解三酲］忘不得灯前命酒，忘不得花底藏钩。忘不得枕边字字同心咒，忘不得惜嫩怜柔。忘不得殷勤亲把香囊绣，忘不得含笑频回扇底眸。些些有，把些些恩爱，记在心头。

［川拨棹］结得姻缘就，这门亲直到头。尽熬他别恨离愁，尽熬他别恨离愁，终有日兰房画楼。软心肠分外柔，慢工夫着意守。

［嘉庆子］早见朵朵莲花谢小洲，又见新笋成斑粉泪流。那人儿何处淹留，也应须粉怨红愁，病染相思甚日瘳⑫。一分儿眉上头，十分儿心上头。

［侥侥令］青鸾应有匹，丹凤岂无俦⑬。我你海誓山盟须着手，休笑那妒风流巧舌头。

［尾文］从今耐着心儿守，直到成双始罢休，不枉了一样心肠两处有。

【注解】

① 一自：犹言自从。

② 倩做媒人：请（霞笺——情书）做媒人。黄庭坚《即席》："不当爱一醉，倒倩路人扶。"

③ 方胜：古代一种首饰，形状是由两个斜方形的一部分相重叠、相连接而成，常以彩绸做成。后也指这种形状的东西。王实甫《西厢记·三本一折》："不移时把花笺锦字，叠做个同心方胜儿。"

④ 河阳：县名。晋潘安，爱花成癖，任河阳县令时，在县内遍栽花卉，传成美谈。

⑤ 鸾俦（chóu）：比喻夫妻。

⑥ 判：甘愿之辞。这里可作宁愿讲。教：让。

⑦ 机：机关。彀（gòu）："彀中"的省略，比喻圈套。

⑧ 朱明：夏季。

⑨ 淡睃（suō）睃：淡而含情的样子。句中形容女子的眼神。

⑩ 猊(ní)兽：传说中的猛兽狻猊。这里指放着香料的狻猊状的饰品。

⑪ 韩家玉再偷：有成语“韩寿偷香”。晋韩寿与大臣贾充的女儿贾午相通，贾午把晋武帝赐给贾充的奇香偷赠给韩寿。后谓男女暗中通情。

⑫ 瘳(chōu)：损。句意为得了相思病，健康的损害日甚一日。

⑬ 俦(chóu)：伴侣。

予幼有所惑，相闻未见，便挑以小词，不知作词人为何如面目也。越三日，始往访焉，正如荥阳生坠策时，相对恍然。更十余日，乃以一叶载之，往来东西二佘，及天马、细林诸山中。未几，随有金阊、槜李之别。莫乐之新知，翻成莫悲之生别，情至文生，不能已已。因综其事，以长言写之，虽词不甚工，然情案不可不存也。自记

此非绮语，当是慧业。

“软娇娇杨柳如腰瘦”等句，正元词所谓“通身旖旎，彻胆风流”也。比《西厢》“呖呖莺声花外啭”，更为警策。彦容评

此予少作也，但媚中欠老耳。至其尖秀处，亦是不俗。又自记

集彦容舟中时苏王二姬在坐 有序

季春八日，风日和美。彦容乃折简招宾，芳樽命妓。若苏若王，皆松之冠也，彦容能使之来，且能使不去，其为弦管尊罍生色多矣。是时雨过燕忙，芹肥水香，乃放舟中流，随潮上下。每过树则绿不见天，逢花则红欲妒面，兼之远山如眉，岸草若带，池春甫萍，小风微波，而浴鸥出没，如于人戏。此时之乐，不言可知也。未几月上，词客影乱，而琵琶按拍，犹未慵休，客有欲醒不能，辞醉不肯者。古称佳人可以夺命，不已信乎。嗟夫！吾辈于白驹隙里，偷取百年，如此胜会，自算有几，若不纪以笔墨，恐又作梦中花耳。聊写数言，情境微露，正如画家粉本，略得其梗概也。癸丑季春十二日且闲亭识。

［南商调］

［金索挂梧桐］江潮雪赚[①]堤，岸草烟铺地。绿柳阴中，撑个船来至。诗筒和酒卮，更歌姬，浪用春光好似泥。好山留我从[②]教住，啼鸟催人未许归。春滋味，一觞飞罢一觞飞。只见酒晕蛾眉，酒污罗衣，真宠柳娇花队。

［前腔］郎情色眼饥，妾貌花心忌。一对尊前，默默团欢喜。清歌隔水西，日低时，见烟里山光晚更奇：船为歌舞攒排[③]处，岸是烟花簇就的。归还未，前村树里酒旗低。索[④]要烂醉如泥，再典春衣，共料理春生计。

［前腔］船如一叶飞，人似双花倚。自不由人，醒也浑如醉。春香透玉肌，扑微微，略嗅教人也是迷。支持郎眼千般媚，更衬起春光一倍奇。如何尼[⑤]？除非沉醉可酬伊。须知道醉听新词，醉拥名姬，就醉死谁回避。

[前腔] 看看月上时,对港将船刺。再洗尊罍[6],供奉多能事。纷纷醉拂衣,斗琴棋,杨柳梢头月渐低。晚妆换了逾精细,酒韵生时半忸怩。迎如避[7],艳歌浅笑总相宜。只见客要辞归,未肯辞归,醉又到醒田地[8]。

【注解】

① 赚：这里可作“拍打”理解。
② 从(sǒng)：同“怂”,劝的意思。
③ 攒(cuán)排：聚在一起排练。
④ 索：须;应。王实甫《西厢记·第四本》:“不索踌躇,何须忧虑。”
⑤ 尼：通“昵”,亲近。
⑥ 尊罍(léi)：两者都为盛酒器皿。
⑦ 迎如避：酒醉后步履不稳的样子。
⑧ 田地：境地;地步。

秀艳如花,新裁似锦,摹情写景,宛转入妙,可谓极文人之致矣。君泰评

送暗生北游 有跋

[南中吕]

[好事近] 烟柳拂旗亭[①],悠然远水遥村。送君于此,看君别我登程。须听我有空言赠你,字字如金。非关是离愁谱引[②],非关是寻常谀语,活套叮咛。

[锦缠道] 问君今,可曾经覆雨翻云?青眼竟何曾[③],趁今番教人认得吾们。你须是扳丹桂步蟾宫便雁塔题名[④],不然啊又何须万里长征。我与你戴头巾着蓝衫[⑤]的可休依本分,要鹏抟九万程[⑥],方见得书生使性,不容他兄嫂笑苏秦[⑦]。

[锦庭乐] 料吾曹[⑧]天生定,怎没有功名分[⑨]?平空地,平空地宫锦垂身。宫花朵乱插斜簪[⑩],厮惊呆路人[⑪],恰才知灯窗下有个书生。

[古轮台] 叹吾生,于君终岁学穷经。可堪[⑫]潦倒红尘里,君才负屈,我命邅迍[⑬],尽人间贫病曾经。自此高飞,一齐鸣跃,忽然头角两峥嵘[⑭]。才显得芸窗[⑮]同志,略酬些笔底烟云。可知道时来福凑[⑯],三千里路,三年[⑰]辛苦,还你有分明。君今去,大家领取看题名。

[尾文] 一鞭残照东风紧,将一幅新词权当赆[⑱],一字字般勤说向您。

【注解】

① 旗亭:酒楼。陆游《初春感事》:"百钱不办旗亭醉,空爱鹅儿似酒黄。"

② 非关:无非是关于。离愁谱引:离愁歌曲的开场白。谱,曲谱。引,序曲。

③ 青眼竟何曾:怎么竟然没有被人正眼看过。青眼,正眼看,是对人喜爱或重视的一种表情。竟何曾,怎么竟,表示事情的发生不应该是怎样。

④ 扳(pān)丹桂、步蟾宫、雁塔题名:都是指中举。扳,同"攀"。便,衬字,

补足语气，增加声情色彩。

⑤ 戴头巾着蓝衫：明代生员的服饰。

⑥ 鹏抟(tuán)九万程：喻奋力向上，前程远大。

⑦ 兄嫂笑苏秦：战国纵横家苏秦，学于鬼谷子。“出游数岁，大困而归”，妻妾、兄弟、嫂妹都窃笑他。后来合纵成功，佩六国相印。兄妹妻嫂等皆“侧目不敢仰视，俯伏侍其食。”后以“秦嫂敢视叔”为世态炎凉之意。

⑧ 吾曹：我辈；我等。

⑨ 怎没有功名分：这是反语，意谓，(我辈)怎么没有功名的缘分？

⑩ 宫锦、宫花句：意谓中举。宫锦，宫中特制的锦缎。宫花，中选的士子在皇帝赐宴时所带的花。

⑪ 厮惊呆路人：穿宫锦衣，戴宫廷花的装束让举子们互相惊讶得像看见路上陌生人一样呆。厮，相互。

⑫ 可堪：怎能忍受；哪能忍受。

⑬ 邅迍(zhān zhūn)：也作迍邅。困顿不得志。

⑭ 头角两峥嵘：俗话头上出角，原喻气概才华，句中谓由穷而达。

⑮ 芸窗：书斋。芸，即芸香。古人藏书多用芸香驱蛀虫。

⑯ 福凑：幸福凑到一起来了。

⑰ 三年：古代科举三年一轮，故名。

⑱ 权：姑且。赆(jìn)：送别时赠予的礼物。

此予少年负气时语也。是岁暗生登乙榜，予丁先子忧。岁戊午，暗生得隽，而予竟潦倒名场。垂十余年，一事无成，二毛将变，雄心猛志化为槁木寒灰。且迩年多病，高卧山村，学出世法，渐觉功名富贵，诚哉浮云，即山水花木，犹然色相。故予尝有诗曰：“高人也是买山隐，自在山中不见山。”此语更在八尺竿头矣。回思曩时，碌碌名场，是痴是梦，且作此壮捂，怨天尤人，何卑陋至此！要是英气未除，识解未圆耳。甲子长至，偶记于夕香晨照。自跋

苍劲豪肆，锐气刺人。张曙台

予初剃发，于彦容、暗生、子野为诗友，会舍身槜李，不恒过松。或比年归省，第一问阿翁起居，便过从三君，限香觅句。初见子野英英道上，意谓宰官后身，功名富贵人也。更两年重东，而子野异矣，殆

又烟霞泉石人也。别去五六年，予奔亲丧而归，而子野更异矣。山园花阵如云，而子野常不知开落，时作妙词隽句，而脱稿便散逸，再诵不复得一字。乃知子野已在即离之间，殆直观空超悟人也。呜呼！一子野也，何前后夐绝如是？盖性灵颖发，随地认取，不待老而闻道耳。右词殊非今日本色，如出二手。适赴暗生斋，披阅之次，不觉失笑，喷饭满案。弥清师

秋　闺

［南商调］

［二郎神］西风里，这一对愁眉越惨凄，屈指光阴能有几？与他别后，又早是木樨[①]开矣。几次曾将书寄伊，为何的伊书不寄。朦胧地，可下得红楼十里[②]，有个人儿。

［啄木儿］非伊歹，我命低，嫁做风流荡子妻。他只管卖弄青春，却谁知我玉容憔悴。春山[③]不似当时翠，秋波[④]浑改前头媚，怕这样容光怎见伊。

［三段子］当初问伊，这芳春如何别离？他的性痴[⑤]，说今年多应未归。恩情似海无穷际，何能瞧得恁容易[⑥]？带上同心[⑦]，也怎生[⑧]忘记？

［前腔］王孙[⑨]路迷，老蘼芜[⑩]天涯马蹄。金风又凄，刺鸾针闺中授衣。看看又做冬生计，寒衣好倩谁人递？把眼底思量，做梦中欢会。

［滴溜子］此日里，此日里愁伊恨伊。何日里，何日里怜伊惜伊。共在夜香深处，西窗密语时，指着花枝教觑。花开出去，怎直到花老才归。

［尾文］佳期未审何时是，日日江头盼望伊，只怕花老依然人未归。

【注解】

① 木樨：桂花。

② 下得：同“下的”，忍心，舍得。巾箱本《琵琶记五》：“我没奈何分情破爱，谁不得亏心短行。”红楼：华美的楼房。古代常指富家女子的住处。韦庄

《长安春》:“长安春色本无主,古来尽属红楼女。”

③ 春山:春日山色如黛,喻指美女的眉毛。王实甫《西厢记·四本第二折》:“俺小姐这些时春山低翠,秋水凝眸。”

④ 秋波:秋水之波,比喻美女的眼睛或眼神。

⑤ 性痴:痴迷(旅游)。

⑥ 何能:怎么能。恁:这样。李渔《巧团圆·梦讯》:“谁家庭院恁萧疏,决不是空中楼阁全无主。”

⑦ 同心:同心结。

⑧ 怎生:何以。侯雅言《木兰花慢》:“双燕归来问我,怎生不上帘钩?”

⑨ 王孙:古代贵族子弟的统称。

⑩ 蘼芜:古书上指芎藭(xiōng qióng)的苗。

怨而不怒,哀而不伤,其国风之遗乎。公选评

别石城罗采南和彦容作 有序

彦容素豪侠，不善饮而喜看人饮酒，不好色而喜游戏声妓，然未免一二染指者。近岁好道，几乎木鸡，今年予又善病，半载不相见，谓彦容真沾泥絮矣。适金陵归，出小词相示，是又何为者，吾拟规之。但其词丽婉绝伦，予既不忍不和，而使多作药语，予又不得为韵人，故依其声和之，而寓吾意于末。或者檀板敲残，两耳熟听，听至卒章，忽进一步，一切色胆，其当下空花乎。虽然，规者百之一，顺者十之九，未必无益，或正有损。人将曰："抱薪救火火益炽。"吾将曰："长君之恶其罪小。"

［南商调］

［字字锦］勾消宿世缘，撞见风流脸，如何不爱他，宫扇和羞掩。可怜人，曾见万万千千，千千个不似伊家可怜。谁知缘悭分浅，枕边人儿水边，方才水边，看看天际远。把一对共巢鸾，做一对各天鸳。好个凄凉你俺，你还须念俺，你还须念俺。今宵那里，山山水水，风风雨雨，况又是思思想想，愁愁闷闷，痴指望梦中相见。

［不是路］路远天绵[①]，渐不见人儿只见船。况船不见，他芳心一片在江南。是何年，翠帏香里重酬愿，锦绣丛中再插肩。君休看，满江烟水和离眼。怕倚栏一遍，忆人千遍。

［鹊踏枝］吾乡远日头[②]边，吾乡远日头边，便有信也难传，宾鸿[③]也待明春转。从今去从今去，一日儿三年，真个是要见他也难，要梦他也难。叵耐[④]苍天，不行方便，偏生[⑤]的风顺开船。

［尾文］郎才女貌人中选，配定前生夙世缘，只怕世上空花一斩眼[⑥]。

【注解】

① 绵：绵长。

② 日头：方言，太阳。

③ 宾鸿：即鸿雁，也叫大雁，一种冬候鸟。《汉书·苏武传》载有大雁传书的事，后因以喻书信。

④ 叵(pǒ)耐：可恨。无名氏《鹊踏枝》："叵耐灵鹊多谩语，送喜何曾有凭据。"

⑤ 偏生：偏偏。出乎寻常或意料。

⑥ 一斩眼：方言，一眨眼。

宋元人填词，每用叠字，乃祖《文选》诸赋体也。李易安[声声慢]云："寻寻觅觅，冷冷清清，凄凄惨惨戚戚。"《西厢记》云："悄悄冥冥，潜潜等等，等待那齐齐整整，袅袅停停，姐姐莺莺。"赵明道云："燕燕莺莺，花花草草，攘攘劳劳，多多少少，媚媚娇娇，亭亭袅袅。鸾凤交，没下稍，空耽了些是是非非，受了些烦烦恼恼。"又云："他风风韵韵，艳艳妖妖，月月朝朝，雨雨云云。"乔梦符云："莺莺燕燕春春，花花柳柳真真，事事风风韵韵。娇娇嫩嫩，停停当当人人。"徐甜斋云："山山水水，诗诗酒酒，古古今今。"若此之类，不可尽述，然以填南曲更难。子野则云："今宵那里，山山水水，风风雨雨，况又是思思想想，愁愁梦梦，痴指望梦中相见。"俊舌巧心，宛似神工鬼斧，正《贵耳集》所谓"公孙大娘舞剑手"矣。彦容评

春闺月夜

［南商调］

［集贤宾］珠帘半卷窥月明，照珠箔银屏①。冷浸楼台高下影，秋千院宇沉沉。鸦栖不定，怕要睡花心②难稳。人寂静，粉墙上一线痕生。

［啄木儿］登楼望，傍砌③行，恰是疏钟④第一更。倚栏杆学曲秦筝⑤，猛照出只身孤另⑥。记当年曾把双肩并，正花梢墙角蟾生晕⑦，笑拔下金钗赌雨晴。

［黄莺儿］音信未分明，说来的欠个真，空教人向嫦娥问。问他几声，何曾应声，多应合受凄凉运。笑痴心，嫦娥今夜，早也悔长生。

［猫儿坠］晚妆初罢，和月坐弹琴。旧曲《离鸾》入手生，凄凄楚楚一声声。薄幸，怎的负此良宵，一刻千金。

［黄莺儿］小妹袖笼灯，唤烧香祷月明，沉烟一缕迷花径。轻轻诉声，欲言又停，提防小妹乖心性。没心情，低头无语，长叹两三声。

［猫儿坠］隔花深处，小犬逗金铃⑧。吠过沉香六角亭⑨，秋波斜泥⑩认谁人。何曾，无过柳影花阴，露滴三更。

［尾文］远将旧事从头省，曾在碧桃花下等，今夜花空筛月影。

【注解】

① 珠箔银屏：白居易《长恨歌》："珠箔银屏迤逦开。"珠箔，即珠帘。珍珠缀成或饰有珍珠的帘子。银屏，此指洒满白色月光的屏风。

② 花心：少女的情思。

③ 砌：台阶。

④ 疏钟：悠远而间隔较长的钟声。

⑤ 秦筝：类似瑟的弦乐器，传为秦朝蒙恬所造。

⑥ 孤另：孤零零。

⑦ 蟾：指月亮。晕：指月晕。在月亮周围形成的光环叫月晕。它常被看作是天气变化的预兆。

⑧ 金铃：护花铃。

⑨ 沉香六角亭：亭名。唐明皇时，移牡丹（木芍药）于沉香亭前。唐明皇与贵妃共赏牡丹时，命李龟年持金花笺赐李白，命李白作词。李白即时写成《清平调》词三首。词中有"解释春风无限恨，沉香亭北倚阑干"之句。梨园弟子抚丝竹，李龟年歌之，明皇亲调玉笛伴奏。

⑩ 泥：这里有示、看的意思。

春月如珪，残花委霰，金缸微明，绣户半扃。当此凄其，能无恨惋。被词仙一一谱出，宛似儿女语小窗中，几令兰畹不香，玉台失艳，妙绝妙绝。彦容评

惜别和彦容作 有序

彦容具吾辈眼力，其于水玉，眷恋可知，且水玉亦以茂陵属彦容矣。不意为有力者先得，彦容为之动心，形于言色。予谓大凡情事，不可不合，又不可不离。譬豚羊之属，日在口头，几于嚼蜡，何如江珧熊掌，不可致之物，常使人得之想中，为无穷味也。乃缀小词，极道想中味，曰“请君消受”。

［南仙吕入双调］

［步步娇］眼际人儿分离了，这别如何好？恩情没下梢[①]，恁样[②]前程，梦里谁知道？放了又心焦，猛抬头总是相思料。

［醉扶归］生巴巴[③]拆损姻缘号；眼睁睁撷[④]翻彩凤巢。情知你别后准思量，镇争如也不分离好[⑤]。从今月夕于花朝，怕悲欢两地空猜料。

［皂罗袍］多只为伊花貌，俏章台[⑥]做了恨种愁苗。萧郎从此路人瞧，小名把做真真叫[⑦]。楚天[⑧]云外，秦楼自高[⑨]；檀郎[⑩]身畔，余香又消。看看就里无消耗[⑪]。

［好姐姐］当初也愁便抛，就分离分离忒早，一场花事顿做了水面藻[⑫]。痴心料，除非判死期祆庙，或者乘机守渭桥[⑬]。

［香柳娘］记伊家去时，记伊家去时，簇花藤轿，粉腮珠泪纷纷掉。又牵衣几遭，又牵衣几遭，细语絮叨叨，定要郎知道。你从今去了，你从今去了，留下泪鲛绡，越看越烦恼。

［尾文］朱门一闭青春老，看是分离又两宵，今日明朝怎么好。

【注解】

① 下梢：结局；末尾。

② 恁样：怎样。

③ 生巴巴：相当于眼睁睁。形容发呆没有办法的样子。

④ 撕：跌。

⑤ 镇：整日，常常(思量)。争如也：怎么比得上。也，语助词。

⑥ 章台：这里代指曲中女主人公。唐韩翃(hóng)有诗名。得友人爱妾柳氏为妻。安史之乱时，两人逃散。后柳氏为番将所获，番将得知事情原委后，将柳氏归还韩翃，使韩、柳团圆。章台：战国时秦在渭南的离宫台名。《廉颇蔺相如列传》："秦王坐章台，见相如。"

⑦ 把做：当做。郑中卿《念奴娇》："嗟来口出去，被天公把做小儿调戏。"真真：神话中从画里走出来的美女，名真真。范成大《去年多雪苦寒梅花至元夕犹未开》诗："花定有情堪索笑，自怜无术唤真真。"

⑧ 楚天：楚地的天空，泛指南方的天空。

⑨ 秦楼自高：秦楼用秦穆公为女儿弄玉及女婿萧史造秦楼的典故，句意谓女主人公另嫁他人结成了夫妇。

⑩ 檀郎：指男主人公。

⑪ 消耗：音讯、消息。《隔江斗智·(三)逍遥乐曲》："想则想荆州消耗，与他那结义的人儿，这几日离多来会少。"

⑫ 漂(piǎo)：浮萍。水中植物。

⑬ 渭桥：古代长安(今西安)附近渭水上的桥。

情幽微，语尖秀，墨气云流，随处散彩。德生评

赠　　人 有序

花梦觉来无梦，心禅了处皆禅。忽然遇着旖旎，花乃眼前花耳。偶尔卖弄文字，禅亦嘴头禅乎。

[南南吕]

[懒画眉] 尊前瞧见那冤家，头一个风流定数他，水晶簪子插梅花。忒煞[1]撩人价，斜刺里刚刚觑着咱。

[赚] 晕脸潮霞，就害死相思有甚差。温甜话，端详句句绽心花。可怜他，妆非脂粉娇难画，韵做心肠性好拿[2]。相逢乍，他佯羞不揣还相迓[3]。掉他不下，闪他不下。

[皂角儿] 穿一双花帮绣鞋，簇一团着人温麝[4]。把风流尽数收来，扬愁烦耍人牵挂[5]。我本是梦余花[6]、泥里絮[7]、病相如[8]、慵内翰也有些尴尬[9]，银河咫尺，何年泛槎[10]。肯许我桃花渡口，饭否胡麻？

[尾文] 道人[11]也说风情话，岂[12]是情痴未醒耶？便算做情痴题寄者。

【注解】

① 忒煞：太过分。书会才人《陈州粜米・沽美酒曲》："非咱忒煞，须偿还你这亲爷债。"

② 韵：美。辛弃疾《小重山・茉莉》："分明是，他更韵些儿。"好（hào）拿：爱矜持，装腔。好，喜欢。拿，矜持；装腔。

③ 不揣：不理睬。揣，试探。迓（yà）：迎接。

④ 温麝：温香。

⑤ 扬：飞扬；飘扬。耍：逗引。

⑥ 梦余花：不再有梦的花。"花"指曲中主人。

⑦ 泥里絮：意谓花絮沾在泥中不再飘飞。

⑧ 病相如：生病的司马相如。

⑨ 慵内翰：慵懒的翰林学士(唐以后皇帝的文学侍从官)。梦余花、泥里絮、病相如、慵内翰，总指收敛风流心性的人。

⑩ 泛槎(chá)：乘木筏。

⑪ 道人：此指悟道之人。

⑫ 岂：难道。

道人也说风情话，正王辰玉所谓"豪杰簿上写相思，神仙眼里滴红血"也。从来有根器人，每于粉黛丛中，认取本来面目，不知者便以为火宅矣。眉公记

韵人作俊语，自然字字韶秀。若第强作解事，恐未免带学究气、文人气耳。君深评

有　寄 有跋

［南仙吕］

［桂枝香］支颐独坐，支筇[①]独步，不晴不雨时光，不痒不疼情绪。你文君寡居，俺相如著书，奈[②]满地落花飞絮，况满眼暮云春树。寄双鱼[③]，你肯偿花债真予美，俺不负心期[④]是丈夫。

［赚］也者之乎，难道中间一件无。且把痴人做，安排真正做儿夫。抱妍姝[⑤]，绣纬锦帐重重护，解下香罗儿白玉肤。亲夫妇，挥毫自把催妆赋。俺此心才足，此心才足。

［长拍］曾向灯花，曾向灯花，倾心暗许，从此花枝有主。设盟设誓，写心言亲记图书，并不厌寒儒。怎使俺这几日相思受苦，似口嚼黄连没处吐，怕苦尽甘来还是虚。空教人打卦与占课[⑥]，竟不知鸳鸯号牒[⑦]里，命福何如。

［短拍］俺是文魔，俺是文魔，伊真花祖。得成双是美玉沽诸[⑧]，何用更踟躇。第一个痴人是汝，第二个痴人是我，怎生的花事模糊。

［尾声］媒人也不得闲张主，自把衷肠自说与，待他日成双做折证符[⑨]。

【注解】

① 筇（qióng）：竹杖。黄庭坚《次韵德孺新居病起》："稍喜过从近，扶筇不驾车。"

② 奈：无奈。

③ 双鱼：代指书信。古乐府《饮马长城窟行》："客从远方来，遗我双鲤鱼。呼儿烹鲤鱼，中有尺素书。"

④ 心期：心意；期望。陆淞《瑞鹤仙》："待归来先指共梢教看，却把心期细问。"白居易《和梦得洛中早春见赠》："何日同宴游，心期二月二。"

⑤ 妍姝(shū)：美妇。

⑥ 打卦：根据卦象推算吉凶(迷信)。占课：亦称起课，一种占卜法，摇铜钱看正反面或掐指头算干支，推断吉凶。

⑦ 号牒：谱牒里的号码。

⑧ 美玉沽诸(chú)：意谓美女配了癞蛤蟆。诸，这里作癞蛤蟆解。见《淮南子·说林》："月照天下，蚀于詹诸。"詹诸，即癞蛤蟆。

⑨ 折证符：证明。

直如白括。自记

凡词中用叠句，极不宜耳根。[桂枝香]本应用两叠句，今予改为二骈语，虽与旧谱似讹，然于音律实协，当不见诃于词林也。卷中有祝如姬词，[越恁好]迭句，亦已改去。大荒中有修月户，予便为人世间修词手，不亦可乎。自记

幽　期[①]有跋

[南南吕]

[香遍满] 蟾勾趄影花阴[②],悄然门已扃[③],把指弹弹浑不应。弓身潜自听,轻轻嗽一声。回头怕有人,闪过荼蘼径。

[懒画眉] 香风一阵触人心,忽听得东角门开猛一声,看他刬袜[④]下阶行。未敢高声问,怕色眼昏花认错人。

[二犯梧桐树] 娇痴不肯行,嫛[⑤]杀檀郎命。似朵仙花,到手还难近。殷勤陪笑深相倩,告诉娘行,可惜教人守二更。看他两眼全迷晕,教道先行,怕前面人来不稳。

[浣溪沙] 芭蕉做茵[⑥],书囊做枕,会风流一对知音。穷酸饿鬼贪春甚,把玉洞桃花味细寻。魂不定,只见那一双儿花下影,看看髻乱钗横。

[刘泼帽] 风情今夜才亲领,笑从来口说无凭。撷掀风里杨花紧,口问心,莫不是神仙境。

[秋夜月] 低低诉声,是奴命应招恁。一自相逢怜奇俊,时时只怕无奴分,到今夜勾消方才是意稳。

[东瓯令] 合拜跪,告卿卿,可是伊家没眼睛。花枝倒有卑人分,许我和香寝。安排一片至诚心,尽付海山盟。

[金莲子] 转花阴,弓鞋小不支花径,行不动郎心怜甚,直送到转回廊,又惺惺[⑦]絮语进朱门。

[尾文] 门闭了,仍孤另,空斋衾枕冷于冰,从教不睡到天明。

【注解】

① 幽期:同“幽会”。一般指男女间的秘密约会。王实甫《西厢记·第一

本第四折》："早成就了幽期密约。"

② 蟾勾：弯月。趄(zhū)：倾斜。

③ 扃(jiōng)：关锁。

④ 刬(chǎn)袜：只穿袜子。

⑤ 蹩(bié)：躲躲闪闪地走动。

⑥ 茵：垫子、褥子、毯子的通称。

⑦ 惺惺：句中形容絮语。

沈青门有"宝栏杆十二玉亭亭"之阕，适在泖上，客有酷称其幽艳者，余不胜心热，姑妄言之，不觉直欲夺沈之座。时座客十余人，大声呼妙，争取予稿。予乃人书一通，犹是争攘不已。有一友兼得四纸，有四人不得一焉。自记

丽情不难淫艳，而难于不俗。青门词非不艳绝，而中间"亲亲气命"等语，几堪哕人矣。于此可知二词优劣。公选评

摹写曲尽，波澜无穷。子野久已闻道，如此绮语，亦应忏悔。妙喻师

秋水庵花影集

卷四·套数

冬　闺

[南南吕]

[十一声][1][太师引]蜡梅花正衬帘儿外，折将来偷簪鬓钗。怎瞒得台前明镜，偏生照色减容衰。[琐寒窗]叹看看瘦损，为着谁来。从头细数，郎心最歹。[三段子]记梨花小院湖山外，名香满爇深深拜。曾把八字庚年，系君衣带。[东瓯令]怎眼看红粉久沉埋，下得[2]不归来。[三换头]薄幸冤家，你自去思量该不该。[刘泼帽]奴判[3]尽受凄凉债。[大圣乐]只问你衾闲锦浪谁能守；忍教我泪冻红冰黯[4]自揩。[解三酲]真无奈，[节节高]和伊只有虚名在，你瞧人一似破芒鞋[5]，敢[6]梦魂不到双鸳带。[三学士]空耍我夜灯朝镜恹恹[7]害，常常好似痴呆。拟将连爱丝挡断，待把同心带解开[8]。[大迓鼓]索性丢他，休将记怀。[尾声] 虽然眼下多尴尬，还只把真心痴待，待得他意转心回他自来。

【注解】

① [十一声]：作者自创曲牌，截取数个曲牌中的曲句合成，属于“集曲。”

② 下得：同“下的”。忍心，舍得。

③ 判：评定。

④ 黯：（心情）沮丧。江淹《别赋》：“黯然销魂者，唯别而已矣。”

⑤ 芒鞋：草鞋。芒，芒草，果实多芒。

⑥ 敢：莫非、怕是。

⑦ 恹（yàn）恹：萎靡不振。

⑧ 拟（nǐ）：打算。白居易《自咏》：“为贪逐日俸，拟作归田计。”待：打算。晁端礼《安公子》：“待寄封书去，更与丁宁一遍。”

曲谱有[十样锦]、[十二红]，因创为是谱，以补“十一”之缺。节虽短，然音调甚谐也。自记

子野能按谱，故能制调，风流跌宕，当代一人。昔涵虚子评元马东篱词如“朝阳鸣凤”，贯酸斋如“天马脱羁”，荆干臣如“珠帘鹦鹉”，秦竹村如“孤云野鹤”，子野兼之矣。

余再评子野如金盘瀣露，又如峭壁苍藤；至若独奏宫商，并起意格，则更如空中楼阁。彦容评

半吞半吐，如泣如诉。每读一过，令人牵梦萦魂，徘徊不定。汪子野

村中端午

［南仙吕］

［桂枝香］端阳时候，暖风才透。衫裁艾虎轻纱，杯泛菖蒲嫩酒。正黄梅雨时，黄梅雨时，见新笋竿竿疏秀，新燕双双轻瘦。没些愁，拈将屈子翻诗案①，问取榴花借酒筹②。

［前腔］端阳③时候，吾侪④依旧。桃符胡乱簪些，葵面⑤依稀记否。想今年越痴，今年越痴，嗜酒刘郎⑥年幼，耐病潘郎⑦不瘦。且清讴，村中游冶⑧齐夸口，座上皤翁⑨也点头。

［前腔］端阳时候，小筵初就。大都词客狂夫，没个尊宾畏友⑩。尽消除午时⑪，消除午时，蒲酒人人在手，人影微微在酒。猛抬头，依稀楚些⑫伤心事，翻点缀吴侬结胜游⑬。

［前腔］端阳时候，偶然携友。无猜无忌无愁，能曲能诗能酒。看一杯两杯，一杯两杯，生在伯伦之后，量在老坡之右⑭。恣遨游，餔糟⑮迂叟真吾友，独醒痴人逊我俦⑯。

【注解】

① 拈：用手指取物。屈子：屈原。

② 问取榴花借酒筹：折取石榴花作酒筹。酒筹，行酒令时用以记数的筹子。

③ 端阳：即端午。

④ 侪(chái)：辈；等。

⑤ 葵面：意谓映着葵花的面容。葵，指某些大花的植物，如锦葵、蜀葵、向日葵。古代将葵花、菖蒲、石榴、艾蓬等挂于门上，插于瓶中以避邪。

⑥ 刘郎：指晋初人刘伶，此处泛指嗜酒者。

⑦ 潘郎：此泛指美貌者。

⑧ 游冶：游戏娱乐。

⑨ 皤(pó)翁：白发老翁。皤，纯白。

⑩ 畏友：品德端重，使人敬畏的朋友。

⑪ 消除午时：度过端午节。

⑫ 楚些：沈括在《梦溪笔谈》中讲到，屈原《招魂》的句尾都有“些”字，这是楚人的旧俗。后以“楚些”为《招魂》代称，亦泛指《楚辞》。

⑬ 翻：反而。吴侬：吴地方言，有“我们”之意。胜游：舒心地游玩。

⑭ 老坡之右：苏东坡之上。

⑮ 餔糟：一指粗食淡酒。二谓喝酒。句中指喜欢喝酒。

⑯ 独醒痴人：此指屈原。我俦(chóu)：我辈、我等。

秀句如珠，高怀如画。公选评

舟次[1]赠云儿

[南商调]

[二郎神] 春云卷，看冉冉飞来逐水仙，曾记襄王宫里见。轻盈腻滑最堪怜[2]，似玉如绵。忽一阵轻风生暴暖，早添上晕霞如线。情性软，抵多少花间，嫩雨轻烟。

[集贤宾] 珠帘不卷春梦远，撩人灯下屏间。雾帐霞衣馀泪藓[3]，有多少暖恩柔怨。香添宝篆，早锦被浪花红乱。重检点，好记取八字庚年。

[黄莺儿] 端的[4]是奇缘，谢娘行肯见怜，野蜂也得偷花片。怕的是今宵枕边，明朝路边，路傍人仿佛帘中面。就雁书传[5]，空题再拜，各自在遥天。

[猫儿坠] 檀郎罗袖，亲得藉香肩。常嗅馀香聊自遣，朝云梦断楚山前。人天，怕从此相思，天上人间。

[尾文] 何因借得春风便，笑送春云到枕边，说与他委实相思难过遣。

【注解】

① 舟次：行旅途中舟船停留的地方。次，停留。
② 堪怜：可爱。堪，可。
③ 藓：苔藓植物，生长在潮湿之处。此指(泪)湿衣帐。
④ 端的：果然；真的。晏殊《凤衔杯》："端的自家心下眼中人。"
⑤ 雁书传：古代有借雁足传信的说法。

醉死香魂，销沉艳骨，风流蕴藉，绝世无双。君泰评

赠别冲如时予读书泖上

[南南吕]

[梁州序] 晚云初霁[1],离樽初启,与你班荆坐地[2]。飞觞软劝,愿君痛饮三杯。须道三声橹里,一片帆头,隔了咱和你。明朝相忆也,各沾衣,纵梦里相逢总是离。如此别,平地里,忽然你在天涯际。恨杀是,带如水[3]。

[前腔] 我为伊今岁来兹[4],你抛吾又投何地?奈深情密款[5],一时将去,况也吟诗白社[6],把酒南楼,从此无宾主。男儿岂有泪,洒临岐[7]?但不为伊家更为谁?相去地,三二里,也如隔在天涯际。个中恨,怕提起。

[节节高] 天教困腐儒老征衣[8],阿兄着破头巾[9]矣。你从今去,努力些,休荒废。终须有日腾云[10]起,那时才认咱和你。但是从今若相思,要思量临别叮咛语。

[尾文] 伊家[11]且自挥鞭去,寒温茶饭要支持,待到端阳重会你。

【注解】

① 初霁:(天色)刚刚清朗。

② 与你班荆坐地:意谓铺荆坐地,共话朋友之情。班,铺开。荆,黄荆,一种落叶灌木。

③ 带如水:原指河流窄小如衣带,言相去不远。在这里作者似乎觉得两人已是相隔天涯万里了。

④ 兹:这里,指作者住地泖上。

⑤ 密款:即款密,恳挚、亲密。

⑥ 况:相当于“至于”。白社:代指隐士居所。

⑦ 临岐:到分叉路口。临,到。

⑧ 老征衣：此指一辈子在科考征途上奔走。征衣，行旅时的衣着。

⑨ 阿兄着破头巾：古代文士中举入仕后才能戴纱帽，未中举入仕的文人只能戴头巾。阿兄，作者自称。

⑩ 腾云：意谓中举入仕。

⑪ 伊家：相当于"你"。高明《琵琶记》："我年老爹娘，望伊家看承。"

淡而真，俭而老。鸣谐评

有 怀

[南商调]

[黄莺儿] 独坐小灯前,想人人在那边,依希[1]天远人还远。愁和病煎,云和雨缘,隔墙闪个芙蓉面[2]。暗情牵,丢他不下,心上与眉尖。

[前腔] 只有影相怜,近三更人未眠,与他分得相思半。蓝桥玉仙,巫山梦缘,终须舍赐些方便。夜如年,今宵过也,明夜又怎流连[3]?

[前腔] 再想一回看,那人人实可怜,些些[4]是俺亲瞧见。双弯[5]忒尖,双鬟略偏,连娇带嫩和愁怨。告苍天,如成就也,情愿把命儿拼。

[前腔] 想下万千千,问伊家怜不怜,怕他们忒看相思贱。眉头也攒[6],心头也酸,当初悔识春风面。问苍天,鸳鸯牒里,端的[7]有几分缘?

【注解】

① 依希:依稀。希,通"稀"。
② 芙蓉面:像芙蓉花一样漂亮的面容。
③ 流连:留恋不止,舍不得离去。
④ 些些:少许。
⑤ 双弯:指小脚。
⑥ 攒(cuán):聚。此指眉头蹙紧。
⑦ 端的:真个;究竟。王晔《凤引雏·再问苏卿》:"端的谁接红定(聘礼)?"

秀逸不陈。瑞龄评

决绝词 有序跋

予旧有情缘，几拼花命，不谓恩情，中道弃绝。深杳无垠，莫测侯门之海；栖迟难再，谁回陌上之车。想鹦鹉之在雕笼，时常话旧；叹丁香之围绣幄，岁结愁新。入梦相逢，谁知逢处是别；惊鸿待信，翻嗟信里堪疑。一襟血泪，空留下黑心之符；十院灯魂，终无望黄衣之力。盖欢随事去，春与人归。但临风而叹奈何，空销魂惟别而已。只应义命自裁，切莫更寻旧梦；纵有因缘为祟，也须直待来生。虽负心薄幸，似非烈丈夫所为；而守礼闲情，岂作儿女子之态？用是属句澜翻，窃欲命名“决绝”。殆莫可谁何而为是言，亦不能无恨而托绮语也。

［南正宫］

［普天乐］我才名，伊[①]风韵，天付与，休谦逊。只为我柳苦花辛，拖带你香愁玉陨[②]。夫妻两字兀[③]是名不顺，使俺一封鸳鸯无投奔。你非干负义忘恩，俺非干抛脂恋粉，却缘何劈雨分云。

［雁过声］当初你肯我肯，就生死终身愿跟。谁知一语风霜紧，怨谁人，恨谁人，这其间长短，再也休论。俺从头自忖[④]，青楼薄幸谁甘认，且休[⑤]埋怨别人，儿权[⑥]自忍。

［倾杯序］伤神，吐甘甜食苦辛[⑦]，脉脉[⑧]自心头印。想初见如冰，逐旋添温，到热沸如盆[⑨]，你便心允。这其间可有你的恩情，俺的辛勤，到如今你的眼前身畔是何人？

［玉芙蓉］亲他不可亲，丢你心难忍。把前情想起，耳聋眼昏[⑩]。几番拼死是心头忿，尚勉强偷生为旧日恩。前生债，今生事，翻[⑪]指望后世因，笑姻缘倒仗那癸灵神。

［小桃红］收拾你残脂粉，留下你金莲寸[⑫]。把花笺手迹常描润，

向衣巾泪渍时瞧认，记生辰八字推花运，多只[13]是扯淡殷勤。

［尾文］告苍天，须帮衬。但愿你鸳鸯睡稳，我甘认萧郎是路人。

【注解】

① 伊：你。无名氏《马陵道》："我这里叶胆倾心说与伊，难道你不解其中意。"

② 香愁玉陨：指女性忧郁而死。

③ 兀：语助词，表加重的口气。狄君原《火烧介子推》："这的是送你［身］的荣华富贵，兀是追你魂的高车驷马。"

④ 自忖（cǔn）：自己细想。

⑤ 且休：姑且不要。

⑥ 权：暂且。

⑦ 吐甘甜食苦辛：同甘共苦。

⑧ 脉脉：含情不语。

⑨ 盆：此作盆中的热水讲。

⑩ 耳聋眼昏：谓不忍听，不忍看。

⑪ 翻：反过来。

⑫ 金莲：金制的莲花。《南史·齐东昏侯记》："凿金为莲以贴地，令潘妃行其上，曰：此步步莲花也。"后称女子缠过的小脚为"金莲"。《西厢记三本三折》："金莲蹴损牡丹芽。"寸：言其小。

⑬ 只：原文为"玉"字，可能是"半"字。

吾人未免有情，谁能甘自菲薄？况誓海波干，盟山石烂，弥天怨气，亦复谁能堪此？虽然，发乎情，止乎礼义，此学究之言也，然于此可得补过法。缘至则合，缘尽则离，此因果之说也，然于此可得忍情法。岂应妄求无厌，为风流罪人哉！予此番情案，悠悠成梦境矣。每一念至，气尽魂离，而义命两言，时举为药，所不至于沉疴痼疾者，于此得力多也。小窗暇日，偶检古词，见《四时欢》一阕，乃按其谱律，特制右词，诚思守礼闲情，窃欲因文见志云尔。后之览者，勿以予为薄幸人，若云薄幸，则当有分任其咎者矣。庚申月夕，秋水庵重题。

自跋

字字呕心，当亦有心可呕耳。子野信情种哉！彼云“守礼”，予曰“多情”；惟其情多，守礼益难。然则子野真可谓守礼君子矣。湛生评

秋水庵花影集

卷五·乐府小令

[南商调]黄莺儿

闺　夜

灯影照流苏[①],倚熏笼不奈何[②],良宵一个凄凉坐。香消篆炉[③],茶冰玉壶,小屏风上西江路[④]。睡痴魔,从他去后,夜夜梦关河[⑤]。

【注解】

① 流苏：装在马车、楼台、帷帐等上面的穗状饰品。

② 不奈何：意谓没办法。奈何,相当于办法。

③ 篆炉：点盘香的炉。篆,此指盘香,因其形状弯曲如篆,故称之。

④ 小屏风上西江路：句出晏几道《蝶恋花》:“远信还因归燕误,小屏风上西江路。”此处用晏词的前句之意。西江,西来的大江,泛指大江。

⑤ 关河：关隘与河流。也泛指一般山河。

闺　梦

春睡晓钟残,恼春莺惊梦还,还将梦里人低唤。从今见难,从今梦难,从今梦怕难于见。梦堪怜,如还梦也,判个日高眠[①]。

【注解】

① 判：意谓决定。日高眠：有如陈眉公在《秋水庵叙》中所说“子野好日出酣眠”的意思。

佳人睡着

身子忒苗条①，醒回来又睡去了，日高②枝上鹦哥报。炉烟篆消③，帘风韵高，娇痴困得酣难觉。把人抛，翻身时节，双手拆围腰。

【注解】

① 忒(tuī)：方言，太。

② 日高：或谓太阳已升得老高。日，天天。

③ 炉烟篆消：香炉内篆字般回环旋绕的香烟消失了。

佳人睡醒

睡眼半朦胧，帐轻纱翡翠笼，眼前失却鸳鸯梦。微痕线红，纤腰困慵，问郎今日寒轻重①。缠鞋弓②，双双立地，一朵醉芙蓉。

【注解】

① 寒轻重：意谓气温冷还是热。

② 缠鞋弓：旧时妇女缠足，脚和鞋的形状弯曲如弓。

雨景和暗生作

嫩雨①湿肥田，暗云堆欲暮天②，平迷四野③闻人唤。西村旆④悬，东天鲎⑤悬，渔歌晾⑥网垂杨岸。木桥边，敲门声里，蓑笠远归船。

【注解】

① 嫩雨：细雨；小雨。

② 暮天：傍晚的天空。

③ 平迷四野：雨雾蒙蒙，迷漫四野。

④ 旆(pèi)：旌旗，这里指酒旗。

⑤ 鲎(hòu)：方言，即虹。浦东地区有“东鲎日头，西鲎雨”的农谚。这里

指雨过天晴。

⑥ 晾(làng)：方言，即晒、晾。

初　夏

花事十分衰，莽莺莺被燕燕猜，熏风[1]依旧来的快。蒲花未开，苔花正开，荼蘼[2]倒架无聊赖。采桑来，谁家士女[3]，只只绣红鞋。

【注解】

① 熏(xūn)风：熏，一种香草，也泛指花草的芬芳。熏风，谓春风。

② 荼蘼(tú mí)：攀缘小灌木，茎上有钩刺，花白色，有香气，供观赏。

③ 士女：泛指妇女。

清明郊行

风雨弄清明，燕衔花人踏青，几人判了[1]春风命？花边独行，相逢面生，歌声渐渐前村近。近荒坟，纸灰飞处，风带杜鹃腥[2]。

【注解】

① 判了：得了。

② 杜鹃腥：杜鹃啼血腥味。传说周末蜀王杜宇，禅位于开明，升西山而隐。后因失国之悔而死。其魂成杜鹃鸟，日夜悲啼，泪尽继之以血，血入地，化为杜鹃花。后以杜鹃啼血喻惨痛万分。

记　事

珊枕[1]泪千行，不思郎是恨郎，当初人在心儿上。心头几桩，尊[2]前又几桩，银河咫尺如天样[3]。闷归房，今宵梦里，怕飞不到伊傍。

【注解】

① 珊枕：枕上泪痕被脂粉染红，犹如珊瑚，故名。

② 尊：同“樽”，古代装酒的器皿。这里代酒。

③ 如天样：像天一样(宽阔)。喻相见之难，虽可望而不可即。

即　事

一朵病梨花，映芭蕉隔绿纱，时闻呖呖[1]春莺话。问年儿才破瓜，觑妆儿两髻丫[2]，教人怎肯干休罢。眼巴巴，瞧他不着，生怪柳风遮。

【注解】

① 呖(lì)呖：象声词，形容鸟类清脆的叫声。

② 觑(qū)：把眼睛合成一条细缝，注意地看。髻丫：挽束于头顶两边的发髻。

春日花下忆石城董夜来[1]

风雨替花愁，记如花在翠楼[2]，怕而今可比花枝瘦。曾见他蹴花茵的绣钩[3]，拂花梢的凤头[4]，曾与他话别在中秋后。算重游，今年八月，真个是三秋[5]。

【注解】

① 董夜来：一名南京的歌妓。

② 如花：指董夜来。翠楼：泛指华美的楼阁。

③ 蹴(cù)：蹋；踏。这里指踏。绣钩：穿着绣花鞋的脚。

④ 凤头：凤钗。钗头为凤形。

⑤ 三秋：秋季的第三个月，即农历九月，此泛指秋天。

其　二

花也为吾愁，乱花飞直上楼，萧娘[1]无信萧郎瘦。端的有证盟言的月钩[2]，诉同心的话头。敢他们下得无前后[3]。忆同游，三秋[4]一别，日日是三秋[5]。

【注解】

① 萧娘：男子的情人。

② 端的有证盟言的月钩：此句意谓有月亮作证的“海誓山盟”的情节事实。端的，确实。

③ 敢：准定。下得：忍得。

④ 三秋：指具体的时间。

⑤ 三秋：指心情如三秋一样萧瑟凄凉。

夏　夜

蝉弄一枝风，剔灯花一寸红[1]，鹤来窗下窥幽梦。乍[2]解衣带松，正散发鬓蓬，觉衣衫茉莉香微动。月朦胧，有人窗外，潜[3]步绣鞋弓。

【注解】

① 剔灯花一寸红：此句犹意时间甚长。灯花，此指灯芯燃烧时结成的花状物。灯芯中的燃烧质或灯油快燃尽时，灯芯先呈红色，而后渐渐熄灭，故曰“红”。一寸，虚数。

② 乍(zhà)：犹恰、正。欧阳修《玉楼春》：“腰柔乍怯人相近，眉小未知春有恨。”

③ 潜：这里指悄悄地、轻轻地。

［南双调］清江引

荷　　花

娇痴向人多腼腆，欲夺芙蓉面[①]。尖尖舌[②]暗舒，窄窄鞋偷荐[③]，芳心[④]未明还半卷。

【注解】

① 芙蓉面：像荷花样娇嫩鲜艳的面孔。芙蓉，荷花的别名，古代民歌中常谐“夫容”。

② 舌：这里喻指状如舌头花瓣。下句的“鞋”喻指状如窄尖鞋的花瓣。

③ 荐：开。

④ 芳心：荷花之心。喻指女子的心思。

其　　二

水仙可怜潮嫩脸[①]，姊妹偷携伴。牵丝意绪多[②]，落瓣衣裳换，晚妆出来全带软。

【注解】

① 水仙：指荷花为水中仙子。潮：潮红。常用以指人羞涩脸红。

② 牵丝：这儿谐“牵思”之意。意绪：犹言心绪。王融《咏琵琶》：“丝中传意绪，花里寄春情。”

其　　三

双双并头[①]情忒暖，又一似相埋怨。偏容比目[②]游，只许鸳鸯伴，露珠的团圞[3]也碎的罕。

【注解】

① 双双并头：此指并头莲。

② 比目：比目鱼。

③ 圞(luán)：方言，圆。

其　四

仙妃化身生小苑[1]，未了尘凡[2]愿。探头欲语谁，障叶还羞面，横塘[3]夜凉郎信远。

【注解】

① 仙妃：仙子，传说中有荷花仙子。化身：喻指抽象观念的具体形象。又指佛或菩萨为超度世间众生而暂时出现在人间的形态。

② 尘凡：意谓世间的凡人俗事、俗念。

③ 横塘：河名，在今苏州古城西南十里许，南极䓫圹，北抵枫桥，故名横塘。宋贺铸《青玉案·凌波不过横塘路》词："凌波不过横塘路，但目送，芳尘去。"这里既实指水池凌波，也暗借贺铸诗意。

别　思

香儿半熏灯半灭，被冷和愁叠。情知梦里逢，倒怕醒时别，只落得抵牙儿慢思量，泪珠儿多是血。

其　二

他跟来不得从[1]教别，白地[2]轻抛舍。功名值几些？恩爱无终歇，早知道这分离不如不去者。

【注解】

① 从：通“纵”。这里指任意。苏轼《水龙吟·咏杨花》：“似花还似非花，也无人惜从教坠。”

② 白地：平白无故地。

其　三

轩车建牙高跨马[①]，抵不直[②]相思价。折得广寒花[③]，闲却鸳鸯牒[④]，就做道甚痴骙[⑤]，也不应如是也。

【注解】

① 轩(xuān)车：古代大夫以上人坐的车。建牙：竖起军旗。古出征建军旗叫建牙，后谓武将出征为建牙。

② 直：通“值”。

③ 折得广寒花：谓科举应试得中。

④ 牒：文书或证件。

⑤ 就做道：就说是，就算是。骙(ái)：傻

其　四

恩情不教人当耍，这几日何为[①]者？情知有归去[②]时，却现怕分离夜，且含着泪花儿把相思句儿胡乱写。

【注解】

① 何为：即为何，相当于做什么，干什么。

② 归去：此处解为归来。

［南商调］山坡羊

旅　怀

意惺惺[1]怕分离的相送，虚飘飘[2]要相逢的痴梦，急煎煎[3]算不定的归期，泪斑斑看不得的衣衫缝[4]。怯晓钟[5]，更教人恼暮钟。灯花暗卜[6]，却被灯花哄，欢喜谁同？凄凉谁共？朦朦，拾相思在云树中。匆匆，记相思在诗句中。

【注解】

① 意惺惺：犹言意中人。惺惺，本指聪慧、醒悟、清醒。这里作情人、意中人解。

② 虚飘飘：虚无缥缈，若有若无的样子。

③ 急煎煎：心里急切同火煎的样子。

④ 泪斑斑看不得的衣衫缝：衣衫是意中人亲手缝制的，看到它就触景伤情，泪流不止。

⑤ 怯晓钟：害怕晨钟的声音，它催人起床。

⑥ 灯花暗卜：灯花爆而为喜事之兆。古人以为灯花可以占卜人事。《本草纲目·灯花》：时珍曰："昔陆贾言，灯花爆而百事喜。"

[南商调]玉胞肚

有　怀

暖风轻扇，艳惊人红芳万千。猛思量人在天涯，到如今没纸鸾笺①。当初曾记拥婵娟②，会③向蔷薇花下眠。

【注解】

① 纸鸾(luán)笺：即鸾笺纸。意谓写情书的彩笺。

② 婵娟：形容姿态美好。此指美女。

③ 会：相聚。

得　信

传来人信，算将来①真耶未真。若伊家②记得当初，却缘何做出如今？劝君怜取眼前人，莫又把新人做旧人。

【注解】

① 算将来：意谓算(想)来算(想)去。

② 伊家：君或你。高明《琵琶记》五："我年老爹娘，望伊家看承。"

小　园

小亭低亚①，眼前的诗耶画耶。白梅花衬扇窗儿，淡垂杨带个栖鸦②。天公偏称野人家③，寒似前宵略峭④些。

【注解】

① 低亚：意谓树木掩映树杈低垂。亚，一解为低压；二可能是“椏”字，指树丫、树杈。

② 淡垂杨带个栖鸦：化用贺铸《浣溪沙》中“淡黄杨柳带栖鸦”句。

③ 偏称(chèn)：恰称。《西厢记》第十九出：“(合)这回好个风流婿，偏称洞房花烛。”称，适合、相符。野人家：乡野人家。

④ 峭：尖利；料峭；寒冷。

夏　景

柳浓花颤，近亭轩凉嘶暮蝉。火烧头①雀啄榴房，水擎珠鱼喷荷钱②。开帘忽地见婵娟③，直放桐④荫到枕边。

【注解】

① 火烧头：石榴树。

② 水擎珠：此指荷花。荷钱：指刚露出水面的小荷叶。

③ 婵娟：月亮。

④ 桐：梧桐树。古人以桐树干枝挺拔而中空，用以喻指正直虚心的品格。桐木是制作琴的好材料，又喻为“良才”。古代传说凤凰非梧桐不栖，故梧桐又成为引凤招凰的祥瑞之木。

赠杨姬和彦容作

全娇绝嫩，一枝花①胭脂淡匀。俊秋波簇着眉峰，俏樱桃②渗个牙痕。轻轻细语问郎君，开口能生满坐春③。

【注解】

① 一枝花：指杨姬。

② 樱桃：指嘴唇。

③ 满坐春：形容(杨姬)极会说话。她一开口就能使在座的所有人愉快、满意、高兴，犹如沐浴春风。

其　二

问名和姓，莫非他是杨妃后身[①]。看伊家这样丰姿，该封做虢国夫人[②]。今朝一会觑郎君，自此教郎难负恩。

【注解】

① 杨妃后身：意谓杨贵妃再生，极为漂亮。

② 虢(guó)国夫人：杨贵妃姐，貌美。此谓杨姬极为漂亮。

夜泊怀人

情缘断了，甘同陌路之萧[①]；信息传来，又似章台之柳[②]，将信将疑，终须要信；半思半恨，毕竟堪思。孤舟风房雨夜，隔岸有灯；残梦睡醒间，半衾是泪。若无只字言心，可乎？亟倩数行题闷，情也。

逢欢不喜，要消愁翻嫌酒卮[③]。妙人儿挂在心头，据人言你会[④]相思。教人争[⑤]不越心痴，况风雨孤灯又不寐时。

【注解】

① 陌路之萧：萧，指萧衍。衍博学多通，好谋略，有文武才干，终成南朝梁武帝。后泛指女子钟情的男子。唐崔郊《赠去婢》诗："侯门一入深如海，从此萧郎是路人"。

② 章台之柳：唐才子韩翃和富豪李生为友。李将爱妾柳氏赠与韩。韩柳遂成恩爱夫妻。时遇社会动乱，几经散聚，几乎音信杳无，然终于团聚。章台，一为战国时秦国、汉朝章台下街名，二为旧时妓院等地的代称。"章台柳"后为词牌名。

③ 翻嫌：意谓消释前嫌。卮(zhī)：古代盛酒的器皿。

④ 会：正；恰。

⑤ 争：同"怎"。

访妓不遇

桃源无路，叹莺雏难投凤窠。梦朝云应在巫阳[①]，坐当垆可向成都[2]。倩人[3]寄信问如何,肯许梨花题句无[4]。

【注解】

① 巫阳：喻指男女欢合。

② 当垆可向成都：事见《史记·司马相如列传》。汉代临邛富商卓王孙女儿卓文君与司马相如结为夫妻,并在成都开了家酒店,文君当垆卖酒,相如和奴仆一起洗酒皿。后人用此典故,指夫妇(情侣)相亲相爱。

③ 倩(qiàn)人：请人。

④ 肯许梨花题句无：罗大经《鹤林玉露》:"胡澹庵十年贬海外,北归之日,饮于湘潭胡氏园,题诗云'君恩许归此一醉,傍有梨颊(梨花色的脸颊)生微涡(笑靥)。'"

[南商调]金索挂梧桐

夏　　怀

荷风荡晚凉，新月如钩样。风月萧疏[①]，只是人惆怅。思量些个[②]日久情长。总为你风流萦断肠。就闲经柳下闻蝉响，也忽想新妆入鬓傍。空悒怏[③]，记当初携手共寻芳。那时节月在东廊，转在西廊，猛照出云鬟样[④]。

【注解】

① 萧疏：稀疏。这里指风清月淡。

② 些个：一些。

③ 悒怏：忧愁不乐。

④ 猛：突然。云鬟(huán)：妇女梳的环形发髻如云。

将　　秋

梧桐叶未飘，枕簟[①]凉先报。雨淡风疏，要送秋来到。轻凉这两朝，胜前朝，渐渐秋思上绨[②]袍。从前秋被蝉偷早，可此后秋深月更饶[③]。杯须倒，料天将好景，分付诗豪。听连宵，那个吹箫？何处砧敲[④]？多半是秋声了。

【注解】

① 簟：竹席。

② 绨(tí)：粗厚的绸子。

③ 饶：多。意谓好天更多，朗月更多。这里是用来营造思念的情绪氛围。

④ 砧(zhēn)：捣衣用的石板。意谓洗涤染色的布料做衣服及浣洗衣裳以寄远方之人。

[南正宫]玉芙蓉

梳　头

斜衔半月梳，挑得双云路①。解红绒巧绾时样青螺②。新兴不甚高和大，妆罢教郎看若何。郎言好，如今绝无。看腾腾一时间欢喜上双蛾③。

【注解】

① 双云路：将头发分成两部分，中间留一空隙。

② 绾（wǎn）：把长条形的东西盘绕起来打成结。这里指把乌黑的头发盘成螺丝状的发髻。时样：即时髦。

③ 腾腾：意谓动作之悠闲或迟缓。也释为悠悠之意。《琵琶记·剧六》：“轻烟袅袅归香阁，日影腾腾转画檐。”《荆钗记·剧三十三》：“腾腾晓行，露湿衣襟冷。”蛾：同“娥”，蚕蛾之须弯曲细长，因以喻女子长而美的眉毛，也指女子美貌。

美人赠鞋和彦容作

曾经玉手拈①，曾踏瑶池宴②，使心机把一只儿偷传。交枝夜合鞋头绽③，小字殷勤绣一边。郎亲验，灯前细看，他教我口儿兜紧④莫胡言。

【注解】

① 玉手拈：意指这鞋是美人做的。玉手，借代美人。拈，拿、夹取，这里指做。

② 瑶池宴：意谓高档的宴会。

③ 交枝夜合鞋头绽：鞋头绣着交枝夜合花的图案。夜合，即辛夷花。晓开夜合，故名。

④ 兜(dōu)紧：方言，扎紧、拢牢的意思。

[南仙吕]桂枝香

春晓闺词

篝灯[①]残月，檐风晓铁[②]。辽西远梦归来，杜宇楼前啼血。渐花阴上窗，花阴上窗，窗里梳头时节，窗外飞花如雪。暗伤嗟[③]，春又新辞树，人还未到家。

【注解】

① 篝灯：灯笼。篝，竹笼，用竹篾做的灯。

② 檐风晓铁：悬在屋檐下的铁马，也称风铃。风起则叮当作响。晓，清晨、拂晓。

③ 嗟(jiē)：这里作动词，叹息、感叹之意。

悼紫箫

紫箫，予侍儿也。事先生辛勤有年矣，一旦魂断，悲从中来。

紫箫声断，凤楼人远。魂随南国花香，血染老鹃啼怨[①]。记当初倩[②]伊，记当初倩伊，检点小窗杯卷，供奉夜香庭院。竟何冤，天上人归去，人间更[③]岁年。

【注解】

① 血染老鹃啼怨：由“杜鹃啼血”化来，意谓悲痛万分，怨恨万分。老鹃，即杜鹃。怨，即怨恨，这儿亦有责怪之意。

② 倩(qiàn)：美丽。

③ 更：更换。

暂别书情

几曾分折，今宵分折。也销江赋离魂①，也瘦沈腰衣带②。把灯儿再挑，把灯儿再挑，天明将快，犁星③还在。没安排，且去偎单枕，他应梦里来。

【注解】

① 销江赋离魂：传说南朝梁代的江淹自小就善诗赋，一日，梦一男子，自称郭璞，对淹说："吾有笔在卿处多年，可以见还。"淹即从怀中取五彩笔授之。自此，淹作诗赋遂无佳句，时人谓之才尽。后以江郎才尽比喻才思减退。江淹写有《别赋》，首句"黯然销魂者，唯别而已矣"。

② 沈：指南朝梁代文学家沈约。沈约与友人书，谓以多病腰围日渐减瘦。西晋文学家潘岳，中年鬓发斑白。后因以"沈腰潘鬓"泛指男子又瘦又老。1、2的句首"也"字，表并列，无义。

③ 犁星：俗称启明星。犁，通"黎"。

其　二

和衣而坐，梦儿不做。清清守着灯儿，我与影儿两个。把西窗半开，把西窗半开，只见月来云破，又听鸡鸣三度。酒醒啊，醉也愁人煞①，醒时可奈何②？

【注解】

① 煞(shā)：意谓甚，同"杀"字。《荐福碑·剧三》"这雨水平常有来，不似今番特煞。"

② 可：表强调。奈何：表反问，相当于"怎么"。《老子》："民不畏死，奈何以死惧之？"句意谓醒时愁煞人。

[南南吕]六犯清音

夏闺

[梁州序] 倦抛针线，懒拈箫管，一味软疼柔怨。雕梁燕子，偏生恁①地多言。[桂枝香]低声似说芳春去，絮语应嘲翠黛②残。[排歌]萦飞絮，哭老鹃③，恼人心性脱绵天。[傍妆台]怎消得④黄梅雨在芭蕉上？只落得粉泪痕交枕簟⑤间。[皂罗袍]茫茫远信，云边树边。恹恹⑥病骨，香前酒前。常常绣带移新眼。[黄莺儿]暗愁煎，绮琴偷弄，翻曲⑦记奇缘。

【注解】

① 恁(nèn)：这么；这样。
② 翠黛：代指妇女的容颜。
③ 老鹃：杜鹃。
④ 消得：值得。柳永《蝶恋花》："衣带渐宽终不悔，为伊消得人憔悴。"
⑤ 簟(diàn)：竹席。
⑥ 恹(yān)恹：形容患病而精神疲乏。
⑦ 翻曲：按旧曲谱制作新词。

[南中吕]驻云飞

和梁少白《唾窗绒》十首

梁少白《唾窗绒》：梁少白即梁鱼辰，明代著名曲作家。写有第一部昆腔演唱的传奇《浣纱记》。另有散曲集《江东白苎》。唾窗绒，明代散曲家沈仕著有《唾窗绒》集，均为香艳曲作，今已不传。但名声甚著，当时不少人争相模仿，称“唾窗绒体”。梁少白也曾仿作十首，号称“雪艳词”。

春　恨

风卷杨花，点点飞来蘸绿纱。衣带松来怕，得似前春么？嗏[①]，泪眼问东风，没些回话。教着鹦哥，也把东君骂。一半嗔[②]他一半耍。

【注解】

① 嗏(chà)：语气词

② 嗔(zhēn)：生气、责怪。

幽　会

阆[①]苑仙娃，俊眼偷斜性忒乖。不解将羞害，认定秋千外。谐，双手捧将来，珍珠般待。替脱衫儿，急扯香罗带。一半难松一半解。

【注解】

① 阆(làng)苑：传说中神仙居住的地方。

邂 逅

一向思来，谁道今朝蓦[①]地谐。转过荼蘼架，他在栏杆外。猜，仿佛是阳台，堪怜堪[②]爱。他买俺风流，还把风流卖。一半丢人一半采。

【注解】

① 蓦(mò)：突然。

② 堪(kān)：可。

奇 遇

庭院深沉，陡见人人[①]花下行。推算桃花命，今夜方才应。亲，两口贴朱唇，伊情直恁。花怕风颠，索性[②]判花病。一半惊羞一半忍。

【注解】

① 人人：这里特指亲昵者。

② 索性：表示直截了当，干脆。

邀 请

再不归来，哄得人儿猜又猜。何处留欢爱，着我难耽待[①]？乖，鸾镜[②]久尘埋，别来数载。写下封书，细把伊心买。须要他一半疑心一半解。

【注解】

① 着：犹教也；使也。耽待：犹言等待。

② 鸾镜：妆镜。白居易《太行路》："何况如今鸾镜中，妾颜未改君心改。"

寄　远

制得新词，倩个[①]乖儿捎去伊。教他莫向人前递，灯下才偷觑。痴，兔颖扫乌丝[②]，星星[③]儿是。又分付鱼鸿[④]，须见面多多致。一半人传一半纸。

【注解】

① 倩(qiàn)个：请个。
② 兔颖、乌丝：均指毛笔。
③ 星星：少许、些些。
④ 鱼鸿：古时用作书信的代称。此可作送信人解。

残　梦

梳样儿蟾[①]，恰照西窗火色帘。恍惚惊痴魇[②]，胡把丫鬟唤。淹，转辗两三番，伊人不见。欲觉[③]还迷，残泪犹如线。一半沾衾[④]一半脸。

【注解】

① 梳样儿蟾：梳个像蟾那样的发髻。
② 魇(yǎn)：方言，说梦话。
③ 觉：醒。
④ 衾(qīn)：被子。

密　约

出得幽斋，抹[①]过重重几座台。把那良宵价，去买烟花债。猜，猛听唤声来，看时何在？隔扇门儿，说与门儿外。一半听来一半揣[②]。

【注解】

① 抹：闪过。
② 揣：揣测。

晓　妆

睡到醒时，日弄门前墙外枝。洗下胭脂腻，添上花钿翠[1]。痴，故意问郎知，比花枝誽[2]。郎却无言，竟折花枝比。一半嘲来一半喜。

【注解】

① 花钿：古时，用金片镶嵌成花形的妇人首饰。翠：即翠翘。古时女子的一种首饰，形状像翠鸟的长羽。白居易《长恨歌》诗："花钿委地无人收，翠翘金雀玉搔头。"

② 誽(nì)：言以示人。此句意谓比花枝怎么样。

沉　醉

酒晕潮红，一脸风流转转浓。共倒玻璃瓮，惊醒梨花梦。朦，带缓鬓鬅松[1]，娇痴犹重。轻薄儿夫，灯下深摩弄。一半偎他一半哄。

【注解】

① 鬅(péng)松：头发散乱的样子。

闺　恨

短命冤家，道是思他又恨他。甜话将人挂，谎到天来大。嗏[1]，倒是不归来，索须干罢[2]。若是归来，休道寻常骂。须扯定冤家下实打。

【注解】

① 嗏(cha)：语气词。董解元《西厢记诸宫调》卷一："被你风魔了人也，嗏！风魔了人也，嗏！"

② 索须：同"索性"。干罢：罢休、了事。朱权《卓文君·第三折》："莫不是王孙宅内私情露？这公事难干罢，怎支吾！"

风　情

露水夫妻[①],夜去明来亏煞伊[②]。潜[③]在花棚底,闪到罗帏里。痴,慌手搂腰肢,不言何事。我故意嗔他,他只顾嘻嘻地。自不由人不做喜。

【注解】

① 露水夫妻:意谓不合法的偷情夫妻。
② 亏煞伊:意谓对她很不公平。伊,这里作第三人称用。古时为"他"。
③ 潜:潜伏,躲藏。

其　二

月在南枝,有个人人[①]窗外时。润[②]破窗儿纸,通个名和字。痴,里面那人儿,是他非是。怕不是他们[③],叫也还停止。的当[④]将人盼望死。

【注解】

① 人人:这里特指亲昵者,地方俗语。
② 润:用水润湿。
③ 他们:指他,同前句的他,为女性的第三人称。"们"此处无义。
④ 的当:准会。

丢　开

索性[①]丢开,再不将他记上怀。怕有神明在,嗔[②]我心肠歹。呆[③],那[④]里有神来,丢开何害?只看他们,抛我如尘芥[⑤]。毕竟神明欠明白。

【注解】

① 索性:干脆,直截了当。

② 嗔(chēn)：恼怒，责怪。

③ 呆：痴；笨。这里有自责之意。

④ 那：表疑问，今作"哪"。

⑤ 尘芥：喻极轻微。尘，尘土。芥，小草。

有　怀

地北天南，独自空山风雨龛①。欲见无从面②，待寄信无人使。淹③，病骨瘦岩岩④，饭荒茶厌。药饵全抛，也不开书卷。纳闷荆扉⑤终日掩。

【注解】

① 龛(kān)：一为供奉神佛的小阁子；二通"戡"，平定，由此借义为停；三通"堪"，指承受。解释为容纳、承受。

② 无从面：无法见面。无从，没有门经、办法。

③ 淹：同"唵"，叹词。

④ 岩岩：俗语，相当于"呆呆"，言神情身体萎靡不振。

⑤ 荆扉：柴门，常指普通人家之门，隐士之门，也代指普通人家或隐士。

［南仙吕］月云高

秋 闺 恨

月上梧桐树，风凄鸳凤被。揾[①]得衫儿湿，独坐孤灯背。昨夜无眠，今夜几时睡？暗地里将他骂，也罚不尽风流罪。虽则是年少郎家性格痴，仔细思量忒恁[②]痴。

【注解】

① 揾(wèn)：揩；擦。

② 恁(nèn)：这么；这样。

[南仙吕入双调]锁南枝

帘中人

门儿内，帘子边，娇娥悄然藏嫩脸。小脚两尖尖，乌云自剪剪[①]。低微笑，腼腆言，闪将来，又不见。

【注解】

① 乌云：指墨黑的头发。自剪剪：自己将头发剪得整整齐齐。

夜寒

邻鸡叫，促织[①]鸣，青灯一篝寒背枕[②]。明月映人心，西风尖[③]得紧。身孤另[④]，绵被轻，半边温，半边冷。

【注解】

① 促织：蟋蟀。
② 青灯：油灯，其光青荧色。一篝：一盏。因灯火放在竹笼灯里，故称篝。
③ 尖：俗语，此指特大特冷。
④ 孤另：今作“孤零”。

宿村中有怀

风儿大，雨又狂，残灯破壁薄纸窗[①]。闷守过昏黄，一更更更漏响[②]。凄凉景，说话长，待相逢，慢慢讲。

【注解】

① 薄纸窗：用质薄易破的纸粘贴的窗。古代专门粘贴在窗上的纸，叫窗纸。它略能透光，主要用来挡风。此句言作者家境穷困。

② 更漏响：古时用滴漏计时，夜间凭漏刻声响传更，故名为“更漏”。更，古代夜间计时单位。一夜为五更，每更二小时。响，滴漏的响声。

旅次相思

行行[①]去，过一程，思君此时门已扃[②]。独自步空庭，徘徊数[③]花影。占风顺[④]，忆远行，又嗔风，忒催去紧。

【注解】

① 行行：走了一程又一程。

② 扃(jīong)：此指关门。

③ 数：这里有计算、希望之意。

④ 占风顺：占卜风向顺逆。风顺即顺风。

其　二

行行去，过一山，思君此时将理鬟[①]。人去奈愁烦，般般[②]多是懒。全无力，闷倚栏，不梳头，到天晚。

【注解】

① 理鬟：梳理发髻。

② 般般：那种、样样。方干《海石榴》：“亭际夭妍日日看，每朝颜色一般般。”

其　三

行行去，过一川，思君此时方昼眠。病骨未全痊，怎支筋力软[①]？况行人去，天水边[②]，瘦容颜，有谁看。

【注解】

① 怎支筋力软：句意谓，怎么肢体筋骨全身无力软弱？支，同“肢”。怎，怎么。

② 天水边：天边水际，喻远。

其　四

行行去，过一村，思君此时愁日曛①。红日欲西沦②，行人可安隐？君行后，妾掩颦③，愿今宵，梦儿准。

【注解】

① 日曛：日暮时余光。

② 西沦：西下。

③ 颦：皱眉。

其　五

行行去，过一城，思君此时将点灯。泪眼炫①难明，焦心还自耿②。空持酒，怕酒也冰，唤茶来，怕茶竟冷。

【注解】

① 炫：强光闪耀。

② 耿：耿耿，烦躁不安。

其　六

看看是，第一更，思君此时看月明。茉莉暗香生，一枝作人影。慵①休插，采带茎，待郎归，点香茗。

【注解】

① 慵：困倦。不想动，不想做。

其　七

看看是，二鼓天，思君此时犹未眠。幽恨寄冰弦[①]，别愁还凭甚遣？歌郎曲，一两篇，再沉吟，歌一遍。

【注解】

① 幽恨：隐藏在内心的怨恨（多指女子的与爱情有关的）。冰弦：化用白居易《琵琶行》中的"冰泉冷涩弦凝绝，凝绝不通声暂歇。"意谓弦乐声先是像泉水结冰而滞涩，后来像弦断绝而声音停止——别离的幽思无法排遣。

其　八

看看是，三个更，思君此时幽[①]睡醒。斜月浸[②]窗楞，枕头半边冷。人何处，方在城，怕我凄凉，他睡稳。

【注解】

① 幽：昏暗僻静。

② 浸：这里指照进、漫入。

其　九

看看是，四鼓余，思君此时愁独居。村寺晓钟初，隔窗花上雨。分明是，梦见予[①]，唤鸦鬟[②]，犹是梦中语。

【注解】

① 予：人称代词，我。

② 鸦鬟：同丫环。

其　十

看看是，五鼓交，思君此时憔悴倒。挨过此长宵，怕天明又怎生[1]了？魂销尽，无可销。怎地[2]向人言？只好向郎道。

【注解】

① 怎生：怎样。

② 怎地：同“怎的”，疑问代词，怎么。

[南黄钟]画眉序

幽　会

凉庭簟①铺设，香软腾腾两肌贴。见枕痕一线，髻松堆角，相看认梦里仪容，折证数个中谋略②。牵衣无限钟情泪，一点点要郎瞧着。

【注解】

① 簟(diàn)：竹席。

② 折证数个中谋略：当面分辩、列举相约幽会中失约的原因、情况。折证，折是质的同音假借，意谓当面分辨。数，查点、列举。个中，其中。谋略，指相约幽绘的时间、地点、方法等等。

[北双调]对玉环带过清江引

自　述

酒圣花颠，已是抡[①]魁选。曲祖词仙，未便容褫贬[②]。饮酒好花边，妙辞挥墨藓[③]。做得诗篇，醉吟聊自遣。拾得花钿，酒空还自典[④]。花酒诗词缘不浅，许下如来愿[⑤]：生生住酒泉，世世签花县[⑥]，雪儿唱歌随步辇[⑦]。

【注解】

① 抡(lún)：挑选、选拔。

② 褫(chǐ)贬：剥夺、贬低。

③ 墨藓：墨迹如苔藓。苔藓在石上的斑纹像字迹，故有此喻。

④ 典：典当。

⑤ 许下如来愿：在如来佛前许下心愿(期望、希求)。

⑥ 花县：泛指鲜花盛开的地方。按，晋潘岳为河阳令，满县种桃李，有“河阳一县花”之称，遂被美誉为“花县”。

⑦ 雪儿：隋末李密的爱姬，善歌舞。李密每见宾僚文章有奇丽入意者，即付雪儿叶音律以歌之，称“雪儿歌”。此处泛指家伎。步辇(niǎn)：古代用人拉的车，后来多指皇帝、皇后坐的车。

其　二

酒酽[①]花浓，坐满风流种。曲艳词工，搀[②]入名人咏。一曲一千钟，醉教红袖拥。酒寨花营，夺旗堪贯勇[③]。曲派词宗，寓言[④]聊打哄。花酒诗词常作俑[⑤]，罪过看看重。囊因曲蘖[⑥]空，浪把文章用，惺惺的性儿难懵懂[⑦]。

【注解】

① 酽(yàn):(汁液)浓;味厚。

② 搀:混。

③ 贾(gǔ)勇:犹有余勇可待售。

④ 寓言:有所寄托之言。

⑤ 花酒:旧时在妓院中饮酒作乐叫“吃花酒”。花,指妓女。作俑:“始作俑者”的省略。指最早用俑殉葬的人,后泛指首开恶例的人。俑,古代用以代替活人殉葬的木偶或陶偶。

⑥ 糵(niè):酿酒的曲。

⑦ 惺惺:意中人。懞懂:糊涂。这里指弄不清,难捉摸。

[北黄钟]水仙子

幽　居

天公还我[①]好生涯，无是无非稳在家。看门前五柳[②]看看大，掩柴扉推出繁华。屋三间书一榻[③]，或写字和临画，觑功名眼底花，趁闲时且吃杯茶。

【注解】

① 还我：还给我。

② 五柳：晋陶渊明号五柳先生，后以"五柳"代指隐居地或隐居者。

③ 榻：原指狭窄短小的床，后泛指各种床。

其　二

偷闲葺个小书斋，香茗团头[①]做一家。但时时诗酒添新债[②]，忒清幽曲水篱笆。无弦琴[③]水墨画，粳秫计渔樵话[④]。除此外总浮华，问先生换与他么？

【注解】

① 团头：团聚。

② 添新债：指酒债、诗债。意谓沉湎于诗酒。

③ 无弦琴：《晋书·陶渊明传》："（陶渊明）性不解音，而蓄素琴一张，弦徽不具，每朋酒之会，则抚而和之，曰：'但识琴中趣，何劳弦上声。'"

④ 粳（jīng）：稻的一种。秫（shú）：高粱。粳秫皆可酿酒。

秋水庵花影集·序

陈继儒眉公叙

峰泖间久无闲人矣，自眉道人开径东佘之阳，施子野从泖上筑墓西佘之阴，帘栊窈窕，花竹参差，远近始有褰裳而游者。余不设藩垣，听人往来，如檐燕，如隙中野马。而子野严扃鐍，以病辞，中酒辞，顾阁上嘈嘈，数闻弦索度曲声，则子野所自制词也。客唐突不得入，横折花枝，呵詈委道旁而去，而子野默默笑自如。子野好日出酣眠，而能读书至夜半，未尝作低迷欠伸态；好与人轰饮恶战，而能数月持酒戒甚坚；好治经术，工古今文，而能旁通星纬舆地与二氏九流之书，掉弄而为乐府诗余，跌宕驰骋，于古今当行家，意崛彊未肯下。尝谓余曰："子老矣，请时时过我，俯首拍掌而和之，暇则为我题数行传海内，海内故有天耳，人当为施郎点头耳。"夫曲者谓其曲尽人情也，诗人人可学，而词曲非才子决不能。子野才太俊，情太痴，胆太大，手太辣，肠太柔，心太巧，舌太纤，抓搔痛痒，描写笑啼，太逼真，太曲折。当其志敞意得，摇笔如风雨，强半为旁人掣去，或写素屏纨扇，或题邮壁旗亭，或流播于红绡丽人、黄衣豪客之口，而犹未睹子野之大全也。今《花影集》一出，上至王公名士，下至马卒牛童，以及鸡林象胥之属，皆咄咄吁骇，想望子野何如人，购善本，换新声，掷饼金，斛珠当，不吝惜，岂特为《三梦》《四声猿》之畏友而已乎？昔山谷遇秀铁面道人，诃其笔墨劝淫，恐堕犁舌，故其叙晏叔原集云，"妙年美士，近知酒色之娱，苦节臞儒，晚悟裙裾之乐，鼓之舞之，皆叔原罪也"，子野学道，请以山谷为戒。子野曰："吾乐府诗余，非平章风月，则约束莺花，艳语丽情，十不得一，况谑浪俱是文章，演唱亦是说法，秀道人见之，即使木人歌，石儿舞可也。虽然，此集既行，愿将风流罪过，向古佛发露，忏悔一番。敢问眉先生新创苕帚庵，其义云何？"余曰："有沙弥请法，佛教之诵

'苕帚'二字。诵苕则失帚，诵帚则失苕，诵至三年，忽然上口，遂尔大悟。子野能舍无始来才子习气，作苕帚庵三年钝人乎，便不落绮语债矣。"子野稽首曰："忏悔竟。"

顾乃大彦容甫序

吾友施子野氏，娴雅绝伦，风流自赏，夙称博物，兼负情痴。既篆蠹以时亲，复雕虫之旁涉。新声惊座，佳制盈笥，爰缮芸笺，命名《花影》。盖以采分江令，雪压巴人，非关墨妙笔精，独出骚心赋手。比物连类，托兴肖形。或醒尘劳，或伤迟暮。或千秋凭吊，临水登山；或一室晤言，炙香煮茗。或诉长门有恨，或怜翠阁无聊。巾藻淋漓，芍药赠佳人南国；管华璀璨，葡萄倾公子西园。况夫春水绿波，秋原红树，清商缓奏，酸拍停催。魂销残月晓风，梦断黄芦苦竹。三秋一日，能无采葛之赓；千里寸心，曷已离鸿之唱。肠疑绣簇，字比珠圆。教坊谱入琼笙，乐府名题黄绢。其险邃似桃迷秦涧，桂被蜀岩，别构奇观，杳无俗状。其娟秀似孤山万树，楚畹数丛，谷中弱态离披，溪畔冰痕清浅。其骈冶似平泉杏闹，金谷草薰，鹦鹉珠帘，胭脂零乱，鸳鸯腻浦，香雾溟濛。银烛高烧，忽共秋千遥送；瑶台空扫，却因蟾魄重窥。其绵惋又似贞娘墓古，妃子亭荒，依然细碧交加，率尔老红如雨。毵毵啼露，淡淡筛烟，倚残照以无言，随暮鸦而低堕。总之，非空非色，疑假疑真。擢月姊之精神，会成殊艳；借天孙之杼柚，幻出灵葩。彤管玉台，方斯蔑矣。金荃兰畹，自谓过之。况大雅寖湮，元徽逾邈。涂膏乞馥，奚啻滥觞；袭豕承鱼，仍惭本色。惟兹敷以蕙质，濬自纨襟，前无古而后无今，华于朝而秀于夕。尘飞叶落，绿珠巧叶鸾丝；徵嚼宫含，碧玉香生莺舌。几与《郁轮袍》嗣响，堪为铁绰板解嘲。翩翩柳宠花娇，冉冉月来云破。聊附马山人之逸事，不负张郎中之后身。咄哉歌苑功臣，允矣词坛宗主。敢藉斯编而不朽，讵云所好以阿私。

顾胤光石萍子序

夫词，诗之余也。前人谓工诗不必工词，诗料不可人词料，则词固别有当行。而余尝评览宋元词家，如苏如柳，如王、董、关、马诸君，各擒致标体，不傍门户，浓淡啼笑，无相优劣。而后人丑争效颦，技同剪采，摹形伤板，镂情涉俚，偷字不掩其酸，填艳祗拾其唾，难哉脱邯郸而出步也。吾友子野，弱冠好词，即工词，积十余年而不靳，公诸同调，以"花影"名集，则命意远矣。盖词不难填实，而难使虚，而花之弄影，妙香色之俱空；词不难琢巧，而难写生，而影之取花，妙即离之双遣；词不难繁音之噪耳，而难柔致之感物，而影晕花，花筛影，妙妩媚之无骨，而参差之善随。以子野词，拈作花观，两字欢愁，皆嫣红而惨绿也；百态离合，疑笑晴而泣雨也。以子野词，拈作影观，趣横景移，得意在精神之摹写也；思微香寂，幽赏在淡漠之领会也。以子野词，拈作花影观，脂气净扫，冷韵逼人，杳焉作罗浮仙子想，则横水之一枝也；娇痴欲绝，如雨后烟初，真堪一字一金屋，则临镜之睡醒也。当年铁板谁唱，千秋绝调，则百尺松涛响秋月也；旧日纤腰齐褪，一时情语，则千条柳线摇春风也。若乃寻幽盟，咏孤芳，三径高韵，素琴无弦，依稀东篱晚香之微有傲态，更或宜红牙可雪儿，移刻度字，周郎微顾，仿佛药栏烘日之争含胜情。至如愁冷江皋，芙蓉池面，烟迷洛浦，水仙凌波。沉香微醉，调扶芳艳俱来；寿阳妆开，句并清扬共婉。暮雨梨魂，灯下题纨扇之无恩；日移春梦，纱窗谱高唐之有约。似此引类属情，拈思取境，宛尔关合，不禁万斛才情，从花影逗露少许耶？子野有种情多，一切愁缘病缘，大半根花缘得。居平含宫嚼徵，引商刻羽，半生苦心此道，是能脱尽宋元来粉墨习气，而独自登坛，作飞将军者。雨阁云窗，胆瓶曲几，写乌丝，付家乐部，兴到命青衣添沉水，进小玉卮名酒，偕解人子夜徵欢。则"云破月来"之句，不负自许张三影后身矣。

沈士麟德生甫序

予奔走长安街，面土尺许，仅争广文一席，跋涉千里，悲哉予之愚也。乙丑之秋，又将挂孤篷，渡浙水而西。荻花萧条，霜月惨淡，四顾童仆，依栖无色。子野将予水湄，予谓之曰："吾于世味已嚼蜡，幸为我求隙地于东西佘间，行将与尔赋咏著述。何物五斗，能使人折腰耶？"子野戏曰："予冷人也，合受冷趣；尔热人也，应受热业。尔若飘然归来，我当分草堂半榻，容汝四大，何必买山而隐耶？"予笑曰："子何居高而视下也。区区沈生，亦有心胸头面者，斑衣捧檄，固知喜动颜色，乃山鬼移文，亦知愧入毛发。此行予之不得已也。戊辰之役，倘拾得一第，则借一命娱两亲。不然，则袖书归田，为老农毕世耳。"子野曰："善。吾固知君非久于风尘者，吾将结茅花下以待。"已而阅予行装，见予诸行卷，因曰："吾亦有数首，欲乞子一言，以行于世。"开缄出之，则《花影集》也。艳句淋漓，藻色飞动，予捧读良久，心花皆开，拍案叹曰："嗟乎，予所行世，不过一时尘言，而子则千秋慧业，岂不仙凡霄壤，尚敢轻置一喙哉！"虽然，惟子野知我，亦惟我知子野。子野词章高妙，人人所知，然予以为正非子野本色也。子野外服儒风，内宗梵行，其于世间色相，一切放下。高栖山谷，眦睨今古，视富贵如浮云，功名若苴土。即至山水烟霞，文章句字，亦如梦花泡影，过眼变灭。但其性灵颖慧，机锋自然，不觉吐而为词，溢而为曲，以故不雕琢而工，不磨涤而净，不粉泽而艳，不穿凿而奇，不拂拭而新，不揉摛而韵。盖直出其绪余，玩世弄物，彼其胸中宁有纤毫留滞者哉！即其命名"花影"，而其意固已远矣。予之知子野者，殆得之文彩之外，章句之先。若区区语其藻艳而已，则名笺洒翰，路口成碑，俊舌歌莺，青楼偷谱，谁不知之，而何取于问序于予？安见予之为知子野也。予惟是速了热业，转受冷趣，他时分得子野草堂半榻，当以性灵为师，梵贝为课，赋咏著述，亦多休却。子野此时，靡词绮语，亦请一切报罢，我正恐其机锋四出，技不胜痒，指尖毛孔，皆蒸蒸然不得太平也。

峰泖浪仙自序

峰泖浪仙行吟山谷，盘礴烟水，如槁木，如寒灰，我丧其我，不知我为何等我也。一日，刺杖水涯，拨苔花，数游鱼，藻开萍破，见耳目口鼻，浮浮然在水面焉。因自念言，此是我耶？抑是影耶？影肖我耶？我肖影耶？我之为我，亦幻甚矣，何必多识字，日夜与柔管作缘。平生寡交游，偏与毛氏之宗姓，世世结纳，狎之曰“管城子”，尊之曰“颖君”，以之电扫横行，则署之曰“藏锋都尉”。且爱之恤之，珍之秘之，不用之于名场呫哔，而用之于韵事风流；不用之于诂语酸言，而用之于雄词藻句；不用之于雌黄恩怨，而用之于啸咏吟谐；不用之于政牍刑书，而用之于花评艳史；不用之于歌功佞德，而用之于惜粉怜红；不用之于书算持筹，而用之于风人骚雅；不用之于北阙封章，而用之于东皋著述；不用之于青史编年，而用之于春衫记泪；不用之于谀辞表墓，而用之于艳句酬香；不用之于枉驾高轩，而用之于过溪枯衲，庶几无负于柔管哉！宜其感恩思报，而辛苦随我一生也。但绮语之业，日深月积，抑何不自爱至此矣？犹记十六七时，便喜吟咏，而诗余乐府，于中为尤多。十余年来，费纸不知几十万，尝贮之古锦囊，挑以筇竹杖，向桃花溪畔，杏树村边，黄叶丹枫，白云青嶂，席地高歌一两篇，虽不入谱律，亦复欣然自喜。山童骑黄犊；负夕阳而归，亦令拍手和歌，喁于互答。因挥其声之幽脆者，命歌工教以音律，于是花月下、香茗前、诗酒畔、风雪里，以至茅茨草舍之酸寒，崇台广囿之弘侈，高山流水之雄奇，松龛石室之幽致，曲房金屋之妖妍，玉缸珠履之豪肆，银筝宝瑟之萦魂，机锦砧衣之怆思，荒台古路之伤心，南浦西楼之感喟，怜花寻梦之闲情，寄泪缄丝之逸事，分鞋破镜之悲离，赠枕联钗之好会，佳时令节之杯觞，感旧怀恩之涕泪，随时随地，莫不有创谱新声，称宜迭唱。每听双鬟竖子，拍板一声，则沉潒传响，情境生动，可谓极风情之致，享文字之乐矣。但浮沉浊乱于此中，我正为我身心性命忧耳。谓当倾箧中藏，吹杖头火，向稻花风里，举蒲葵扇，呼呜呜而播之，我见其灰飞烟灭，而我之真面目始具矣。适有客至，倚杖与语。客曰："向听尔词，耳根快矣，独不可使眼根亦受用乎？请授梨枣，使世间有眼人饱看一回也。"浪仙对曰："我写不言之句，故将以手为口；尔听无声之词，乃欲以目易耳耶？我且不知尔之非我，我之非尔，尔犹执耳之非目，目之非耳耶？尔不见夫花影乎，花外之影，影即非花；影中之花，花即是影。然则何有何无，何彼何此，为知珠声绢字，非已飞之劫灰，而本无之幻相也哉！故尔若作句字观，则些些绮语，永为拔舌成案；若作花影观，则满纸胡言，随口变灭，疏影稀微，已为我向佛忏悔久矣。虽谓梓氏之刀，为祖龙之火，可也。"客曰："命之矣。"乃私授剞劂，而即录浪仙之语为之序，盖序之变格也。

秋水庵花影集

杂纪

一、点板

板者，曲之尺度也。虽一定不可易，然死腔活板，歌苑宗工，自有圆融脱化之妙。乌得以一人隅见，著为定律？故不加点。

一、添字

词林旧刻，每添字比正句减小以示别。兹刻不分异同，大小平等。盖予虽不娴歌，方属句时，未尝不按谱审腔，查板填句，纵有添字，亦多无碍歌喉。明于谱调者，自然一览了然，不须参差刺人眼也。

一、校阅

予不妄交，未尝攀援附会，校雠评阅，止吾相知几人。常见世之梓刻，有交尽显人，评满天下者；兹刻自觉寒酸，然宁使为予之寒酸矣。

一、讹字

近来剞劂日繁，亥豕鲁鱼，正复不少。兹刻一一细校，点画无讹，只有“纔”字或作“才”，“拚”字或作“判”，乃古字本如此。试考六书，从无“拚”字、“纔”字，当以“判”“才”为正。

一、评语

集中乐府大套，俱已著评人姓字。其间小令诗余，未经明注者，大约彦容、暗生、巨卿、冲如、德生为多。盖时常聚首，趁笔拈题，不觉其珠联而贝合也。

一、征歌

集中诸曲，已半付歌儿，管弦翻谱，屡属名手，幸免铁绰板之讥。词坛解人不烦更费推敲，试一按板，自然入律。

一、流传

予流连词翰，多阅岁年，靡音丽语，每为好事者所传。但尔时少作，时复改窜，至有终篇一字不同者，亦有句字几经更换者，观者当以兹刻为正。

一、伪窃

小词虽极芜陋，然自写一得，亦颇自珍惜。奈每每为人掩窃，曾于一歌姬扇头，见[梦江南]十首，宛然予作，而已识他人姓字矣。如此者甚多，一一鹤声飞上天，岂容假人耶！不敢不辨。

一、参谱

古人牌名，多有不雅驯者，予稍稍为之更定。如“麻婆子”改“美娘儿”，“摊破地锦花”改“地锦摊花”；又如“红绣鞋”改“双乘凤”，“尾声”改“凤毛儿”之类。盖或因其本事，被之美名；又或因其本名，锡以新字。其音律自在，解人当自知之，举一以例其余可也。

一、犯调

古词过曲，各分九宫，不可强为配合。予词皆一一按谱，未尝以意出入，即间创新声，如[十一声]之类，亦必审宫辨律，摘句选声。试一按歌，其音节颇谐，安知不有勋于词林乎？

一、用韵

尝考北声既滥，南音继起，大都不过声音相近为韵耳。自数年前，《南词韵选》出，始奉中原韵为词林宗律。夫诗有诗韵，词亦应有词韵，非受持束缚，不见此道之难。但废四声为三声，以仄韵为平韵，以闭口为开口，此岂可为训耶！且予集中多少作《韵选》未出时，业已成帙，不能一一订改以鸮舌从事也。三卷《夏景闺词》后跋语，解人幸一参观焉。

主要参考书籍及资料

1. 史良昭编选，李梦生等注评：《元曲三百首》，上海：上海古籍出版社，2002年。
2. 陈铎编著：《元明散曲选读》，哈尔滨：黑龙江人民出版社，1988年。
3. 顾晓宇：《花影月梦》，北京：中国文联出版社，2000年。
4. 任中敏著，金溪辑校：《散曲研究》江苏：凤凰出版社，2013年。
5. 赵义山主编：《明清散曲鉴赏辞典》，北京：商务印书馆，2014年。
6. 梁扬、杨东甫：《中国散曲史》，南宁：广西人民出版社，1995年。
7. 蒋伯潜、蒋祖怡：《词曲》，上海：上海书店出版社，1997年。
8. 孟广来、周脉柱注释：《元明散曲详注》，济南：山东文艺出版社，1990年。
9. 龙榆生：《词曲概论》，北京：北京出版社，2004年。
10. 王起主编，洪柏昭、谢伯阳选注：《元明清散曲选》，北京：人民文学出版社，1988年。
11. 李昌集：《中国古代散曲史》，上海：华东师大出版社，1994年。
12. 刘永济辑录：《元人散曲选》，上海：上海古籍出版社，1981年。
13. 石绍勋、韦道昌：《元明散曲选》，太原：山西教育出版社，1984年。
14. 落馥香、王毅选注：《元明清曲选》，西安：太白文艺出版社，

2004年。
15. 谢伯阳、翁晓芹选注:《清曲三百首》,天津:百花文艺出版社,2002年。
16. 门岿选注:《明曲三百首》,天津:百花文艺出版社,2002年。
17. 梁扬、杨东甫:《中国散曲综论》,北京:中国社会科学出版社,2007年。
18. 罗锦堂:《中国散曲史》,西安:陕西师范大学出版总社,2017年。
19. 刘致中、侯镜昶:《读曲常识》,上海:上海古籍出版社,1985年。
20. 顾佛影选注:《元明散曲》,上海:春明出版社,1955年。
21. 谭新红、吴光正主编:《中国古代文学·下》,北京:北京大学出版社,2010年。
22. 卢前:《卢前曲论著之种》,北京:商务印书馆,2010年。
23. 王国维:《宋元戏曲史》,北京:团结出版社,2006年。
24. 袁行霈、莫砺锋、黄天骥主编:《中国文学史》,北京:高等教育出版社,2011年。
25. 章培恒、骆玉明主编:《中国文学史》,上海:复旦大学出版社,2002年。
26. 游国恩、王起、萧涤非、季镇淮、费振刚主编:《中国文学史》,北京:人民文学出版社,1964年。
27. 郁贤皓、钟振振、张采民、江庆柏主编:《中国古代文学作品选》,北京:高等教育出版社,2009年。
28. 廖奔:《中国戏曲史》,上海:上海人民出版社,2014年。

后 记

两年来，我怀着敬畏之心，给乡先贤施绍莘的散曲作注解释，以此弘扬先贤为中国散曲史作出的贡献，同时希望更多的读者读懂施绍莘，从而爱上韵文园圃里的奇葩——散曲。

给施绍莘散曲注释是一项开拓性的工作、学术性的工作，须要深厚的学养和丰富的经验，而我于此都不够格，故所作之注释必有差错，诚盼方家批评指正。

成书过程中，得到了闵行区浦江镇党委政府领导及镇宣传部门领导的支持关心，在此谨致深切感谢。

同时，由衷感谢上海师范大学教授、古籍整理研究专家、《汉语大词典》条目主要撰写人王礼贤先生，为书稿纠错匡谬。

还要感谢提供重要资料和珍贵帮助的复旦大学龙向洋教授、上海师范大学戴建国教授、诗人著名杂志主编曹剑龙先生等文化朋友。

闵行区档案馆、元心图文公司也给予了帮助，在此一并感谢。

本书古籍内容参考任中敏编著、曹明升点校的《散曲丛刊》（江苏：凤凰出版社，2013），特此说明。

陈公益

图书在版编目(CIP)数据

施绍莘散曲注解/施文荣,夏建生,叶平主编;陈公益注释.—上海:上海教育出版社,2019.8
ISBN 978-7-5444-9225-6

Ⅰ.①施… Ⅱ.①施…②夏…③叶…④陈… Ⅲ.①散曲-作品集-中国-明代 Ⅳ.①I222.9

中国版本图书馆CIP数据核字(2019)第133922号

责任编辑 缪宏才 曹婷婷
封面设计 陈 芸

施绍莘散曲注解
施文荣 夏建生 叶平 主编
陈公益 注释

出版发行 上海教育出版社有限公司
官 网 www.seph.com.cn
地 址 上海永福路123号
邮 编 200031
印 刷 上海展强印刷有限公司
开 本 700×1000 1/16 印张 18.25 插页 1
字 数 230千字
版 次 2019年8月第1版
印 次 2019年8月第1次印刷
书 号 ISBN 978-7-5444-9225-6/I·0144
定 价 59.80元

如发现质量问题,读者可向本社调换 电话:021-64377165